AF277933

RuNyx es una autora superventas cuyos libros se han colocado en la lista de más vendidos de *USA Today* y Amazon. Le encanta crear universos literarios y, después, prenderles fuego.

Síguela en redes:

@ authorrunyx

authorrunyx

Papel certificado por el Forest Stewardship Council®

Título original: *The Finisher*

Primera edición en B de Bolsillo: abril de 2026

© 2021, RuNyx
© 2025, 2026, Penguin Random House Grupo Editorial, S. A. U.
Travessera de Gràcia, 47-49. 08021 Barcelona
© 2025, Jesús Jiménez Cañadas, por la traducción
Diseño de la cubierta: Adaptación de la cubierta original de Nelly R. /
Penguin Random House Grupo Editorial

Printed in Spain – Impreso en España

ISBN: 979-13-87652-58-6
Depósito legal: B-2.535-2026

Compuesto en El Taller del Llibre, S. L.
Impreso en Liberdúplex
Sant Llorenç d'Hortons (Barcelona)

BB 5 2 5 8 6

El Vencedor
Dark Verse 4

RUNYX

Traducción de Jesús Jiménez Cañadas

*Para todos los que se acurrucaron bajo
una manta como si fuera una crisálida
y no quisieron volver a salir de la cama.
Este libro es para vosotros y vosotras.
Hay un arcoíris tras las nubes grises.
Esperad a que se despejen*

NOTA DE LA AUTORA

Esta es la cuarta parte de la serie Dark Verse. Aunque trata la historia de una pareja nueva, hay personajes y acontecimientos de los libros anteriores que tienen gran influencia en la trama de este. Se recomienda leer la serie (*El cazador, La tormenta, El emperador*) en orden para disfrutar de una experiencia lectora óptima. Este libro NO es autoconclusivo.

Por favor, no olvidéis que esta historia presenta un epílogo abierto y que sirve como final provisional. Esto responde a un motivo cronológico. El gran epílogo de Alfa y Zephyr tiene lugar después de la última entrega de la serie, y se incluirá en una novela corta que se publicará después de que la serie acabe.

Si habéis leído los libros anteriores, os advierto que este es más oscuro. Aquí se incluye violencia explícita, lenguaje malsonante y contenido sexual recomendado solo para mayores de dieciocho años. También os voy a dar una serie de advertencias sobre los temas más oscuros que aborda la historia. Este libro contiene escenas en las que mueren personajes relevantes. Asimismo hay asesinatos, incendios premeditados, torturas, prostitución, episodios depresivos, síndrome de estrés postraumático, tráfico de personas, esclavitud humana, violencia contra menores, agresiones sexuales contra adultos y menores, luchas ilegales de perros. Si leer sobre cualquiera de estos temas afecta de manera negativa a vuestra salud mental, os pido de todo corazón que lo dejéis.

Si decidís seguir leyendo, espero que disfrutéis del viaje.

Gracias.

LISTA DE REPRODUCCIÓN

Disfruta de la banda sonora de Alfa y Zephyr escaneando este código QR.

Lista completa en Spotify

PRÓLOGO

Era ya su tercer asesinato en lo que iba de semana.

Había cometido quince en total a lo largo de los años, pero aquel era especial y por eso lo celebraría luego. El cadáver de la mujer yacía abierto en canal en medio del sucio callejón, con los tacones torcidos, el pintalabios corrido y los ojos vacíos. Adoraba esa mirada ciega en sus víctimas, alzada a un cielo abierto hacia el que jamás volarían, porque él era su dios en esos últimos momentos. Lo llamaban «el Vencedor de Fortis», pero él prefería «el Señor de la Muerte», aunque, en realidad, nadie lo llamaba así. De todas maneras, algún día sí que lo conocerían por ese apodo, cuando conectasen con él todos los asesinatos y los policías corruptos dejasen de estar dormidos en los laureles.

De los huecos entre los edificios brotaban zarcillos de humo. En algún lugar se encendió una luz. El carnicero limpió el cuchillo en un jirón arrancado de la falda de la mujer. La sangre manchó la tela blanca que se iba a quedar como recuerdo para su colección. Seguía con el subidón de la caza, de la muerte, ante aquel cadáver profanado, desnudo y a la intemperie. La lluvia borraría todas las pruebas y a las autoridades no les importaría una mierda que hubiese desaparecido otra puta. El verdadero dueño de la ciudad sería inculpado de los crímenes y acabaría cayendo.

Y, entonces, el carnicero… sería el dios de la ciudad. Era un plan perfecto.

Se quedó inmóvil al captar un movimiento al final de la calle.

Entrecerró los ojos e intentó ver qué era lo que se había movido en medio del aire turbio. Vio una silueta apoyada contra la pared. La misma que había visto tras cada muerte desde hacía dos semanas. Un sonido atravesó el silencio: un mechero que se encendía. Una llama iluminó tenuemente una mano para luego apagarse.

La misma llama de siempre.

El carnicero no estaba acostumbrado a una emoción como el miedo, pero al ver aquella silueta en la oscuridad, inmóvil, despreocupada…, aquella silueta que lo observaba y lo acechaba desde hacía dos semanas…, un escalofrío le recorrió la columna.

«No, no puedo estar viendo un mito». Eso se decía a sí mismo cada vez. Para muchos era eso, un mito, aunque para otros que no vivían para contarlo también era muy real. Todo el mundo en los bajos fondos tenía miedo de aquel nombre. ¿Era él? No, era imposible. No existía. Seguramente se trataba de un sintecho que lo había visto todo y tenía miedo de salir. O quizá un agente de paisano. Nada más.

—¡Piérdete antes de que te raje en canal! —exclamó el carnicero. Se alegró de que en su voz no se oyese el temor que sentía por dentro.

No se oyó nada y nada se movió, salvo esos ojos que lo observaban en silencio. El cazador se sentía amedrentado, humillado. Tenía miedo de una silueta en las sombras por culpa de un puto cuento de los bajos fondos. En algún lugar de la ciudad sonaron sirenas lejanas. La puerta de un club de aquella misma manzana se abrió y volvió a cerrarse, y la música reverberó por un momento. Lo único que oía el carnicero era su propia respiración. Odiaba tener miedo, odiaba sentirse acechado. Dio un paso atrás.

La silueta no se movió. Se limitó a mirarlo. «Solo es un vagabundo acojonado, nada más». Se metió el puñal en el bolsillo y salió del callejón, despacio, comprobando que nadie más lo hubiese visto. Una vez fuera, empezó a alejarse a toda prisa de la escena del crimen, pero justo antes de girar la última esquina y perderse, ya paranoico, miró por encima del hombro a la entrada del callejón, como hacía cada vez.

Y, como cada vez, vio a un hombre vestido con ropa negra en medio de las sombras, apoyado en la pared, jugando con un mechero. Un hombre que lo vio huir al abrigo de la noche como un cobarde.

Porque el Hombre Sombra, un monstruo mucho peor que él, era real.

PARTE I

LA CORTEZA

Pero el amor puede transformar en belleza y dignidad cosas bajas y viles, porque no ve con los ojos, sino con la mente, y por eso pinta ciego a Cupido el alado.

WILLIAM SHAKESPEARE

Zephyr

10 años

Hace dieciocho años

Los huesos rotos duelen.

Sola en la cama del hospital general, Zephyr hizo un esfuerzo por mantenerse inmóvil. Una enfermera muy amable acababa de decirles a su mamá y su papá que la dejasen allí. Los dos habían prometido regresar por la mañana, pero debían irse a casa a cuidar de su nueva hermanita, Zenith. Zephyr la llamaba Zen. Tenía cinco años y era muy guapa y callada, pero adoraba jugar con Zephyr, que ya la quería con locura.

Quería irse a casa. Sorbió por la nariz y se la limpió con la mano. Hacía frío y le dolía todo por dentro.

—¿Qué hace una chica tan guapa como tú llorando así?

Zephyr alzó la vista, con ojos enrojecidos, al oír la voz de la señora de la cama de al lado. «No quedan plazas en la planta infantil del hospital», les había dicho a sus padres la enfermera, así que la habían puesto junto a una señora mayor durante las dos noches que iba a pasar allí. La señora estaba muy delgada y parecía enferma.

—Quiero irme a casa —dijo Zephyr entre hipidos.

—Y te irás, cariño. —Ella le sonrió. Parecía ser de la edad de su madre, o quizá algo mayor—. Tus padres vendrán a por ti mañana.

Zephyr asintió. Sí, solo tenía que quedarse allí dos noches.

—¿Tus padres también van a venir a por ti?

La sonrisa de la mujer se volvió triste.

—No, yo no me voy a casa, aunque mi hijo quiere que me vaya con él.

—¿Y por qué no vas? —Zephyr se inclinó hacia un lado, con la mente distraída por aquella señora que tenía tubos enganchados en las manos.

Ella se echó a reír, pero se le quebró la voz.

—No me queda mucho tiempo en este mundo, cariño. Me da pena dejar a mi hijo aquí; no tiene a nadie que lo cuide.

Zephyr no entendió esa última parte. Todo el mundo tenía familia, ¿no? Ella tenía muchísimos tíos, tías y primos. Tantos que apenas recordaba sus nombres.

—¿No tiene a nadie más?

La mujer negó con la cabeza con aspecto triste. A Zephyr se le rompió el corazón. Todo el mundo debería tener familia. Se bajó de la cama, aunque le dolía un poco el costado, y se acercó a la señora mayor. Extendió el meñique hacia ella.

—Yo lo cuidaré. Prometido. ¿Cómo se llama tu hijo?

La mujer volvió a reírse y le cayó una lágrima por la mejilla. Enganchó su meñique, de piel áspera, al de Zephyr.

—Eres un encanto.

Zephyr asintió. Le gustaba ser encantadora.

—¿Cómo se llama? —repitió, pensando aún en aquel chico que no tenía familia.

—Alessandro. Alessandro Villanova. Alfa.

1

Zephyr

En la actualidad

Le estaba poniendo los cuernos. Zephyr estaba segura al cien por cien (bueno, vale, quizá no al cien por cien; tendía a exagerarlo todo en la cabeza; quizá al noventa por ciento) de que al abrir la puerta de aquel sórdido agujero al que lo había seguido, y encima por una de sus peleas, se lo iba a encontrar con alguna fresca. O quizá ni siquiera sería una fresca. Quizá sería solo una chica increíblemente agradable pero ingenua que había caído en sus garras gracias a lo guapo, encantador e ingenioso que era, sin saber que él ya tenía una relación con una peluquera voluptuosa. Una a la que él le había dicho muchas veces que, si adelgazaba un poco, sería «la hostia de sexy, nena». La peluquera voluptuosa en cuestión, o sea, ella, Zephyr de la Vega, debía de ser la mayor idiota de todo el planeta por imaginar que tenían futuro como pareja, teniendo en cuenta que en realidad ni siquiera estaba enamorada de él. Pero, Dios, a los veintiocho, se había cansado de estar soltera y de que todo el mundo le dijese que debería buscarse pareja. Así que, aunque no lo quería, al menos tenía novio. Pero lo que Zephyr también tenía era su orgullo, y precisamente por eso estaba frente a aquella puerta mientras el pánico, la ira y la certeza aumentaban poco a poco en su vientre.

«Estás buenísima, eres guapísima, eres una diosa», no dejaba de repetirse para sí misma. Sin embargo, ahora se creía bastante menos aquellas palabras, porque ya no era esa misma mañana, cuando se había levantado en una relación pasable con un tipo perfecto. Un tipo perfecto que, estaba segura, estaba empotrando a otra al otro lado de aquella puerta.

—¡Oh, sí! —se oyó un gemido femenino en el interior.

A Zephyr se le frunció todavía más el ceño. Agarró el pomo de la puerta, que tenía un aspecto tan sucio que le dieron ganas de limpiarlo a restregones.

—¡El Vencedor está en la jaula!

El rugido de la multitud resonó desde el cuadrilátero que había al otro lado del sórdido pasillo en el que se encontraba. Allí dentro olía a muerto, y probablemente con razón, quién sabía. Su novio había ido al distrito industrial para ver una pelea turbia, y ella lo había seguido. Lo vio perderse en la multitud junto a dos porteros tamaño gorila de aspecto imponente que la miraron con suspicacia. Zephyr, sin embargo, no se sorprendió ante esas miradas. Con aquel vestido de flores coloridas de aire primaveral, estaba tan fuera de lugar en aquel tugurio como un pulpo en un garaje. Aunque ¿qué se le iba a perder a un pulpo en un garaje? Ni que hubiese dejado allí aparcado el coche. Quizá si supiese conduc...

«Céntrate, Zee».

Inspiró hondo para calmar los nervios que sentía por dentro. Tendía a perderse en sus pensamientos. Aquella diarrea mental era muy común en ella, sobre todo cuando se ponía nerviosa. Y ahora estaba muy pero que muy nerviosa en medio de aquel pasillo, dentro del antro. Porque si descubría lo que sabía que iba a descubrir, volvería a estar soltera. Y aún peor: su relación con sus padres se resentiría más, porque su madre ya pensaba en él como su yerno, aunque a su padre le diera del todo igual. Zephyr apretó los dientes e intentó calmarse un poco. Giró el pomo de la puerta y la abrió unos centímetros. Al otro lado vio el culo de un tipo que se estrellaba una y otra vez contra una mujer empotrada contra una pared sucia. El hecho de que le preocupase más la higiene de aquella mujer que haber reconocido el culo fue bastante fuerte.

Bueno, pues así se sentía una cuando le ponían los cuernos.

«Vaya».

La verdad es que resultaba un poco anticlimático.

Zephyr siempre había sentido curiosidad por cómo sería al verlo en películas o leerlo en libros. Al ver el cliché de la mujer que descubre la infidelidad de su amante o el de la novia abandonada en el altar, se preguntaba si esas mujeres lloraban por el dolor, la humillación, la ira o la pérdida de esa idea de perfección. Quizá era por todo, no estaba segura de poder concretarlo.

Por extraño que pareciera, al ver aquel culo precioso bombear contra la chica, lo único que experimentó fue una sensación «te lo dije» hacia sí misma. ¿Quizá parte de ella ya sabía que aquel tío era un pedazo de mierda bajo aquella superficie tan bonita? ¿Habría relegado sus propias inseguridades a algún rincón de su cabeza? Tal vez. Aun así, sorprendentemente, no se sentía tan dolida como pensaba. Estaba cada vez más cabreaba con cada embestida que daba aquel culo, eso sí. Y cabrearse no le sentaba bien, porque tenía un pronto bastante malo y solía hacer todo tipo de estupideces irracionales.

Apretó la mandíbula para intentar contener la ira, pero cada empujón le recordaba todas y cada una de las veces en las que él la había hecho sentirse inadecuada, en las que la había empequeñecido poco a poco. Cada vez que le decía «no te comas eso», cada comentario intencionado sobre lo irresistibles que le parecían los muslos delgados al tiempo que le decía que los suyos siempre se rozarían por dentro, cada suspiro exasperado cuando Zephyr se teñía el pelo de un color extravagante.

Llevaba más de dos años con él y ahora, al volver la vista atrás, lo único que vio fue luz de gas y las manipulaciones de un capullo integral básico. Además, Zephyr siempre se había enorgullecido de ser buena amante, así que ver cómo metía el pene en la vagina de otra mujer resquebrajó esa creencia más de lo que quería admitir.

Quería sentir que era suficiente. Quería sentirse hermosa. Quería sentirse deseada. El último hombre que la había hecho sentirse así había sido...

«No pienses en él».

Quería sentir cualquier cosa menos lo que estaba sintiendo al ver a aquel tío junto al que había pensado que sentaría la cabeza. Y quería que el muy cabrón se sintiese como una mierda. Sí, así de cruel era. Dios, pero qué idiota había sido…, pero al menos era una idiota que se había librado de una buena.

Dio un paso atrás y se apartó de la puerta. Contempló el pomo sucio, no muy segura de qué hacer a continuación.

—¡Alfa! ¡Alfa! ¡Alfa!

Los vítores de la multitud atrajeron su atención. De pronto se le detuvo el corazón; toda su atención se centró en el cuadrilátero.

¿«Alfa»? ¿Estaban diciendo Alfa?

No, no podía ser.

Miró hacia la puerta que daba a la pelea, con las manos sudadas y el corazón al galope. Era un nombre poco habitual; Zephyr solo conocía a un hombre que se llamase así. Él también era luchador, pero no podía ser. Había pasado casi una década…

Se sentía desconcertada. Los cuernos de su novio quedaron olvidados ante el recuerdo más fuerte que despertó aquel nombre. Siguió el ruido que hacían los espectadores y salió de aquel pasillo apestoso hasta un espacio abierto que olía un poco mejor. Olía como si aquel lugar nunca hubiese visto la luz del sol: un poco húmedo, un poco rancio, un poco sudado. No era sitio para una chica como ella, de buena familia, con un vestido de flores y una melena que se había teñido de rosa hacía poco porque su madre pensaba que pronto iba a sucederle algo bueno.

«Es un presentimiento, cariño», le había dicho con afecto.

Zephyr había estado esperando a que eso bueno ocurriese. ¿Sería esto? ¿Sería que Alfa iba a regresar a su vida? Imposible. Dios, pero cómo podía ser una idiota tan gigantesca. Contempló el espectáculo e intentó ver si se trataba de su Alfa antes de tener que enfrentarse a la vida real.

Aquella pelea era probablemente ilegal, motivo por el que tenía lugar en aquel tugurio parecido a una mazmorra en el distrito industrial, que todo el mundo sabía que era una zona que evitar en la ciudad. Era el sitio adonde venían los jóvenes que querían participar en juegos peligrosos, pero sobre todo era el escenario de todo tipo de actividades criminales siniestras. Zephyr esperaba que no hubiese una redada, porque ir a la cárcel no estaba en su lista de cosas que hacer antes de morir.

La mazmorra, si es que podía llamarse así, era enorme y oscura, bastante parecida a cualquier sótano que Zephyr hubiese visto. Las paredes eran de piedra y el techo era superalto, con unas lámparas enormes que, la verdad, dolía mirar directamente. El espacio central era un cuadrilátero enrejado, rodeado de una multitud compuesta en su mayoría por hombres, y alguna que otra mujer. Junto a las paredes había unos cuantos tipos con aspecto de portero que vigilaban a todo el mundo.

—¡Rómpele el brazo, Alfa! —El tipo justo a la derecha de Zephyr dio un grito lo bastante alto como para despertar a un muerto.

—¡Derrama su puta sangre!

—¡Eres una bestia, Alfa! ¡Si lo dejas fuera de combate, te chupo la polla!

Ese último grito lo soltó una señora particularmente entusiasta desde algún lugar de la estancia. Zephyr se encogió de desagrado. Si no se trataba de *su* Alfa, aquella señora podía chupar lo que le diera la gana. Siempre había sentido una posesividad irracional hacia él.

El sonido de un cuerpo al estrellarse contra el metal de la jaula interrumpió sus pensamientos. Se fijó en el combate y enarcó las cejas.

Un hombre descamisado…, no, un gigante descamisado aplastaba a otro tipo de menor tamaño (que de por sí habría sido enorme, pero que parecía diminuto en comparación) de cara contra la jaula. Zephyr vio a lo que se refería la señora. Era una bestia, vaya que sí. Le había retorcido al otro tipo el brazo a la espalda en un ángulo extraño mientras lo sujetaba como a un perro. Pero lo que llamó la atención de Zephyr no fue solo la pelea.

Fueron sus ojos. O, más bien, su único ojo. Llevaba un parche sobre el derecho, un parche de verdad, mientras que el izquierdo destellaba con un color suave que ella no llegaba a identificar desde lejos. Para ella, los parches eran algo que se ponían los piratas para parecer más duros cuando abordaban barcos y raptaban a doncellas en las novelas románticas históricas. En tiempos modernos, lo que hacía la gente era ponerse un ojo falso si les hacía falta. El hecho de que aquel gigante llevase un parche en una pelea con un oponente cuya visión parecía perfecta era...

«Joder».

Sin embargo, aquel tipo no se parecía nada al chico de los recuerdos aciagos de Zephyr.

—¡Acaba con él, coño!

Por Dios, el hombre que tenía Zephyr al lado de verdad estaba sediento de sangre.

—¡Es que le tengo unas ganas! —dijo la voz de otra mujer desde alguna parte—. ¿Te puedes creer que lleva más de un año sin follar con nadie? Estoy harta de intentar ligármelo.

—Tía, a mí me pone los pelos de punta, joder. No me acerco a ese ni de coña.

—Pero imagínate cómo será en la cama. Me han dicho que te hace ver a Dios.

Zephyr puso toda su concentración en escucharlas para entender si hablaban de él. Intentó que la multitud no la arrastrase, con su complexión más menuda, mientras contemplaba desde atrás la pelea. De momento tenía la mente ocupada, aunque también sentía un peso en el pecho.

La bestia se apartó del tipo de menor tamaño y lo dejó libre. Por primera vez, todo su cuerpo entró en la línea de visión de Zephyr. Una larga cicatriz le bajaba desde el nacimiento del pelo, descendía bajo el parche y llegaba a la comisura de su boca; le infundía un permanente aspecto enfadado, al menos de lado. Daba bastante miedo. Un millón de pequeñas cicatrices le salpicaban el torso, y tenía tatuajes cubriéndole otro millón de músculos que Zephyr no tenía ni idea de que un humano pudiera poseer. Para ser un tipo tan grande, se movía con una fluidez que contradecía su tamaño.

Era fuerza en estado puro, descarnada y brutal. Eso era aquel hombre.

Alfa. Así lo llamaba la multitud, y Zephyr entendía por qué. Cuanto más lo contemplaba, más fascinada se sentía y más calaba en ella el impulso de confirmar su identidad.

El bajito se volvió hacia él y le lanzó un gancho dirigido al parche negro. Zephyr sintió que se le atascaba el aliento en la garganta. De pronto la embargaron las ganas de que no le hiciesen daño a la bestia. Sin embargo, antes de que pudiera parpadear, con un movimiento del que no lo habría creído capaz debido a su limitada visión periférica, él bloqueó a Bajito y le lanzó un gancho ascendente al costado con tanta fuerza que probablemente le rompió una costilla. «Uf».

Bajito se agarró el costado y soltó un aullido. La multitud se volvió loca. Sí, eso debía de haberle dolido. Zephyr se encogió por pura compasión y Bajito se quedó doblado, agachado en medio de la jaula.

Alfa se crujió el cuello y miró por primera vez hacia la muchedumbre. Esa mirada singular recorrió a la gente allí reunida y se detuvo sobre Zephyr. Puede que lo que captó su atención fuera la mata de pelo rosa o el vestido floral. Ella no lo sabía, pero tampoco estaba pensando en ello.

No podía pensar.

Era la misma… gravedad. Siempre había sentido una especie de… intensidad cuando él la miraba. Algo tan pesado que lo notaba en el pecho, que le aceleraba el corazón y hacía que le sudaran las manos. Una gota de humedad le corrió por el cuello hasta el escote y, por Dios, recordó lo que había sentido cada vez que él la había mirado con ambos ojos.

Sintió que era él. Lágrimas le asomaron a los ojos.

«Ha pasado una puta eternidad».

Tras unos segundos, él volvió a girarse hacia su oponente.

—¿Zee? ¿Qué demonios haces aquí?

Las palabras consiguieron que apartase los ojos un segundo. La realidad chocó contra ella. Había tenido la esperanza de contar con algo más de tiempo antes del enfrentamiento. Por más extrovertida y eufórica que fuese, no se le daban bien los conflictos. Los odiaba. Siempre intentaba evitarlos cuando surgían.

No se había imaginado que fuese a pasar así. Habría preferido irse a casa y haberle dejado con un mensaje. Pero ahora tenía que pasar por aquel trance que no le interesaba lo más mínimo. Toda su atención estaba centrada en el tipo de la jaula. Dejó escapar el aire de los pulmones y se dio la vuelta poco a poco hacia el hombre que, dentro de tres segundos, iba a ser su ex.

—Hemos terminado, Alec —le dijo, contemplando su hermoso perfil. Estaba bueno, no se podía negar. Y, además, lo sabía.

Alec frunció las cejas como siempre hacía cuando estaba a punto de hacerle *mansplaining*.

—¿Qué dices?

—Que te follen; eso es lo que digo. O que te folle otra chica como la que te estaba follando ahí atrás. Hemos terminado.

—Zee...

Ella alzó la mano.

—Ahórratelo.

La multitud enloqueció por algo que había sucedido en la jaula. Zephyr sintió que sus emociones la desbordaban. No quería tener que lidiar con Alec, que sabía que lo habían pillado y no había forma de librarse, lo cual significaba que iba a pasar a la ofensiva. Instantes después, una predecible mueca de desdén asomó a sus labios. Zephyr se preparó para lo que venía.

—Se te acaba el tiempo, Zee —le recordó, como si le hiciera falta el recordatorio—. Dentro de un mes cumples veintinueve. El fideicomiso de tu abuela quedará congelado si no te casas conmigo. Te lo iba a pedir en tu cumpleaños. No lo mandes todo a la mierda por un polvo.

Ella sintió un nudo en la garganta. La rabia se extendió por sus venas. Sí, el fideicomiso. Su encantadora abuela no se había casado nunca y lo había lamentado toda la vida, así que quiso asegurarse de que su nieta no cometiese el mismo error. Quería que se buscase un compañero. Le había legado varias reliquias familiares bajo la condición de que, si quería disfrutarlas, tenía que haberse casado al cumplir los veintinueve.

Lo cierto es que Zephyr no era nada interesada y no ansiaba tanto el dinero como para casarse. Pero las reliquias llevaban cinco generaciones en la familia de su padre y aquella anciana astuta sabía que la madre de Zephyr preferiría verla casada aunque fuese a punta de pistola que tener que dar algo tan valioso a la beneficencia. Alec había sido un buen candidato. Zephyr era una chica de clase media, él era un tipo atractivo de familia adinerada con cierta influencia en la ciudad. Zephyr adoraba a sus padres, y ellos la adoraban a su vez. No podía negar que, cuando vieron de dónde procedía Alec, se sintieron más que satisfechos con su relación. Tener acceso al fideicomiso de la abuela era un efecto secundario positivo. Probablemente era el único motivo por el que se había planteado sentar la cabeza con él.

—Además, Zee, admitámoslo —prosiguió él con una sonrisa suave, casi apaciguadora, que le habría sentado muy bien si Zephyr no hubiese tenido ganas de borrársela de un puñetazo—, no vas a encontrar nada mejor. No eres una belleza como tu hermana. Encontrar un marido rico y poderoso como yo es toda una oportunidad para ti.

Los cojones que tenía aquel tío la dejaban sin palabras. Nada de pedir perdón; en su cara no se apreciaba ni un gramo de remordimiento o vergüenza. Como buen narcisista, le había dado la vuelta a la situación para culparla a ella, a su supuesta insuficiencia. Estaba utilizando a su hermana para que Zephyr se sintiese insegura. Aquella era probablemente la artimaña más torpe que había intentado con ella. Su hermana era su mejor amiga, y por fuera no era ni la mitad de hermosa que por dentro. Adoraba a Zee y se enorgullecía de ella a diario. Intentar enfrentarlas era una idiotez.

Resonó una campana detrás de ella. Zephyr se dio la vuelta y vio que la lucha había concluido. La bestia, que claramente había ganado, se acercó a una esquina de la sala y se puso a hablar con un tipo calvo. Zephyr contempló su espalda, cubierta por completo de cicatrices, y se preguntó qué le habría pasado. Luego se giró para mirar de frente al que ahora era su ex, dio un paso adelante y le dio una palmadita en el pecho.

—Que hemos terminado, Alec —anunció, al tiempo que la multitud se dirigía con lentitud al extremo opuesto de la sala—. Preferiría casarme con cualquiera antes que contigo.

Él soltó una risa entre dientes.

—Estás loca.

Zephyr sonrió. Por fin había dicho algo cierto.

—Lo estoy. Y también soy lo mejor que te ha pasado. Y ahora vete a follarte a quien te dé la gana. Es lo que voy a hacer yo.

Antes de que Alec pudiera decir ni una palabra más, Zephyr se dio la vuelta y centró su atención en aquella espalda enorme, que ahora se cubría con una camiseta negra con la tela estirada y tensa. Atravesó la multitud, consciente de que Alec la contemplaba, y fue en la misma dirección en la que caminaba la bestia. Sintió que caían sobre ella otras miradas, pero le dio igual, porque si de verdad se trataba de él..., si lo había encontrado después de diez años...

Tenía que saberlo. Lo necesitaba. A la mierda todos los demás.

Estaba casi a un metro de la bestia y del hombre con el que estaba hablando cuando vio que los músculos de su espalda se tensaban. Él giró la cabeza y clavó en Zephyr una abrasadora mirada dorada.

Era oro líquido, derretido.

Un oro que, en su día, le había quemado las venas a Zephyr.

Era *él*.

Titubeó apenas una fracción de segundo. Era mucho más grande ahora, más intimidante, y no solo por su enorme tamaño. Era el modo en que esa fea cicatriz le cortaba la cara desde el nacimiento del pelo, pasándole por la cuenca del ojo y la mejilla hasta la comisura de los labios, para luego desaparecer bajo la barba corta. Era el modo en que llevaba ese parche de cuero sobre el ojo y, aun así, presentía que alguien entraba en su espacio personal antes de anunciarse. Era que tenía más fuerza en esa mirada de un solo ojo que la mayor parte de la gente en todo el cuerpo. No había perdido su poder con el ojo derecho.

Su cara no expresó nada, no hubo reconocimiento alguno.

¿Era por el pelo? Por aquel entonces, Zephyr lo llevaba rubio, y desde luego ahora sus curvas se habían vuelto más pronunciadas. ¿De verdad estaba irreconocible? Se sintió como un pez fuera del agua, pero ya había dado el salto, así que no le quedaba más remedio que aguantar. Inspiró hondo, cruzó la distancia que los separaba mientras él la contemplaba como un halcón y saltó.

Por puro instinto, las manos de Alfa la atraparon cuando ella se le subió encima de un salto, le rodeó la cintura con las piernas y se agarró a sus hombros. Era sólido, inamovible, y la sostuvo con una facilidad que ella jamás, jamás, había vuelto a experimentar en la última década. Sin dejarle un solo instante para preguntarle nada, Zephyr echó la cara adelante y le dio un beso con labios temblorosos de emoción.

Alfa se quedó rígido y la agarró con algo más de fuerza por la cintura al retroceder un poco. Algo parecido a la curiosidad emanó de él. Zephyr no sabía en qué punto estaría su vida sexual, pero dudaba que se le subiesen chicas encima para plantarle un beso todo el tiempo. O quizá sí.

—Por favor —susurró en el espacio entre las bocas de ambos, sabiendo que quien hablaba era la chica que tenía dentro, la que en su día había besado a un chico feroz. Necesitaba creer que era él, sentirlo en los huesos, sentirlo en el beso.

Él la contempló un breve segundo con esa mirada dorada y, de repente, la cambió de postura: la sostuvo con un solo brazo bajo el culo y, con la otra mano, aún vendada, la agarró con fuerza del pelo y le echó la cabeza atrás con un movimiento que era puro poder.

Un poder bruto, sin adulterar.

Zephyr no sabía qué había esperado, pero no era aquello. No había esperado que él tomase así el control, ni el galope frenético al que se le lanzó el corazón como respuesta, el espasmo que sintió en la entrepierna. Fue como si aquel tirón del cuero cabelludo y la mano liada en su pelo hubiesen encontrado algo primitivo en su interior y lo hubiesen despertado de un modo extraño.

Él no se había comportado así con ella antes.

Acercó su boca a la de ella y Zephyr esperó, incapaz de mover el cuello y salvar la distancia que los separaba. Estaba inmovilizada, y eso le estaba causando algún tipo de reacción. De cerca podía ver la fina película de sudor que cubría la piel bronceada de Alfa, la profundidad de su cicatriz, los detalles intrincados de su parche, que era más elegante de lo que había esperado, confeccionado de algún tipo de cuero. Se preguntó qué tacto tendría. Dios, había perdido la cabeza. Acababa de ver a aquel hombre darle una paliza a otro y se le había subido encima, como un orangután que se sube a su árbol favorito.

Él le acercó la cara al cuello e inspiró.

—¿Qué hace un arcoíris como tú en un tugurio de mierda como este? —murmuró con voz tan suave que Zephyr, más que oír sus palabras, las sintió.

Ella sabía que tenía una personalidad colorida, pero jamás la habían llamado «arcoíris», y la forma en que él lo había dicho le gustó. Le gustó mucho, pero...

También la ayudó a comprender algo más: no la había reconocido.

En absoluto.

La embargó algo parecido al dolor y a la decepción. Por otra parte, ¿qué había esperado? Estaba claro que él había pasado por mucho. Y no se veían desde hacía diez años.

—Es una historia muy larga —le dijo con suavidad, y tragó saliva para controlar el torbellino de emociones que tenía por dentro.

Él no se movió; se limitó a observarla.

Zephyr cerró los ojos, avergonzada. Durante la última hora no había dejado de sufrir un golpe tras otro al corazón. Debería irse a casa a hartarse de llorar. Empezó a mover las piernas, pero él la agarró con más fuerza del pelo y la mantuvo quieta. Zephyr sentía el calor que emanaba de su cuerpo. Olía a espesura, a lo que ella imaginaba que serían las profundidades de un bosque salvaje más allá de la ciudad: sudor, madera, almizcle y algo desconocido. Cerró los ojos y pudo imaginarlo en otra época, en otro lugar, cazando en la jungla para luego llegar a su cueva y follarse a su mujer como un animal. Esa era la palabra: «animal». Jamás había conocido a alguien con un olor tan salvaje. La mayoría de los chicos de su adolescencia se cubrían con esos desodorantes de los anuncios en los que las mujeres caían rendidas a sus pies. Alec siempre se ponía una colonia que probablemente costaba más de lo que Zephyr ganaba en un mes. Alfa, en cambio, siempre había tenido un olor acorde con su aspecto: salvaje.

Antes de que Zephyr pudiese pensar en nada más, él se acercó a ella y se apoderó de su boca. El corazón se le fracturó. Sabía a café. A menta. A *él*. Su sabor la sacudió como una explosión mientras su boca se movía sobre la de ella con habilidad. Su lengua se deslizó por la de ella de un modo que le crispó los muslos que le rodeaban el torso y le avivó el recuerdo.

Alfa sabía besar. Sabía besar de verdad. Siempre había sabido.

Sintió que la cicatriz de la comisura de la boca se apretaba contra la suya. La sensación no fue desagradable, aunque sí desacostumbrada. La barba corta le causaba una fricción sutil que le estaba provocando… algo. Nunca había pensado que le gustase el vello facial, pero, joder…

Le rodeó el cuello con los brazos y se apretó de manera inconsciente contra él tanto como pudo. Frotó las caderas contra los músculos sólidos de Alfa sin siquiera pensarlo con un movimiento pecaminoso.

Aquello no era un beso, era toda una experiencia. Se sintió como una chica virgen que volvía a experimentarlo todo por primera vez. Nuevas sensaciones recorrieron su cuerpo, la promesa de algo oscuro, delicioso y depravado en el horizonte; todo lo que había de femenino en ella se desenroscó y se abrió, listo para darle la bienvenida a Alfa, para dejar que la saquease por completo. El beso era nuevo y conocido al mismo tiempo, como una melodía que hubiera oído hace mucho y jamás hubiera olvidado. De repente supo en su fuero interno que Alfa follaba igual que besaba. Y, Dios, quería experimentarlo. ¿La sujetaría y la empotraría contra la cama? ¿Le echaría la cabeza hacia atrás de un tirón de pelo y le devoraría la boca mientras se hundía en su interior? ¿Le marcaría la piel con los dientes?

Un escalofrío le recorrió el cuerpo. Se le pusieron duros los pezones, apretados contra el pecho de él. Era una romántica empedernida y siempre había creído en el amor a primera vista. Así se habían enamorado sus padres. Uno de sus amigos también lo había experimentado. Incluso sus abuelos paternos. A ella también le había sucedido con Alfa hacía mucho tiempo. Al besarlo volvieron a la vida todos esos sentimientos, la atracción, el anhelo y el dolor. Ah, un dolor dulce y a la vez amargo.

Alfa era su amor a primera vista. Y aunque Zephyr no sabía quién era Alfa ahora, era suyo. Siempre lo había sido.

Se oyeron un par de silbidos y abucheos a su alrededor, y Zephyr abrió los ojos y miró al hombre que había vuelto a poner toda su vida patas arriba. De pronto recordó que no estaban solos. Se separó un poco y lo miró bien, ruborizada, mientras sus pechos ascendían y descendían contra los pectorales de él. Alfa tenía la boca húmeda y algo rosada por el pintalabios de Zephyr. La miraba con aspecto imperturbable. Ella se bajó al suelo y echó el cuello hacia atrás para mirarlo, porque, por Dios, los dioses de la verticalidad lo habían bendecido de un modo que a ella no. Esa altura parecía ser el único rasgo reconocible del Alfa del pasado. La masa de músculos, las cicatrices, las heridas y el peligro era todo nuevo.

No la había reconocido, así que Zephyr tuvo que empezar de cero.

—Gracias.

La parte del labio de Alfa que no tenía cicatriz se crispó un poco. Miró detrás de ella con su ojo dorado.

—¿Estás con él? —preguntó.

Su voz era... más masculina de lo que recordaba. No se le ocurría otro modo de definirla. Era un tono más grave de barítono, de tenor, un sonido algo más ronco. Era una voz que Zephyr podía imaginar dando órdenes en una estancia llena de gente. Una voz que imaginaba susurrando frases sucias a una amante. Una voz de cuero oscuro y poder salvaje. Se dio la vuelta para ver a quién se refería y vio a Alec echando humo en medio de la multitud. Se había olvidado de él.

—No —habló en tono alto, algo más agudo de lo que habría preferido. Sintió calor en la nariz y se notó algo alterada.

' El hombre calvo de antes se les acercó y los miró a ambos con aire divertido.

—Eso ha sido… interesante.

Alfa ignoró el comentario.

—Hector te llevará sana y salva a casa.

Hector, el calvo, esbozó una sonrisa. Alfa le puso la mano, aún vendada, en la mejilla. Su contacto la dejó inmóvil. Con una mirada intensa de su único ojo, le plantó un beso hambriento en los labios.

—Besas bien, arcoíris.

Algo tembló en la caja torácica de Zephyr al ver que seguía sin reconocerla, aunque al mismo tiempo floreció el absoluto placer de haberlo vuelto a encontrar. Se sacudió de encima la sensación y sonrió.

—Tú también, guapo.

Notó que le había hecho gracia el comentario. Tras una última caricia en la mejilla, Alfa se alejó del cuadrilátero y la dejó allí, tal y como había hecho hacía diez años, esperando a que se diese la vuelta y regresase con él.

Había sido su primer amor, uno del que jamás se había recuperado. El tipo de amor al que podría entregárselo todo y volver a llenarse para darle más. Ese que pasaba inadvertido hasta que, de repente, se encontraba ahí, enraizado en los cimientos de su ser. Un amor que le había calado tanto en los huesos que había alterado el curso de su existencia.

Alfa había sido ese amor. Y ahora había regresado. Y no se acordaba de nada.

Zephyr podía darse por jodida.

2

Zephyr

—Joder, Zee, ¿qué pasa ahora?

Zephyr miró a Zenith, que estaba sentada delante del espejo mientras ella le ponía aceite en la larga cabellera negra. Su hermana tenía cinco años menos que ella y se la podía describir como despampanante. Era de complexión menuda y tenía una figura de modelo que todo el mundo en su círculo social admiraba, así como unos ojos vivaces que volvían locos a los hombres y una clase que avergonzaría hasta a una reina. Sin embargo, las apariencias engañaban. Zenith también había intentado suicidarse hacía años por razones desconocidas, había luchado a diario contra algún tipo de demonio interior, se había zambullido en temas de justicia social y trabajaba para una ONG —Supervivientes de Los Fortis, SLF— que ayudaba a víctimas de agresión y maltrato para rehabilitarlas. Si había ángeles en la tierra, Zenith era uno de ellos.

Zephyr hacía voluntariado con ella los fines de semana; se dedicaba a cortarles el pelo a las mujeres del centro SLF. La gente siempre subestimaba el efecto que podía tener en la psique un cambio de imagen. Había visto a mujeres echarse a llorar tras un corte; mujeres con duros pasados traumáticos que compartían su dolor, sus historias y sus circunstancias tras hacerse un cambio de imagen. Aunque fuese por un momento, algo así las empoderaba, les hacía sentir como si fueran una versión nueva de sí mismas, una versión que no tenía por qué dejar que el pasado dictase ni por un segundo su futuro. Aunque no era una contribución enorme al plan maestro del universo, Zephyr adoraba esa primera catarsis emocional que sentían justo después de una sesión de peluquería.

Se quitó de los lóbulos de las orejas los pendientes de margaritas y los dejó en el vestidor del cuarto. Zen la contemplaba con ojos curiosos. Zephyr había pasado los últimos minutos poniendo al día a su hermana mientras ambas se preparaban para irse a la cama.

—No sé —respondió, y se acercó al gran ventanal que había en su cuarto.

Las finas cortinas ondeaban en el interior a causa del viento. Su habitación era un reflejo de la persona que sentía que era por dentro. Colorido y caótico, con sábanas de estampados bonitos en la cama doble, paredes blancas repletas de fotos, plantas de interior que crecían en los rincones y baratijas de todas partes repartidas de cualquier manera alrededor.

«Arcoíris». La había llamado arcoíris. En su día se había referido a ella como «su rayo de sol», cuando tenía el pelo rubio. Arcoíris le gustaba más. Miró alrededor y se dio cuenta de que su cuarto hacía honor al nombre.

El de su hermana era justo lo contrario, todo organizado y minimalista, en tonos pastel. Ambas compartían piso en la ciudad. Desde allí se podía ir a pie tanto a la peluquería de Zephyr como al centro SLF. Su familia vivía en las afueras, donde las dos habían crecido. Su padre trabajaba de contable en el mismo despacho en el que llevaba treinta años. Cuando Zephyr empezó a trabajar en la peluquería, hacerse todo el camino de ida y vuelta a diario resultó ser demasiado caro y farragoso, así que no tardó en mudarse. Su hermana se fue a vivir con ella después de graduarse.

Zephyr se dejó caer sobre la cama y empezó a ponerse crema en los brazos mientras Zen se masajeaba el cráneo con los dedos, dos hábitos que las reconfortaban tras un largo día de trabajo.

—No me puedo creer que no te recuerde. —Su hermana le pasó los dedos por el pelo—. Por cierto, tendrás que decirle a mamá que has cortado con Alec. Tiene que dejar de pensar en planear tu boda con ese puto sapo.

Zen siempre había estado en el equipo anti-Alec.

—Sí, que te lo crees tú. —Zephyr resopló—. Mamá quiere que me case, que sea feliz y rica, y tener un yerno del que presumir con las señoras del club.

—También es verdad.

Se quedaron un poco en silencio, contemplativas. Zephyr estaba segura de que la relación con Alec había acabado, pero no sabía cómo proteger a sus padres de los efectos de la ruptura. Conociendo a Alec, este se tomaría su rechazo como un insulto, y probablemente conseguiría que su madre perdiese el estatus social que había obtenido al estar relacionada con él. De Zephyr seguro que hablaría mal por toda la ciudad. No la sorprendería que la ruptura afectase también a la reputación de Zen, sobre todo teniendo en cuenta que era adoptada y Alec lo sabía. La cosa no pintaba bien. Tenía una vida maravillosa, una familia genial, y aunque su madre a veces podía verse influenciada por lo que decían los demás, seguía siendo estupenda.

—Olvídate por un segundo de Alec —dijo Zen sacándola de sus meditaciones—. Sigo sin poder creer que hayas visto a Alfa, a *tu* Alfa, después de tanto tiempo. O sea, ¿qué probabilidades había de seguir a Alec y encontrarte a tu amor perdido? Pensaba que se había marchado de la ciudad. Lo viste de verdad, ¿no?

Zephyr se sonrojó levemente, con el recuerdo del beso aún vivo en la memoria. Al pensarlo bien, parecía una locura.

—Sí que lo vi, sí. Me subí a sus brazos, le di un beso y él me lo devolvió. Y me agarró el pelo de una forma que...

Dejó morir la voz y se abanicó la cara con gesto teatral. Zen también hizo gesto de abanicarse, sonriendo.

—Suena más sexy que antes. ¿Y Alec lo vio todo?

—Alec y como mínimo otros cincuenta desconocidos.

—Joder. ¿Y qué aspecto tiene ahora? —preguntó Zen, con expresión algo soñadora.

Era uno de los rasgos que tenían en común: las dos eran unas románticas empedernidas. Zephyr era algo más dura, y Zen, algo más tierna, pero las dos eran románticas sin duda. Y, además, Zen era la única persona que sabía de su historia con Alfa.

—Está enorme —respondió Zephyr, y el recuerdo le aceleró el corazón—. Y fuerte. Me sujetó en vilo con un solo brazo todo el tiempo, ¿te lo puedes creer?

—¡El sapo habría sido incapaz! —Zen soltó una risita y se hizo un moño en el pelo—. Y qué me dices, ¿todavía saltan chispas?

Vaya que si saltaban.

—Fue más intenso que antes. No sé si es porque hemos madurado, pero... siguen saltando chispas, sí. Sé que él también las sintió.

—Cuéntame más. Quiero vivir toda la experiencia a través de ti.

Zephyr acabó de ponerse la crema.

—Ahora está cubierto de cicatrices. No me puedo ni imaginar lo que debe de haberle pasado para tener tantas. Antes era guapo, pero ahora parece... salvaje. Peligroso. Alguien con quien no quieres meterte. Y también lleva un parche.

Zen se quedó inmóvil, con los brazos alzados.

—¿Cómo que lleva un parche?

—Te lo juro, no me lo estoy inventando. —Zephyr soltó una risa entre dientes, le puso el tapón a la crema y la dejó en la mesa de noche—. Parecía un pirata, pero más buenorro y más limpio. Olía genial, aunque no sé a qué huelen los piratas..., imagino que a mar, así que cualquiera pensaría que...

—Pero ¿en serio acabas de decirme que tiene cicatrices y lleva un parche?

—... el pestazo a cubierta y el de tantos...

—Zee.

—... hombres sin ducharse durante...

Zen se puso en pie con un movimiento brusco y se le acercó.

—¡Zee, concéntrate! —Chasqueó los dedos ante ella y Zephyr dejó de parlotear. Frunció el ceño al ver la seriedad en la cara de su hermana—. Solo conozco a un hombre en toda la ciudad que lleve un parche en el ojo, y espero que no estemos hablando del mismo, porque el que yo digo es... —Zen se mordió el labio, con preocupación en sus ojos marrones—. Es peligroso.

Zephyr frunció el ceño.

—Pero ¿de qué hablas?

Su hermana se tiró de las mangas del camisón que solía ponerse para dormir como si fuera una anciana. Zephyr sabía que aquella prenda la hacía sentirse segura.

—Sé que hay un tío con un parche en el ojo que es dueño del edificio de SLF. Y de las Torres Tridente. Y de media ciudad. Parece que es un pez gordo de las inmobiliarias, al menos de cara a la galería. Nunca me he enterado de su nombre, pero se rumorea que tiene negocios en los bajos fondos, y la verdad es que me lo creo. No se tienen tantas propiedades sin ser muy poderoso, y ese tipo de poder en esta ciudad es...

—... es peligroso —completó Zephyr, digiriendo lo que había dicho su hermana.

Se preguntó si Alfa sería el mismo hombre del que hablaba Zenith. Y, de ser así, ¿por qué iba alguien que ya poseía media ciudad a meterse en una pelea ilegal a puñetazos en un sótano siniestro? No tenía el menor sentido.

—¿No tienes ni idea de cómo se llama? —le preguntó.

Zenith negó.

—No creo que nadie que lleve una vida normal haya oído hablar de él. Yo solo sé lo del parche porque me lo ha dicho una de las chicas de SLF. Creo que trabajó para él. El padre de la chica le dio una paliza y el hombre del parche la mandó a SLF. Estuvo un tiempo con nosotras, a lo mejor la recuerdas. Se llama Jasmine.

En la mente de Zee apareció la imagen de una mujer con el lado izquierdo de la cara hinchado y un tatuaje dibujado a la fuerza en la mandíbula.

—Sí, le hice un corte de pelo por encima de los hombros. Le quedaba muy bien. Me acuerdo de que se echó a llorar cuando acabé.

—Sí. —Su hermana tenía los ojos sombríos—. Me habló un poco del tío del parche. Me dijo que les daba... seguridad a las chicas de las calles. Y que si alguna venía pidiendo ayuda, le hablase de él y le diese un número de contacto. Pero no sé si se trata de tu Alfa.

Las dos siguieron un rato en silencio, rumiando aquel dato. ¿Era el mismo hombre? Y, de ser así, ¿se atrevería Zephyr a intentar algo con él?

Siempre había sido buena chica. Pagaba sus impuestos a tiempo, ayudaba a las ancianas a cruzar la calle, obedecía la ley. Y aunque Alfa jamás había mostrado mucho respeto por las normas y tenía algo torcido el sentido de la moralidad, mezclarse con los bajos fondos era harina de otro costal. Si el hombre del parche y Alfa eran la misma persona, ¿debería Zephyr intentar contactar con él y meterse en algo así?

Recordó la falta de reconocimiento que había visto en su mirada, aunque ahora que ya no tenía los sentimientos a flor de piel no le dolía tanto. Sin embargo, tras haberlo encontrado de nuevo, se moría de ganas de verlo otra vez, de descubrir a la persona en que se había convertido, de comprender lo que le había sucedido desde la última vez que se vieron, de escuchar sus excusas. Deseaba saber la historia de sus cicatrices, averiguar cómo funcionaba su mente, ser objeto de la intensidad de su mirada.

Lo deseaba a él, aunque se codease con los bajos fondos. Y si él no la recordaba, iba a tener que ofrecerle algo de valor, algo que le diese tiempo para enamorarse de nuevo. Una idea empezó a florecer en su mente..., una idea demencial, pero alentadora.

—Has dicho que las Torres Tridente son suyas, ¿no? —dijo en voz alta mientras la idea iba tomando forma en su mente. Debía de estar loca. Las Torres Tridente eran uno de los complejos de oficinas más caros de Los Fortis.

—Oh, no. —Zen señaló a la cara de Zephyr—. Conozco esa expresión. Sea lo que sea lo que estás tramando, no lo hagas. —Ella parpadeó con aire inocente. Su hermana soltó un gemido—. Te vas a meter en un lío muy gordo. —Ella esperó—. Uf —resopló Zen—. Está bien, pero intenta que no te maten.

—Qué poco esperas de mí.

Su hermana le tiró una almohada a la cara y se dirigió a la puerta.

—Porque te conozco.

Ella puso los ojos en blanco y le sacó la lengua. Zenith salió del cuarto, pero en la mente de Zephyr ya estaban girando los engranajes...

Abrió de golpe el portátil y pasó una hora buscando los registros públicos de propiedad de las Torres Tridente y de la organización SLF. Tenía que confirmar que el hombre del parche y Alfa eran la misma persona. Todo estaba registrado bajo una dirección:

Seguridad AV
Torre A, Planta 28
Torres Tridente, Avenida Zero
Los Fortis – LF001A

AV. Alessandro Villanova.

Era él.

No le había dicho su nombre, pero Zephyr lo supo: era él. Contempló la dirección, sin saber qué hacer. Si iba a buscarlo, podría cambiar el curso de sus vidas. Lo mejor sería dejarlo pasar. Cerró el portátil.

Sí, mejor dejarlo pasar.

No lo dejó pasar.

Zephyr era una de las peluqueras principales de Rizos de Lujo, uno de los salones de belleza premium que había a tres manzanas del centro y de las Torres Tridente.

Las Torres Tridente eran un conjunto de tres altos rascacielos en medio de la ciudad, en lo que Zephyr denominaba «la parte burguesa». A aquella hora de la mañana, el lugar estaba atestado. Coches en la carretera, transeúntes en las aceras, un trasiego de actividad entre gente trajeada y vivaces artistas despreocupados.

La Torre A alojaba las oficinas de corporaciones multinacionales, de despachos de abogados ricos y de inversores poderosos. Era donde se ganaba dinero. La Torre B albergaba apartamentos para quienes podían permitirse pagar las vistas en la parte superior, así como un hotel de lujo en la parte inferior. Era donde se invertía dinero. Y la Torre C, la de menor tamaño de las tres, era básicamente un centro comercial carísimo en el que había de todo, desde bares y restaurantes a boutiques y almacenes de ultralujo. Era donde se gastaba dinero.

En las últimas dos semanas, Zephyr había dado un largo paseo desde el trabajo y había pasado por delante de la Torre A de camino a casa para echar un vistazo. Durante esos días había descubierto dos cosas: una, que Seguridad AV daba empleo a mogollón de tíos buenos y musculosos. Y dos, que Alfa jamás salía ni entraba en el edificio por la puerta principal.

De hecho, en esas dos semanas, Zephyr solo lo había visto tres veces, cuando se dirigía a la parte trasera de la torre tras salir de un enorme utilitario de color oscuro cuyo modelo no alcanzó a distinguir. Catorce días de investigación, así como muchas conversaciones con su hermana y otros empleados de SLF, le dejaron una cosa clara: Alfa era definitivamente un pez gordo, una especie de villano de los bajos fondos, y tenía fama de dar los mejores servicios de seguridad y de cabrear a mucha gente importante.

Era peligroso. Y a Zephyr le gustaba aún más por ello. Estaba perdida.

Se encontraba delante de la Torre A. Nerviosa. Había enloquecido por completo, pero era el único modo de avanzar que se le ocurría.

Inspiró hondo y se acercó decidida a la entrada. Esbozó una enorme sonrisa ante los guardias.

—Quería ir a Seguridad AV, por favor.

Los guardias asintieron y ella entró. Se quedó pasmada al ver el enorme recibidor que se extendía desde la puerta principal hasta los ascensores. Había un mostrador de recepción con dos mujeres, una zona de espera con mullidos sillones en un lateral y cámaras por todas las paredes.

Se quedó allí plantada, con el vestido negro que llevaba, en el que se apreciaban flores de color magenta cuando le daba la luz desde cierto ángulo, contemplando a todo el mundo y sintiéndose fuera de lugar. Ahora llevaba el pelo teñido de un intenso color borgoña, con flequillo. El vestido susurraba al moverse porque tenía demasiado vuelo. No encajaba en absoluto en un lugar como aquel.

Sin embargo, tenía que seguir adelante, por ellos dos y por el futuro que sabía que se merecían, aunque ignoraba si la versión jefazo de Alfa le prestaría la misma atención que la versión luchadora. Esperaba que sí.

Se agarró a la correa de su pequeño bolso rosa y, aún inmóvil en la entrada como una idiota, empezó a reunir valor.

—¡Disculpe, señorita!

La voz la distrajo. Alzó la vista y vio que una de las hermosas recepcionistas le sonreía con gesto amable, sosteniendo el auricular del teléfono en la mano. Probablemente iba a pedirle que se marchase.

—¿Sí? —Zephyr se obligó a esbozar una sonrisa que no sentía.

—¿Es usted la señorita Arcoíris?

¿Señorita Arcoíris? Zephyr parpadeó, confundida, antes de comprenderlo. Miró a la cámara que enfocaba la entrada. Alfa la había visto. Y, maldita sea, le encantaba que así fuera.

—Sí, soy yo.

—El señor Villanova la está esperando.

Una ligera sonrisa asomó a sus labios. Le tiró un beso a la cámara.

«El señor Villanova. Muy formal».

Asintió y se dirigió a los ascensores junto con otras personas que subían. Pulsó el botón de la planta veintiocho con las manos algo sudorosas. Hasta la planta veintidós mantuvo relativamente la calma. En la veintitrés empezó a sentir mariposas en el estómago. En la veinticuatro recordó la facilidad con la que Alfa la había sostenido en el aire. En la veinticinco recordó aquella mano vendada agarrada a su pelo y sintió que se ponía roja. Se apretó contra la pared del ascensor y observó cómo los otros dos hombres que iban con ella se bajaban en la planta veintiséis.

En la veintisiete se recordó a sí misma por qué estaba allí. Por él. Estaba allí por él. Su madre siempre decía que ser tan cabezota acabaría por pasarle factura, y probablemente tenía razón. Pero el destino lo había traído hasta ella de nuevo, y no pensaba de ninguna manera dejar pasar la oportunidad. Se merecían aquello, y él no podía luchar por los dos, así que lucharía ella. Se colgó el bolso del antebrazo. Se echó hacia arriba las gigantescas gafas de sol, se ajustó el séptum que llevaba en la nariz y se miró de arriba abajo en el espejo. El vestido le encajaba a la perfección. Le llegaba hasta la rodilla y tenía un escote con muy buen gusto. Llevaba tacones que le daban aspecto de tener las piernas mucho más largas. Estaba muy guapa. Confiaba en que él pensase lo mismo.

Las puertas se abrieron en la planta veintiocho.

Zephyr parpadeó de sorpresa. Aquello no se parecía en nada a lo que había esperado. Una larga mesa de madera de teca con forma de tronco descansaba en el área de recepción, con el nombre SEGURIDAD AV grabado en la superficie. Hombres altos y musculosos con apretadas camisetas negras y pantalones vaqueros deambulaban por ahí. Algunos bebían café en la pequeña cocina que había a la izquierda, mientras que otros descansaban en una zona con sillas junto a unas ventanas desde las que se veía toda la ciudad. Un tipo con gafas leía un libro en un rincón. Tres mujeres con tacones altos y vestidos cortos salieron entonces de una sala junto con Hector, el hombre calvo que la había llevado a casa la otra noche.

¿Qué era aquel sitio?

—¿Puedo ayudarla? —dijo alguien junto a ella.

Zephyr se dio la vuelta y vio a un hombre alto de piel aceitunada y pelo corto, casi al estilo militar. Y viendo la postura que adoptaba, le sorprendería saber que no había estado en el ejército. Aquel sitio tenía una carta interminable de tíos buenos. Casi le dieron ganas de sacar fotos con disimulo para Zen.

—He venido a ver... ¿a Alfa? —le salió más como pregunta que como afirmación.

El buenorro frunció el ceño y la evaluó con sus ojos oscuros.

—Alfa no se reúne con posibles clientes. Tendrá usted que registrarse antes con nosotros. Si tiene interés en nuestros servicios de seguridad, yo mismo puedo ayudarla. Soy Victor. —Alargó la mano.

Antes de que ella pudiese aceptarla, una mano enorme se colocó en su cintura en un movimiento tan posesivo que se quedó pasmada. Alzó la vista y vio a su bestia a su lado, con el ojo clavado firmemente en aquel tipo.

—Está conmigo —afirmó él con una voz que hizo que Zephyr apretara las piernas.

Se acabó la cháchara en la recepción. Aquellas palabras tenían un peso específico. Zephyr no sabía exactamente cuál era, pero toda la actividad en la zona común se detuvo. Todos los hombres guapos a los que había estado repasando con la vista miraban ahora al que se hallaba a su lado. En el aire flotaba algo parecido a la sorpresa y la confusión. Hasta el tío que hasta ese momento leía los miraba ahora con curiosidad. Zephyr se quedó allí plantada junto a aquel hombre que la doblaba en tamaño.

«Joder».

Era irresistible.

Y ella estaba mojada.

Sin decirle ni una palabra más a nadie, Alfa la llevó hasta la puerta que había en el extremo del espacio abierto. Ella lo siguió a toda prisa, dando dos pasos por cada uno que daba él, para no quedarse atrás. Notaba el calor de la palma de su mano sobre la piel, a través de la tela del vestido. Aunque tenía que aprender a caminar un poco más despacio, por Dios.

Entraron en el despacho y Alfa cerró la puerta tras ellos. Se acercó al gran escritorio de caoba que había allí y se apoyó en él.

—Arcoíris.

—Zephyr, o Zee, si lo prefieres —corrigió ella, apoyándose en la puerta junto a la que él la había dejado.

Al presentarse por primera vez, lo observó en busca de algún destello de reconocimiento. Su nombre tampoco era tan habitual. A su madre le gustaban los nombres raros, así que ella dudaba que Alfa hubiese conocido a otra persona llamada Zephyr.

Pero no hubo nada, ni una sola señal de que lo hubiese oído antes.

«Está bien, empieza la misión Borrón y Cuenta Nueva».

Zephyr lo aceptó y decidió seguir adelante. Primero lo primero: tenía que echarle un buen vistazo bajo la luz del sol y ver todo lo que había escapado a su vista aquella noche.

Alfa llevaba una camiseta negra y vaqueros, al igual que los hombres de ahí fuera. No era lo que habría esperado Zephyr de un tío que trabajaba en la Torre A y a quien pertenecía media ciudad, ni tampoco de un jefazo de los bajos fondos del que la gente tenía miedo de hablar.

Él se limitó a esperar; la dejó recorrerlo con la vista a placer. Los ojos de Zephyr pasaron por toda su enorme complexión y se detuvieron en su cicatriz.

—Intimidas bastante —le dijo al fin, centrando la vista en su único ojo—. Aunque a mí no me das miedo. De lo contrario, no me habría tirado encima de ti. —Joder, la estaba mirando de un modo que empezaba a afectarla—. Por eso estoy aquí. No para que me beses otra vez, aunque no me importaría. —«Para, para, para»—. Fue un beso muy agradable. Probablemente el mejor que me han dado…, pero me estoy yendo por las ramas. Perdona, estoy un poco nerviosa.

Él enarcó la ceja del ojo bueno, pero guardó silencio, lo cual la puso aún más nerviosa.

—A veces hablo sin parar cuando me pongo nerviosa —murmuró para sí misma, y negó con la cabeza—. Es que…

Se echó el flequillo a un lado. Él inclinó la cabeza.

—¿Qué hacías con Alec Reyes?

Zephyr detuvo la mano sobre el flequillo, sin apartarla, y lo miró con el ceño fruncido.

—¿Lo conoces?

Él la contempló.

—Nuestros caminos se han cruzado.

Una respuesta muy poco concreta.

—Era mi novio hasta esa noche —le dijo ella.

—¿Y qué pasó esa noche?

«Tú. Pasaste tú».

—Se le cayó la polla entre las piernas de otra. Varias veces.

—Ah.

«Ah». ¿Qué quería decir con «ah»? Zephyr no tuvo oportunidad de preguntárselo. De pronto, Alfa se enderezó y fue a tomar asiento en la enorme silla. Una vez sentado, la habitación pareció más espaciosa.

—Bueno, Zephyr, ¿y en qué puedo ayudarte?

Adoraba el modo en que había pronunciado su nombre: «*Sefir*». De haber sido una gata, habría ronroneado al oírlo. Probablemente entraría en celo y empezaría a restregarse contra él.

«No es el momento».

Tragó saliva y se cruzó de brazos para ocultar los pezones al ver el modo en que él bajaba la vista a su escote para luego volver a su cara. Bien. Sentía atracción por ella. Eso era importante.

—Pues… —vaciló, no muy segura de cómo formularlo.

Él esperó con paciencia. Y entonces Zephyr balbuceó las palabras que tenía desde hacía dos semanas en mente:

—Cásate conmigo.

Silencio.

Lo había sorprendido. Lo veía en ese ceño a medio fruncir. Alfa se echó hacia atrás en la silla y la miró con intensidad con su único ojo.

—¿Disculpa?

Esa iba a ser la parte más dura. Tenía que convencerlo de que no era más que un matrimonio de conveniencia, un *quid pro quo*. Pero iba preparada. Inspiró hondo, se acercó a la silla frente al escritorio y se sentó, dispuesta a explicarse bien. Tenía el discurso entero trazado, lo había practicado con Zen aquella mañana, para desesperación de su hermana. Pero, bueno, las situaciones desesperadas exigían medidas desesperadas… y tal.

—Vale… —«Venga, de perdidos al río»—. Mi abuela, que Dios la tenga en su gloria, estaba como una puta regadera. Tenía varias reliquias y legados familiares que llevan en nuestra familia desde hace muchas generaciones. Me lo dejó todo a mí a condición de que me casase a los veintinueve años, cosa que pasa dentro de dos semanas. No me preguntes por qué, yo aún no lo entiendo. Esas reliquias son importantes para mi familia y quiero legárselas a mis hijos algún día. Por eso estaba lista para sentar la cabeza junto a Alec. Pero resulta que Alec es... muy controlador. Jamás aceptará que lo haya rechazado e intentará interferir en lo que pueda para que no encuentre a nadie a tiempo. Yo no estaba enamorada de él, aunque me esforcé. Pero...

—Hizo una pausa e intentó controlar sus emociones mientras hablaba con él, pero la mera presencia de Alfa desataba el caos en su interior.

—Sigue —le dijo él. Apoyó los grandes brazos en los reposabrazos de la silla y le clavó una mirada afilada con su único ojo dorado.

Zephyr soltó el aire con fuerza.

—Esa noche sentí una conexión contigo. Luego me enteré de quién eres y comprendí que probablemente eres el único tipo de la ciudad que puede conseguir que Alec se cague en los pantalones, perdón por la expresión. Luego se me ocurrió que podría matar dos pájaros de un tiro. Aunque no te lo creas, no voy por ahí pidiéndole matrimonio a cualquiera. Sé que no me conoces, pero soy muy buena gente. Así que... ¿te casas conmigo? Aunque sea solo por seis meses. Así se ejecutará el testamento de mi abuela y a Alec se le habrán bajado los humos. Después podremos irnos cada uno por nuestro lado. Y no será tan malo. O sea, tenemos mucha química y yo soy buena persona y tú pareces también buena persona y solo quería...

—Respira.

Zephyr se detuvo, inspiró y se dijo a sí misma que debía calmarse. Estaba empezando a hablar a mil por hora, pero estaba nerviosa. Se la estaba jugando. Si Alfa decía que sí, tendrían una gran historia que contarles a sus nietos. Pero si decía que no, Zephyr no sabría qué hacer. El testamento de su abuela, aunque importante, era más bien una excusa. Su objetivo principal en aquella misión era él. Se inclinó hacia delante y suplicó:

—Por favor.

Alfa la contempló durante unos minutos. Parecía reflexionar sobre algo. Al cabo dijo:

—¿Y yo por qué iba a decir que sí?

Zephyr sintió que su corazón iba al triple de velocidad.

—Porque he oído que hace tiempo que no estás con una mujer, señor Villanova. Si accedieras, me tendrías a mí y, aunque está feo que yo lo diga, soy fantástica en la cama. Además, tengo algo tuyo. Dame seis meses de tu vida y, a cambio, te diré qué es el secreto. —Se inclinó hacia delante con gesto sincero—. Sé mi marido y seré tuya. No tienes nada que perder, pero sí mucho que ganar. Estaré encantada de ser tu amiga, tu amante, tu esposa, lo que necesites.

Veía que estaba intrigado.

—Firmaré un acuerdo prenupcial —prosiguió para dejar claro que no quería sus posesiones, al menos no las financieras—. Después de seis meses, cada uno por su lado. No me llevaré nada tuyo.

Él tamborileó con los dedos sobre el escritorio. Tenía una cicatriz en el dorso de la mano que le subía por el brazo.

—Así que sabes algo de mí. Y si me caso contigo, descubriré el secreto y te tendré a mi disposición.

Zephyr mantuvo los ojos clavados en él. Se agarró el vestido con los dedos.

—Sí.

3

Zephyr

Alfa se quedó muy inmóvil mientras se pensaba la oferta. La observó fijamente con ese único ojo dorado y la cabeza ladeada a la izquierda. La luz del sol, que entraba a raudales por la ventana, bañaba su rostro hermoso y cicatrizado.

—No me estás diciendo toda la verdad —dijo al fin, y a Zephyr le flaquearon los latidos del corazón.

No, no se la estaba diciendo toda. No le estaba contando los secretos que guardaba. No le había dicho que sabía mucho de él desde antes de haberlo visto por primera vez. No le había dicho que él fue el primer chico al que besó, que aún recordaba el metal de la valla contra la que la había puesto, que este le dejó marcas en la espalda que duraron una semana. No le había dicho que lo había querido cuando era un chico y que quería volver a quererlo de adulto.

Lo que no comprendía era cómo había podido convertirse ella en un recuerdo tan fugaz para él. Sabía que sonaba como si lo hubiese estado acosando, pero no había sido así. La realidad era que… Zephyr amaba del único modo en que sabía amar: completa y absolutamente, sin vergüenza alguna.

Todo había empezado cuando se rompió las costillas trepando por el árbol de su patio trasero, a los diez años. Había tenido que estar ingresada en el hospital durante una semana, pero la planta infantil estaba llena, así que la pusieron de manera temporal en la de adultos, junto a una amable mujer. La mujer, que se estaba muriendo, había hablado con Zephyr. Le había preguntado por su familia, había jugado con ella a un juego. Le había hablado de su hijo y le había contado que era un chico fuerte, que era buena persona y que estaba triste por dejarlo solo. Cuando ella ya no estuviera, su hijo no tendría a nadie. Zephyr, con pesar de corazón por un niño al que ni siquiera conocía, le prometió que cuidaría de él. La mujer mayor, Adriana, esbozó una sonrisa encantadora e hizo con ella una promesa con los meñiques entrelazados. Esa misma noche murió mientras dormía.

A la mañana siguiente, Zephyr había visto a un chico alto de trece años, con una camiseta rajada, arrojar una silla por una de las ventanas de la planta. Tenía los ojos enrojecidos de llorar. Zephyr sintió en aquel momento el dolor del chico como si fuera propio. Alessandro Villanova quería a su madre hasta el punto de que las enfermeras tuvieron que sedarlo para aplacar sus aullidos de dolor.

Y Zephyr, que había salido del hospital aquel día, jamás se olvidó de él. Ese había sido el principio de los dos, aunque él aún no lo supiera.

Ella no le dijo nada de todo eso. Se limitó a contemplar aquel iris ambarino de un tono tan suave que, en su cabeza, siempre lo veía como dorado. Alfa tenía unos ojos preciosos y ahora dañados; estaba parcialmente ciego con esa cinta de cuero que cubría uno de ellos.

—¿Te da reparo? —le preguntó él con suavidad.

Zephyr supo que se refería al parche. La pregunta la sorprendió. ¿Se sentía inseguro al respecto? Quizá no. Quizá no era más que curiosidad.

—Para nada —respondió con sinceridad.

Siempre que él estuviese bien, a ella no le importaba. Aun así se preguntó cuándo había pasado, cómo había sido y cómo se había recuperado él de todo.

—Dime lo que escondes.

¿Y que escapase de ella como si fuese una loca? Oh, no.

—Cada cosa a su momento. —Le dedicó una sonrisa suave, con una alegría visceral en el corazón por haberlo encontrado de nuevo—. Pero ten por seguro que no soy ninguna mentirosa. Todo lo que te he dicho es verdad.

—No soy buena persona —le informó él—. En mis negocios me he hecho enemigos. Por más interesante que me parezca tu propuesta, no tienes ni idea del mundo en el que entraría quien fuera mi esposa.

—Lo sé. Eres un pez gordo de los bajos fondos y tal. Tienes más propiedades de las que debería tener nadie, sacas a gente de la calle y le das empleo en empresas dudosas, te rodeas de un círculo de trabajadoras sexuales por alguna razón… —Él se tensó al oírla recitar todos aquellos datos—. No es difícil saber que estás metido hasta el cuello en más de un asunto turbio, lo cual te convierte en alguien peligroso, lo cual te convierte en alguien poderoso. Aunque no lo sepa todo al detalle, eso sí que lo entiendo.

—Pues deberías echar a correr.

Ella siguió sentada, y él se echó hacia atrás en la silla.

—Esto es… inesperado. ¿Por qué yo en concreto? —preguntó a bocajarro—. Una chica como tú puede elegir a quien quiera para casarse. Debe de haber otro motivo.

—Quizá estamos destinados a estar juntos. —Le guiñó un ojo—. Quizá tu beso me cambió la vida.

La comisura de su boca que no tenía cicatriz se contrajo.

—Hace mucho que no estoy con una mujer, Zephyr —le advirtió con voz pausada—. Ten cuidado con cómo te ofreces a mí. Por algo dicen que soy una bestia.

Era justo eso lo que ella quería.

—Eres una bestia retorcida. Y yo una bella retorcida. Estamos destinados a estar juntos, guapo. Lo dicen los cuentos de hadas.

Él no reaccionó a la frivolidad de su tono, se limitó a observarla un rato más. Ella permitió que viese que hablaba con sinceridad. Dejó que contemplase su cabello teñido, su cara redonda y tersa, el hoyuelo que se le marcaba en la mejilla al sonreír, el aro de plata en el tabique de su nariz y sus ojos marrón claro bastante anodinos.

—Está bien, juguemos —dijo él.

Volvió a tamborilear con los dedos sobre el escritorio. Zephyr se fijó con más atención en el dorso de su mano. Una larga cicatriz le salía de la articulación del dedo corazón y desaparecía bajo su camiseta. Un tatuaje negro rodeaba la marca como una enredadera con espinas pero sin flores. «Interesante elección». Se preguntó si tendría más tatuajes en las cicatrices. Quería explorar hasta el último centímetro de todo.

—Entonces, nos pasamos seis meses casados y luego cada uno por su lado, ¿no?

—Sí.

—¿Y te tendré a mi disposición durante todo ese tiempo como yo quiera?

A ella se le cortó la respiración.

—Sí.

Él se inclinó hacia delante.

—Entonces ¿lo que dices es que puedo rodear el escritorio ahora mismo y abrirte de piernas para que mis hombres te oigan chillar desde ahí fuera?

Zephyr sintió que se le tensaban los muslos. «Joder».

—Sí.

—Y digamos entonces que te desnudo aquí mismo, ahora, y te pongo contra la ventana para que toda la ciudad vea que te empotro contra el cristal. ¿Te supondría un problema?

Dios, por favor, qué calor le estaba entrando.

—No —jadeó.

—Y si te digo que me la chupes por debajo de la mesa como si fueras mi zorra personal mientras hablo con uno de mis hombres, ¿lo harías? —le preguntó, casi en tono desafiante.

O bien intentaba asustarla o pensaba que Zephyr iba de farol y que la había pillado.

Ella se levantó con calma y dejó caer el bolso sobre la alfombra. Rodeó el escritorio con aire despreocupado mientras él la contemplaba. Se puso de rodillas entre sus piernas y lo miró. Parecía más grande, como un auténtico capitán pirata de épocas pasadas.

—Habla con uno de tus hombres si quieres —le dijo, pillándolo a él en su propio farol.

Se miraron el uno a la otra durante un instante largo y tenso. Zephyr estaba lista y dispuesta a chupársela hasta dejarlo sin sentido, y Alfa intentaba comprender por qué iba una desconocida a llegar a semejantes extremos para casarse con él. No tenía la menor idea.

Alfa se llevó la mano a la hebilla del cinturón. Zephyr se echó el cabello a un lado. Él se abrió la bragueta, mirándola. Ella apoyó el culo en los talones, mirándolo. Durante unos momentos largos y tensos, ambos se quedaron así, esperando a que el otro parpadease.

De pronto, Alfa se echó hacia adelante y la agarró de la barbilla con dedos bruscos. La mantuvo sujeta en el sitio. Esbozó una media sonrisa que debería haber dado miedo, pero que para ella era una victoria.

—Estás jugando con la bestia, arcoíris. —Le apretó aún más la mandíbula—. Y muerdo.

Ella le mostró el cuello sin apartar la mirada de sus ojos.

—Eso esperaba —susurró.

—Joder.

El espacio entre las caras de ambos reverberó. El aire estaba cargado de expectación. Ella cerró los ojos y esperó a que Alfa cruzase la distancia que los separaba. Notaba su aliento en la cara, su aroma en la nariz, su tacto en la piel. El aliento se acercó y ella entreabrió los labios, con el cuerpo maleable, dispuesto, ansioso de su afecto.

Alfa volvió a apretarle la mandíbula. Y luego la soltó.

Zephyr abrió los ojos y lo primero que vio fue un bulto de buen tamaño bajo los vaqueros desabrochados. Le empezó a salivar la boca y miró a Alfa a los ojos.

—¿Te sientes tentado? —preguntó con una voz que era apenas un susurro sin aliento.

Él no respondió. Se limitó a abrocharse la bragueta otra vez y a recolocarse la polla. Luego se puso en pie. Zephyr soltó todo el aire de los pulmones y se recompuso. Satisfecha pero también algo decepcionada, se agarró al muslo de Alfa para no caerse, colocando deliberadamente la mano cerca del bulto, y se incorporó. Empezó a alisarse el vestido cuando, de pronto, la mano de Alfa salió disparada y la agarró del pelo. Le echó la cabeza hacia atrás de un tirón y acercó la boca a apenas un suspiro de la de ella. Alguien que no hubiese sabido lo que había bajo aquella bestia se habría sentido intimidado; alguien que no conociese la ternura con la que Alfa trataba a todo aquello que amaba. Sí, cualquiera se habría asustado, pero Zephyr se mantuvo tranquila, abierta a lo que Alfa quisiese buscar dentro de ella.

Él la recorrió durante un instante con una mirada confusa, como si intentase descubrir qué era lo que pensaba. Acto seguido murmuró unas palabras que acariciaron los labios de Zephyr:

—Te voy a dejar cicatrices.

—Puede que las quiera —replicó ella, dejándolo aún más confuso. No dejaba de pasar todas las pruebas a las que él la estaba sometiendo.

Alfa la soltó y se dirigió con aire rígido a la puerta. La abrió para indicarle a las claras que se fuera mientras él reflexionaba.

—Me lo voy a pensar.

Era el mejor resultado que Zephyr podía esperar. Francamente, la reunión transcurrió mucho mejor de lo que había pensado. De haber estado ella en su lugar, habría descartado aquel plan estúpido en apenas cinco segundos. Desde luego, Alfa tenía más paciencia que ella.

Asintió y cogió el bolso. Él esperó junto a la puerta a que saliera. Consciente de los ojos curiosos que espiaban desde ahí fuera, Zephyr le apoyó una mano en el hombro, se puso de puntillas y le dio un beso en la comisura del labio, justo sobre la cicatriz que lo torcía hacia abajo.

—Esperaré, guapo.

Le guiñó el ojo y se marchó.

Uno de los tipos de la zona con sillas se atragantó con el café. La puerta se cerró como respuesta. Zephyr pasó entre todos aquellos hombres en dirección al ascensor, a paso ligeramente animado.

4

Alfa

—Está aquí Jasmine, jefe —anunció Hector desde la puerta del despacho.

Alfa asintió para que entrase y se echó hacia atrás en la silla.

Jasmine, una de sus nuevas centinelas, así como de sus mejores informantes, entró en el despacho con expresión seria en su rostro atractivo. Alfa la había encontrado hacía dos años en la calle frente a uno de sus clubs, inconsciente, después de que le hubiese dado una paliza su padre, el mismo que la había estado prostituyendo. La llevó a SLF para que se recuperase. Después, Jasmine acudió a él y le pidió trabajo, y Alfa había aceptado. Ella se conocía hasta el último rincón de la ciudad, era astuta y tenía un aire poco amenazador. Todo ello la convertía en el mejor par de ojos. Podía colocarla donde quisiera como espía.

—Jefe —dijo ella a modo de saludo. Tomó asiento en la silla que había ocupado antes Zephyr—, ha habido otro asesinato.

Mierda.

—¿Quién? —No pudo evitar hablar con voz brusca.

—Una chica nueva, Mandy —le informó Jasmine en tono quedo—. Empezó a trabajar en el centro hace una semana. Le dije que podía unirse a AV, pero no estaba muy convencida.

—¿Sabemos algo de ella?

Jasmine vaciló, y luego abrió la bolsa que llevaba consigo. Sacó un sobre negro.

—Encontré esto en mi coche, frente a la escena del crimen.

Los polis ya estaban allí y había una buena multitud, así que no sé quién lo dejó.

Alfa cogió el sobre y lo depositó sobre el escritorio. Le dedicó toda su atención a Jasmine.

—¿Qué se comenta por las calles?

—Las chicas están asustadas —admitió ella—. Todas dicen que se trata de un hombre, a juzgar por la carnicería que están haciendo con ellas. La mayoría de las víctimas eran chicas que querían dejar esta vida. Algunas ya habían tomado medidas, otras incluso estaban a punto de marcharse. Esto las está manteniendo en la profesión por miedo, aunque no quieran.

Alfa no soportaba la idea. No había nada que lo cabrease más que alguien capaz de obligar a una mujer a quedarse donde esta no quería.

—Nos están lloviendo las solicitudes. —Aquello era bueno para el negocio, pero malo para la ciudad. Sin embargo, Alfa no lo dijo en voz alta—. Es lo único que tengo de momento. Volveré a comprobar cómo está la cosa en una semana. Esperemos que no vuelva a matar hasta entonces. También intentaré que me digan algo de comisaría, a ver si los polis han encontrado alguna pista que nos pueda ayudar.

Alfa asintió.

—Avisa si necesitas que te acompañe uno de los chicos.

—Es mejor que trabaje sola. Ninguna hablará conmigo si hay un tío de fondo.

Alfa lo comprendía. Aunque no le gustaba.

Ella empezó a levantarse, pero vaciló.

—La mujer que ha estado aquí justo antes que yo... Se llama Zephyr.

¿La conocía? Alfa esperó a que continuase, con aún más curiosidad. A Jasmine no le iba la cháchara intrascendente. Si no tenía nada más de trabajo que discutir, solía marcharse al momento.

Ella volvió a vacilar.

—¿Ha venido a pedir dinero?

—No —le dijo Alfa, esperando que soltase lo que tenía en mente—. ¿De qué la conoces?

—Nos conocimos en SLF. Su hermana trabaja allí y ella hace de voluntaria a veces. Fue ella la que me cortó el pelo. —Se tocó el cabello corto y estilizado que le escondía la mitad del tatuaje facial. Tragó saliva, con evidente emoción en los ojos—. Me dijo que podía ser quien me diera la gana. Mi padre nunca me dejaba cortarme el pelo... porque funcionaba mejor con los clientes; o eso decía siempre. Y ese día, Zephyr me lo... cortó. Consiguió que me sintiese guapa por primera vez. Limpia. Nueva. Fue todo un regalo, y estoy en deuda con ella. Si necesita dinero o lo que sea, me gustaría contribuir.

«Joder». Después de tantos años de ver solo fealdad, ya nada conseguía conmover a Alfa. Sin embargo, se conmovió un poco al enterarse de que su arcoíris había cambiado la vida de aquella mujer, seguramente sin darse ni cuenta, y ganándose así una aliada dispuesta a plantarse frente a un hombre como él para defenderla.

Se quedó ahí sentado, procesando todo lo que Jasmine había dicho de la mujer que, básicamente, le había pedido matrimonio. Cada vez sentía más curiosidad. ¿Tendría Zephyr el mismo efecto en él? ¿Sería capaz de cambiarle la vida, de conseguir que sintiese que era una persona nueva? ¿Se ganaría su lealtad hasta el punto de que estaría dispuesto a cuidarla? ¿Sería capaz?

Alfa estaba intrigado, y lo cierto era que pocas cosas lo intrigaban ya. Reflexionó sobre las palabras de Jasmine y se preguntó si contarle aquella idea estúpida de Zephyr ayudaría a que cobrase más sentido. Al cabo dijo:

—Lo que quiere es casarse conmigo.

—Ah. —Jasmine abrió mucho los ojos. Una pequeña sonrisa asomó a sus labios—. No te ofendas, Alfa, pero la verdad es que te hace falta una esposa.

—¿Disculpa?

Jasmine se echó hacia atrás.

—Si esto fuese un cuento de hadas, tú serías la bestia que vive sola en la torre, con tus criados y tus perros. La que muerde a quien se acerca. Yo he visto lo peor de la gente, y no sabía que existían hombres como tú hasta que me salvaste. Te mereces algo bueno, no estar solo en esa casa que tienes.

¿Sería eso lo que pensaba todo el mundo?

—Tengo a mis chicos —le recordó. Se refería a los tres enormes pastores alemanes que había cuidado y entrenado desde el día en que los rescató. Eran sus compañeros leales, le hacían no sentirse solo. Alfa no necesitaba una mierda.

—Son perros —señaló ella con acierto—. Unos perros geniales, pero necesitas compañía humana. Y Zephyr le hace bien a otras personas. Yo en tu lugar me casaría con ella. Piénsatelo.

Alfa no sabía si Jasmine era de la otra acera, pero, bueno, tampoco era asunto suyo. Mientras siguiese siendo buena centinela y no intentara ligar con él, podía hacer lo que le viniera en gana con su vida privada. Alfa jamás mezclaba el placer con las chicas que tenía bajo su protección, lo cual también dificultaba encontrar mujeres dispuestas a follar con él. A las normales les bastaba echarle un vistazo para salir corriendo. Las más rebeldes se echaban con él una cana al aire y se arriesgaban, pero él acababa sintiéndose vacío. Teniendo en cuenta sus negocios, jamás le había atraído lo de pagar para follar. Por otro lado, aprovecharse de las trabajadoras que confiaban en él iba en contra de su código moral. Había pocas cosas con las que Alfa se considerase un hombre recto, pero entre ellas se contaba el trato con mujeres y con niños vulnerables.

Lo cual llevaba una vez más a la siguiente pregunta: ¿por qué iba una chica como Zephyr, que provenía de buena familia y contrastaba del todo con su mundo, abalanzarse sobre él, besarlo y arrodillarse ante él para proponerle semejante locura? ¿Cómo podía parecerle bien todo lo que Alfa le había dicho que le iba a hacer? No era ninguna fan, ni tampoco era una rebelde. Dudaba que fuese a resultarle difícil encontrar a otra persona dispuesta a aceptar aquel plan. Entonces ¿por qué lo elegía a él? ¿Qué tenía en la cabeza?

Jasmine salió del despacho y Alfa se acercó a la ventana, rumiando sus palabras.

Así que Zephyr ayudaba a las mujeres maltratadas que acudían a su centro. Alfa sintió que algo se le removía en el pecho, aunque no estaba muy seguro de por qué. Aun así no comprendía lo del matrimonio. ¿Qué era lo que Zephyr sabía de él? No podía saber nada.

«Está un poco loca», decidió. Pero al menos le serviría como distracción.

Por primera vez en años, Alfa sintió que se rompía el arrullo invariable del hastío. Todo se había convertido en una constante: el mundo siempre era igual, su imperio siempre era igual, su soledad siempre era igual. Hacía mucho tiempo que se había dado cuenta de que cada pelea, cada polvo y cada final se convertían en la misma mierda que vivía continuamente.

Algunos días no entendía por qué debía seguir. En esos momentos echaba de menos a su madre. Para el resto del mundo, quizá ella no era más que una trabajadora sexual de las calles de Los Fortis. Para Alfa, sin embargo, fue una madre asombrosa que había perdido demasiado y demasiado pronto en la vida. Sus padres murieron y ella tuvo que ocuparse de su hermana pequeña del único modo que sabía: vendiendo su cuerpo en las calles para darle la oportunidad de tener una vida mejor. Y, sin embargo, un monstruo las había despojado de todo.

Lorenzo Maroni había irrumpido como una tormenta en las vidas de las hermanas Villanova y había dejado escombros a su paso. Había violado a su madre, había raptado a su tía y la había dado por muerta. Y aunque aquel monstruo había engendrado a Alfa, su madre no solo decidió quedárselo, sino criarlo para que no se pareciese en nada a su progenitor. Alfa había crecido en las calles, rodeado de personas vacías que en su día tuvieron sueños, hasta que se quedaron sin ellos. Y había construido un imperio, poco a poco, para escapar de su destino.

Con su vista limitada contempló desde el ventanal la jungla que se extendía más allá de la ciudad hasta el complejo que era su hogar. Se preguntó de qué había servido todo lo que había hecho.

Pero ahora, su arcoíris había irrumpido en su vida como una explosión de color después de un gris sin fin. Le había besado como si Alfa no fuese un tullido y lo había mirado con genuino deseo en los ojos, como si apreciase todo lo que era como persona. Según su experiencia, él solía ser para las mujeres una diversión pasajera o bien un monstruo terrible surgido de sus pesadillas. Sin embargo, Zephyr, aquella mujer diminuta que había entrado en aquella sala repleta de testosterona como una reina, lo había mirado de un modo diferente. Un modo que Alfa no comprendía.

Eso lo confundía.

Hector apareció por un lateral, con una sonrisa en la cara.

—Bueno, ¿qué hago? ¿Saco el traje bueno?

—Ah, así que estabas espiando. Qué bonito.

Alfa negó con la cabeza, consciente de que Hector había estado escuchando desde el otro lado de la puerta como el cabrón entrometido que era.

Hector y Victor, hermanos e hijos de las calles como él mismo, llevaban toda la vida junto a Alfa. Hector había permanecido a su lado, mientras que Victor había ingresado en el ejército, del que luego regresó tras sufrir una herida en la pierna, más cabreado y oscuro que el chico que Alfa recordaba haber protegido tanto. Como Hector era lo más cercano que tenía a un amigo, cuando él le pidió que le diese trabajo a Victor en su empresa, Alfa aceptó. Ya no tenía una relación tan estrecha con él, aunque se preguntaba por qué tenía un carácter tan volátil.

—No pensaba perdérmelo, después del modo en que se te tiró encima aquella noche —dijo Hector, interrumpiendo sus pensamientos. Se colocó en la visión periférica de su único ojo, cosa que Alfa siempre agradecía—. ¿Por eso no le has dejado que te la chupe, porque sabías que yo andaba escuchando?

—Sabes perfectamente por qué. —Alfa apartó la mirada y oyó el suspiro de Hector.

—Ese celibato tuyo es una pérdida de tiempo, jefe. Fue un accidente.

Un accidente en el que Alfa le había fracturado la cadera a una mujer por ser demasiado bruto con ella en la cama. Le gustaba que sus parejas gritaran, pero no con ese tipo de dolor.

Aunque Alfa solía tener cuidado debido a su tamaño, y sabía que muchas mujeres tenían problemas para adaptarse a él, su última compañera había querido a la bestia. Y Alfa, con el subidón tras una pelea, se había entregado del todo. El sonido del hueso al romperse aún lo perseguía. Se sentía como un puto monstruo.

La experiencia lo había dejado tan conmocionado que llevaba más de un año de celibato.

—¿Quién la está vigilando? —preguntó, cambiando de tema.

—Victor.

Claro. Por supuesto que Hector iba a poner a seguirla al miembro más guapo del escuadrón solo para molestar a Alfa. No sabía bien por qué había dicho antes que Zephyr estaba con él al verla hablando con Victor. Llevaba dos semanas observándola por las cámaras de seguridad, deambulando cerca, vigilando. Básicamente, lo que hacía era acechar el edificio. Era una criaturilla muy curiosa.

—¿Sabemos por qué ha venido esta semana?

—¿Aparte de para hablar contigo? —Hector sonrió. Sus dientes blancos relucían en contraste con su piel oscura—. Debes de haberle dado un beso de la hostia para que te pida matrimonio tan pronto.

O bien tenía otros motivos. No había otra explicación para que alguien como ella quisiese atarse a un hombre como él. No iba tras su dinero, no; de lo contrario, jamás habría sugerido firmar un acuerdo prenupcial.

Alfa contempló la calle ajetreada allá abajo.

—¿Sabemos ya algo de los tejemanejes de Reyes en la pelea?

La voz de Hector se volvió más seria.

—Sí, tenías razón. Ha estado apostando dinero en los combates. Se dice que empezará a tener deudas en cuanto dé comienzo la temporada.

En la temporada de peleas ilegales apostaba cualquiera lo bastante importante a su nivel en los bajos fondos. Era toda una industria; se compraban chicos, se los entrenaba para luchar a muerte, y solo los supervivientes llegaban a convertirse en hombres y a entrar en el circuito real. Luego iban rebotando de una ubicación a otra, luchando por sus dueños o por dinero. Alfa se había topado por accidente con todo el sistema cuando luchaba en las calles para llegar a fin de mes después de la muerte de su madre. Cuando comprendió la riqueza potencial que podían granjearle sus puños, había llegado a lo más alto. Las luchas no tenían reglas; no eran más que dos tíos en una jaula, ambos conscientes de que solo saldría uno. Y Alfa era quien salía de todas las jaulas en las que entraba.

Por eso habían empezado a llamarlo «el Vencedor».

Solía darles una muerte rápida a sus rivales, a no ser que lo cabrearan. Y ahora estaba cabreado, porque los medios de comunicación estaban llamando al asesino «el Vencedor de Los Fortis». A ese carnicero no pensaba darle una muerte rápida, eso por descontado.

—¿Qué me dices del Sindicato? —preguntó Alfa, recordando la petición que le había hecho su hermanastro, Dante Maroni, hacía pocas semanas.

—Está todo sorprendentemente tranquilo.

Sintió una punzada de dolor fantasma en la cuenca del ojo derecho. Después de tantos años, a veces esos dolores lo pillaban por sorpresa. La sensación de tener un ojo, de haberlo perdido, de notar aquel dolor hueco…, no se podía explicar. Alfa intentó reprimirla, consciente de que restregarse el ojo solo servía para empeorarla.

—En el escritorio está la nota que Jasmine encontró en su coche —le dijo a Hector.

Este se acercó al sobre, lo abrió y sacó la nota. Desde que perdió el ojo, los demás sentidos de Alfa se habían agudizado. Él mismo había entrenado para que así fuera.

—Puaj —gimió Hector—. Jasmine es como una hermana para mí. No quiero leer lo que quiere hacerle algún gilipollas. Voy a tener que echarme lejía en los ojos.

Alfa negó con la cabeza, decepcionado. Había esperado algún tipo de intervención, alguna idea para apartar a aquel monstruo terrorífico de las calles.

—¿Sabe algo más la policía? —preguntó, centrándose en la luz del sol que caía sobre el profuso verdor en la lejanía.

—Que yo sepa, no.

—Joder.

Era una situación de mierda. Hacía ya más de dos años que Alfa sabía que en las calles había un asesino en serie que mataba a trabajadoras sexuales en situación de riesgo. Ninguna de sus chicas había sufrido daño alguno, pero los rumores se habían extendido por la ciudad con la fuerza de un incendio. Las autoridades no conseguían avanzar en la investigación, sobre todo porque carecían de tiempo y recursos que dedicarles a ese tipo de víctimas. El único poli que había querido resolver el caso había sido transferido hacía un mes a otra división. La corrupción llegaba hasta lo más hondo del sistema. Esa era una de las razones por las que Alfa se había hecho con el poder en la ciudad.

—¿Y sabemos algo de la hermana de Caine? —preguntó, inspirando de nuevo, intentando encontrar un sentido a todo lo que sucedía en su mundo—. ¿Han regresado ya los informantes?

—Aún no hay nada —le dijo Hector—. Pasó hace tanto tiempo que estamos tardando en dar con el rastro. La mayor parte de la información al respecto ha desaparecido o la han borrado a conciencia. Vamos a tardar.

Sí, había sucedido hacía mucho. Si Alfa estaba en lo cierto, aquella chica estaría muerta o bien en las garras del Sindicato. Por su bien y por el de Caine, Alfa esperaba que estuviese bajo tierra. Él se había criado en un ruinoso barrio rojo de la ciudad, como el hijo de una trabajadora sexual. Había visto lo que les sucedía a las mujeres que vendían su cuerpo bajo la protección de un chulo y, sin embargo, todo parecía un camino de rosas comparado con lo que hacía el Sindicato. Por lo que Alfa sabía de ellos, su depravación era mucho, mucho peor.

El comercio de personas no era más que una de las patas de la organización. Alfa sabía que había muchas más, incontables. Estaban metidos en todo tipo de negocios turbios: peleas de humanos, peleas de perros, mercado negro de órganos, la esclavitud más enfermiza..., todo lo imaginable. Y aunque sabía mucho de ellos, seguía desconociendo dónde estaban, dónde operaban y hasta qué profundidad llegaban sus tentáculos.

—¿Crees que está viva? —preguntó Hector, acercándose a él de nuevo. El cabrón era un tipo sensible. Desde que empezó a liderar la investigación tras la pista de las chicas desaparecidas, Alfa sabía que se había entregado por completo.

—Más vale que no —dijo Alfa, y aplastó la esperanza de su amigo—. Por su bien.

Hacía muchos años que estaba al tanto de las operaciones del Sindicato. Saber hasta qué punto se había arriesgado su madre para garantizar que ambos sobrevivieran le había infundido un gran sentido de la responsabilidad desde muy joven. La primera vez que recurrió a los puños tenía doce años. Fue para darle una paliza al chulo que había pegado a su madre. Aquel tío desapareció, pero Alfa comprendió que no podía quedarse sentado de brazos cruzados, así que empezó a luchar en las calles por dinero, a ganarse una reputación temible. La mayoría de las cicatrices que tenía en el cuerpo provenían de peleas de cuando era más joven y estúpido, porque en las calles no había reglas. Y aunque su madre había muerto inmediatamente después de que empezara, su sentido de la responsabilidad hacia aquella gente, hacia su gente, jamás lo había abandonado.

Poco después comenzó a ofrecerles a las trabajadoras sexuales de su barrio la protección de su nombre. Ellas empezaron a darle algo de dinero sin que él se lo pidiese ni lo quisiese, porque ganaba más que suficiente con sus victorias. Era un protector, no un chulo. Sin embargo, con el tiempo empezó a correrse la voz sobre él y sus hombres, una asociación en la que solo se permitía entrar de manera voluntaria a trabajadoras sexuales, en la que no había nadie que las controlase, en la que podían quedarse con sus ganancias. Fueron ellas quienes empezaron a darle una parte de lo que ganaban a cambio de seguridad. Las mujeres acudían a Alfa en busca de protección frente a sus clientes, y con el tiempo también lo hicieron chicos que buscaban trabajo. Alfa ofrecía tanto protección como empleo. Ahora contaba con más de un millar de trabajadoras sexuales en el país, y todas ejercían bajo su nombre, pero en sus propios términos, de forma completamente voluntaria y con cientos de hombres que las protegían.

Y eso no le gustaba en absoluto al Sindicato. Alfa era una espinita que tenían clavada, solo por existir y hacer lo que podía por su gente. Habían intentado convencerlo de que trabajase para ellos, pero al ser él como era, los había mandado a la mierda. Y no podían tocarlo, teniendo en cuenta el imperio que había construido y el poder que ostentaba en su mundo siniestro. Representaba una parte sucia y oscura de los bajos fondos.

Alfa se preguntó en qué estaba pensando para considerar siquiera la idea de traer a alguien como Zephyr a ese mundo. La soledad le estaba alterando la cabeza, nada más.

Quizá lo que le hacía falta era echar un buen polvo. Hacía más de un año que no estaba con nadie. Quizá lo que tenía que hacer era mojar en condiciones.

La única ocasión reciente en la que se había pensado si debería salir con alguien fue cuando había visto a Amara en la ciudad. En vista de su belleza y su fuerza, a Alfa le había sido imposible no sentir atracción por ella. Pero el corazón de aquella mujer pertenecía a su hermano. Se iban a casar la próxima semana. Alfa había recibido una invitación, pero aún no sabía si iría, sobre todo porque su ciudad se estaba yendo al infierno.

Victor entró en el despacho. Era el más joven de los tres. También era el más atractivo, y solía ser el que más cabreado estaba.

—Me ha preguntado por ti —informó a Alfa, con el rostro más relajado de lo que él había visto en bastante tiempo.

Alfa se giró hacia aquel chico, a quien había visto crecer.

—¿Qué te ha preguntado?

—Mierdas raras. —Frunció el ceño, ensombreciendo sus atractivas facciones—. Tu comida favorita, tu color favorito, qué talla de zapato usas…

Hector soltó un resoplido divertido.

—Ya sabes lo que dicen de la talla de zapato. Quizá tenga curiosidad por saber por qué no te has sacado la polla.

Victor puso los ojos en blanco ante el comentario de su hermano.

—También me ha pedido tu número —añadió.

Alfa suspiró.

—¿Se lo has dado?

—Ha sido… insistente —respondió Victor en tono seco.

Alfa se alegró, y la sensación era una consecuencia que ya había llegado a esperar en el poco tiempo que había pasado con ella. No sabía bien a qué se debía, si a su tamaño diminuto, a su ferocidad o aquel desprecio absoluto hacia lo predecible. Pero Zephyr había roto su monotonía, y por esa razón Alfa no sabía cómo tomarse su proposición. Podía aceptarla y ver qué sucedía, o bien negarse y permitir que la vida siguiera igual. La segunda opción sería mucho más segura para ella.

Sin embargo, a Alfa no le hacía gracia aquel aire relajado que tenía Victor después de pasar un poco de tiempo con ella. Y desde luego, no le gustaba la idea de que Zephyr considerase que el otro hombre era una opción. Era un cabrón egoísta.

—Entonces ¿le vas a decir que sí? —Hector formuló la pregunta que le daba vueltas a Alfa en la cabeza.

No lo sabía, joder.

5

Zephyr

Les dio la noticia de la ruptura con Alec a sus padres cuando fue a verlos para disfrutar de su brunch de fin de semana. Su madre pasó semanas sin creérselo del todo, a pesar de que Zephyr le dijo que ya estaba viendo a otra persona. Pensaba que era una riña entre amantes, no una ruptura de verdad.

Zephyr se encontraba preparando la masa para hacer un postre especial en casa de sus padres. Se preguntó cómo contarles lo de la boda. Había pasado una semana desde que se había arrodillado ante Alfa para pedirle matrimonio, pero aún no había sabido nada de él.

Su padre estaba leyendo la sección de economía del periódico, con las gafas de montura dorada apoyadas en la punta de la nariz. Su madre hablaba con unos amigos, mandando mensajes con el móvil mientras su café descansaba intacto en la mesa frente a ella. Zen estaba sentada en la encimera de la cocina, detrás de Zephyr, y movía las piernas adelante y atrás mientras ella batía la masa. Era como cualquier otro brunch semanal. Y faltaban dos días para su cumpleaños.

Inspiró hondo y apretó la masa con ambos puños.

—Me voy a casar el día de mi cumpleaños —anunció, de espaldas a la mesa.

—¿Alec te lo ha pedido? —preguntó su madre, con voz emocionada y alegre.

—No estamos juntos, mamá —le recordó Zephyr—. Estoy enamorada de otra persona.

Aunque él no lo sabía.

A lo largo de la semana, Zephyr le había enviado dos mensajes a Alfa, a los que él ni había respondido, ni tampoco la había llamado. A pesar de que su propuesta no había sido muy convencional, había estado casi segura de que aceptaría. Era bastante guapa, le hacía sonreír y estaba dispuesta a volverlo loco en la cama. ¿Qué más podía querer un hombre? Mmm... Bueno, también llevaba enamorada de él muchísimo tiempo, pero eso él no lo sabía, así que no se lo tenía en cuenta.

—¿De qué estás hablando? —Esmeralda de la Vega puso la mano en la mesa—. ¡Alec estaba a punto de pedírtelo!

Zephyr suspiró. Quería mucho a su madre, de verdad, pero tenía ciertos defectos. Uno de ellos era que se preocupaba demasiado por lo que decían los demás, cosa por la que no la culpaba del todo, porque los chismorreos de la gente podían ser horribles. Zephyr sabía que su madre solo quería darles una buena vida, con tantas comodidades como fuera posible, y que por eso a veces se dejaba influenciar por aspectos materiales.

—Me puso los cuernos, mamá —le recordó por centésima vez—. Y aunque no hubiera sido así, también le habría dejado. Estoy enamorada de otra persona.

—¡Pero te trataba estupendamente! —dijo su madre, echando chispas.

—Sí, ya, y también le decía que no comiese tanto —murmuró Zen desde un lateral, apoyándola como siempre.

Su madre desechó aquello con un gesto.

—Eso es parte de todas las relaciones, como cuando yo le digo a tu padre que no coma muchas cosas que son malas para su salud. Alec se preocupaba por ti, nada más.

Zephyr miró a su padre, que le devolvió la mirada en silencio, parapetado tras las gafas. Si alguien hubiera dicho hacía treinta años que Esmeralda, una de las chicas más guapas de la ciudad, que tenía un montón de solteros haciendo cola a su puerta, iba a enamorarse de aquel contable sosegado y larguirucho que adoraba los números y que siempre estaba haciendo cálculos en su cabeza, nadie se lo habría creído. Sin embargo, Zephyr era testigo del amor que se profesaban sus padres. Tenían personalidades completamente opuestas; su madre era estridente, y su padre, callado. Ella quería algo así. Quería vivir un romance que poder contarles a sus hijos para que creyeran en el amor. La historia de dos enamorados que se querían tanto que no podían estar el uno sin la otra, con defectos incluidos. Quizá por eso, cuando era pequeña, había visto inconscientemente esa capacidad de amar en el dolido y violento arrebato de un chico. Y, también quizá por eso, había decidido que, a partir de aquel día, ese chico era suyo.

—Va a pasar, mamá. No te estoy pidiendo permiso —afirmó Zephyr con firmeza, y toda la mesa guardó silencio.

Su madre enterró la cabeza entre las manos y murmuró algo en tono demasiado bajo como para que Zephyr lo oyese.

—¿Quién es? —preguntó su padre, doblando el periódico y hablando por primera vez.

—Alfa Villanova —le dijo, y vio reconocimiento en sus ojos.

—¿El propietario de las Tridente? —preguntó él, por confirmar.

Ella asintió.

—Lo conocí hace unos cuantos años, pero perdimos el contacto y acabamos de volver a encontrarnos hace poco. Sentí que no había pasado el tiempo, papá. Fue mágico.

Su madre alzó la vista.

—¿Alfa? ¿Es propietario de las Tridente? ¿De las Torres? ¿Cómo es su familia? ¿Cómo os habéis conocido?

—Mamá…

—¡No! ¡No! —Su madre se puso en pie—. Esto es demasiado. Ese tal Alfa te ha comido la cabeza y te ha puesto en contra de Alec. Alec es un buen hombre. ¡Su familia nos ha aceptado con los brazos abiertos!

A veces hablar con su madre era como hablar con la pared.

Zen se asomó desde el lateral.

—Mamá, ¿te has perdido la parte en la que te ha dicho *dos veces* que Alec le ha puesto los cuernos?

—Ojito con ese tono, Zenith de la Vega. —Esmeralda asesinó

con la mirada a su hija, y luego se dio la vuelta y salió de la habitación.

Su padre suspiró.

—Dale un poco de tiempo. Solo quiere lo mejor para ti.

—Ya lo sé, papá.

Él la miró con aquella callada seriedad que Zephyr asociaba siempre con su persona.

—¿Estás segura de que quieres casarte con ese chico? Tiene cierta… reputación.

Ella le dedicó una sonrisa.

—Papá, confía en mí. Es el hombre de mi vida. ¿Recuerdas que me dijiste que, cuando encuentras a la persona adecuada, lo sabes? Pues yo *lo sé*. Y quiero casarme con él en mi cumpleaños. Luego podremos celebrar una gran boda, pero tengo que hacer esto. Apóyame, por favor.

Su padre volvió a suspirar, pero asintió. Les dio a las dos un beso en la cabeza y fue a hablar con su madre para calmarla.

—Bueno, ha ido genial. —Zen soltó un silbido—. Por cierto, ¿qué estás preparando?

Zephyr sonrió y siguió amasando.

—Un soborno.

Una semana. Le había dado una semana entera antes de cambiar de táctica. Su cumpleaños era al día siguiente y el plan no estaba funcionando, así que necesitaba refuerzos. Pero gracias a lo que habían vivido juntos y al interrogatorio al que sometió a Victor, sabía qué armas llevar.

Zephyr entró en las Torres Tridente con mucha más seguridad que la última vez. Se registró como la «Señorita Arcoíris» en recepción. Llevaba una caja entre las manos. Les sonrió a los guardias, a las recepcionistas, a todo el mundo en el ascensor. Intentó disimular los nervios que sentía en el estómago cuando se abrieron las puertas de la planta veintiocho. Todo estaba igual que la última vez que había pasado por allí. Los mismos hombres guapos rondaban por la entrada, y varios la miraron y la reconocieron. Intentaron fingir desinterés pero se quedaron observándola.

La puerta del despacho de Alfa estaba abierta. Hector y él salieron en dirección al ascensor, ambos concentrados en una conversación.

Zephyr se preparó para el impacto de su mirada.

Alfa alzó la vista y la vio. Se detuvo en seco de la sorpresa. Aquella vez no debía de haber estado pendiente de las cámaras de seguridad. Qué decepción.

Ella le ofreció una radiante sonrisa, mientras que Hector le dedicaba un asentimiento masculino a modo de saludo.

—Qué pasa.

—Qué pasa —Zephyr intentó imitar ese gesto alzando la barbilla, pero estuvo bastante segura de que no le salió bien. Sin embargo, la comisura del labio sin cicatriz de su bestia se curvó, con lo cual ya valió la pena haber hecho el tonto. Zenith se giró del todo hacia él—. Bueno, ¿quieres que me arrodille aquí o vamos a tu despacho?

Oyó que alguien se atragantaba, pero mantuvo los ojos clavados en el hombre frente a ella. Una vena del lateral del cuello de Alfa palpitaba levemente. Dios, qué ganas le entraron de lamerla.

—Pasa dentro —gruñó él, y regresó a su despacho.

—Tú mandas, guapo.

Lo siguió con aire desvergonzado. Alfa titubeó un segundo, pero luego siguió andando. Alguien tosió para disimular una risa a su espalda. Entraron, y él cerró la puerta y se volvió hacia ella.

—No hagas eso.

Ella parpadeó, inocente.

—¿Que no haga qué?

—No hagas comentarios sugerentes delante de mis hombres.

Ella se apoyó contra la puerta y echó el cuello hacia atrás.

—Entonces ¿prefieres que te los haga en privado?

—No.

La vena palpitaba con más insistencia. Y se le notaba que se le había ido la fuerza a otra parte, aunque fuera a su pesar. Zenith se apiadó de su circulación y dio un paso al frente. Le tendió la caja.

—Te he traído esto.

Él soltó el aire y clavó la vista en la caja de cartón, con curiosidad. Alzó la ceja que no tenía cicatriz en su dirección, una pregunta silenciosa.

—Es un soborno. —Ella puso los ojos en blanco—. Para que te apiades de mí y nos casemos, y para que me conviertas en una mujer asquerosamente rica.

Él resopló. Zenith se alegró de que fuera evidente que no iba tras su dinero. Alfa no era rico cuando ella se enamoró de él. Si de repente se quedaba sin nada, ella seguiría allí. Pero eso Alfa aún no lo sabía.

—La gente suele pedir la mano con un anillo, pero pensé que tú preferirías esto.

Genuinamente intrigado, Alfa abrió la caja. Y se quedó inmóvil por completo.

Miró el contenido durante un largo minuto, con un ligero temblor en la mano. Al cabo, alzó la vista hacia ella y la abrasó con esa poderosa mirada.

—¿Cómo…? —empezó a preguntar con voz brusca.

Ella bajó la mirada al postre que había pasado horas preparando. Había buscado la receta y lo había horneado de forma perfecta el día anterior. Luego lo había refrigerado a la temperatura adecuada.

Eran alfajores.

En concreto, alfajores envueltos en virutas de coco y rellenos de mermelada casera. De pequeña, Zephyr le había preguntado a Adriana, la moribunda madre de treinta y cinco años de Alfa, cómo era que su hijo se hacía llamar así, siendo Alessandro un nombre tan bonito. Adriana se había echado a reír. Le dijo que los alfa eran los que solían liderar la manada, y que ella quería que fuera un buen líder. Que quería que fuera un buen hombre.

Luego, con aire conspirador, le había hecho un gesto a Zephyr para que se acercase y le había dicho que el motivo real era un secreto que jamás podría contar. Zephyr le había prometido de todo corazón que no lo diría, y Adriana le había confesado que su hijo era muy goloso y ella le hacía alfajores cuando era niño, con virutas de coco y mermelada. Sin embargo, de pequeño jamás le había salido la palabra «alfajor». Siempre que quería algo dulce decía «alfa». Se había convertido en una broma privada entre madre e hijo, hasta el punto de que empezó a hacerse llamar Alfa al crecer.

Nadie sabía lo que significaba para él aquel dulce. Del interrogatorio al que sometió a Victor el otro día, Zephyr había descubierto que Alfa seguía siendo goloso, pero no sabía si había vuelto a probar los alfajores tras la muerte de su madre. Se limitó a sonreír ante la pregunta.

—Prueba uno —le dijo.

Él miró la caja, inmóvil, con la mandíbula tensa. La cicatriz de la cara estaba más pálida de lo habitual.

Zephyr quiso darle un abrazo, pero dudaba que Alfa fuese a apreciar el gesto en aquel momento, así que se dio media vuelta y se dirigió a la puerta, para que él disfrutase de aquel instante en privado. Parte de ella se reblandecía por poder darle aquello, algo de su infancia que él había adorado en su día. Seguramente ahora comprendería que Zephyr iba en serio al decir que lo conocía. Quizá se vería tentado de aceptar su propuesta.

Algunos ojos curiosos la siguieron, pero ella los ignoró. Hector esperaba cerca de los ascensores. Su cabeza calva resplandecía bajo el sol que entraba por las ventanas. Esbozaba una leve sonrisa.

—¿Ha dicho que sí? —preguntó mientras Zephyr pulsaba el botón.

Ella se rio.

—Aún no.

—Tengo mi traje listo por si acaso. —Hector le guiñó un ojo, pero luego se quedó serio—. No te rindas. Hace tiempo que no lo veo tan interesado en nadie.

Al oír aquellas palabras de alguien que claramente era amigo de Alfa, le dio un vuelco el corazón. Dios, cómo adoraba a su bestia. Por supuesto que no iba a tirar la toalla.

—No me voy a rendir.

Las puertas del ascensor se abrieron, pero antes de que pudiera entrar, una mano grande la agarró del brazo y la giró. Aquel aroma a naturaleza y almizcle le llenó la nariz. Alzó la vista y vio a Alfa, que le clavaba su único ojo, y que llevó la otra mano a aquel lugar de su barbilla que ya reconocía. Toda su personalidad era intensa y agresiva de un modo que consiguió que le retumbase el corazón en el pecho.

Él se inclinó más hacia ella y habló en tono quedo:

—El miércoles voy a Tenebrae a la boda de mi hermanastro.

Zephyr frunció el ceño, confusa.

—Ah…, vale.

¿Tenía un hermanastro?

—Vienes conmigo. Como mi esposa —afirmó él.

El corazón le dio un vuelco en la caja torácica y se le desorbitaron los ojos.

—Vale.

—Y cuando volvamos, te vas a mudar conmigo. —Ella asintió en silencio—. Firmaremos un contrato. —Por supuesto—. ¿Tienes pasaporte?

—Sí.

—Bien. Cuéntaselo a tu familia. Iremos a verlos antes de partir.

Ay, mierda.

—A mi madre no le hará gracia no poder organizar una boda —le advirtió a las claras.

—Puede organizarla en otra fecha. —Se encogió de hombros mientras las puertas del ascensor se abrían y se cerraban de nuevo.

Ella se quedó clavada en el sitio. La mano de Alfa era una banda cálida alrededor de su bíceps. El parche parecía más vívido en su rostro cicatrizado bajo la luz del día.

—Mañana vamos al juzgado.

—¿Mañana? —Empezaron a sudarle las manos. Joder, era de verdad, estaba pasando. *Estaba pasando.*

Alfa avanzó un paso y entró en su espacio personal. Se inclinó al tiempo que le alzaba a ella la barbilla. Sus labios estaban a dos centímetros de los de Zephyr. Su aliento cálido y mentolado le provocó un escalofrío por todo el cuerpo.

—No sé cómo lo has hecho, arcoíris —murmuró en tono suave—, y no sé qué secretos míos conoces, pero quiero que me los cuentes todos. Ahora acabas de sellar tu destino. Bienvenida a mi infierno.

Un poco dramático, pero vale. Aunque ¿de verdad era dramático si Alfa hablaba en tono literal? Su mundo era en realidad un inframundo que ni siquiera salía en los medios de comunicación. Y ella se estaba metiendo de lleno. Pero eso era lo que quería.

Él se apartó y pulsó el botón para llamar al ascensor otra vez.

Hector, a quien Zephyr había olvidado pero quien había presenciado toda la escena, preguntó en tono curioso:

—¿Qué había en la caja?

A eso, Alfa respondió con tono serio:

—Drogas.

Zephyr se atragantó. El corazón le retumbaba entre las costillas.

Joder, estaba pasando de verdad.

6

Zephyr

El día de su vigésimo noveno cumpleaños, Zephyr se plantó ante el espejo y se contempló, con un bonito vestido sin mangas con flores bordadas. Tras ella se veía el reflejo de su hermana, que llevaba un traje verde pálido.

—No me puedo creer que vayas a casarte con Alfa —susurró Zen, con la incredulidad reflejada en las palabras—. Con *tu* Alfa.

Con su Alfa. Ella tampoco podía creerlo. Zephyr sentía una leve punzada en el corazón, porque su madre se había negado a asistir a lo que denominaba «una farsa de boda». Aún estaba procesando la noticia de la ruptura, y el nuevo enlace era demasiado. Zephyr no la culpaba del todo. Había sucedido muy rápido, pero para ella, no tanto: llevaba más de una década esperando aquello. Aunque jamás habría imaginado que se iba a casar con él en un juzgado, ni que Alfa no la recordaría. En cierto modo se alegraba de que solo fuese a acompañarla Zen. Sabiendo todo lo que sentía su hermana, Zephyr no tendría que fingir nada delante de ella.

Llamaron a la puerta y el corazón de Zephyr se aceleró.

—Cálmate —se dijo a sí misma en voz alta.

Zen fue a abrir. Zephyr se volvió a alisar el vestido, se pasó la mano por el cabello color burdeos recogido en un moño bajo y se recolocó el flequillo. La puerta se abrió y Alfa ocupó todo el marco. Iba vestido con una chaqueta de cuero negro y unos vaqueros —por supuesto que iba a llevar vaqueros a su boda— y llevaba el parche. Dios, tenía muy buen aspecto. Zen, al verlo por primera vez, se quedó petrificada. Sí, Zephyr sabía que Alfa tenía ese efecto en la gente. Se apresuró a cruzar la distancia que los separaba, se puso de puntillas y le dio un beso en la comisura donde tenía la cicatriz.

—Hola, guapo.

Él curvó el otro lado de la boca y la recorrió de arriba abajo con su ojo dorado. Zephyr retrocedió un paso y dio una vuelta para él, para que viese la espalda baja del vestido. Se detuvo poniendo una postura elegante.

—¿Qué pinta tengo?

—Estás bien —gruñó él—. Vamos a llegar tarde.

Dicho lo cual se giró y bajó las escaleras. Zephyr puso los ojos en blanco.

—Zee —le dijo Zen, junto a ella, con una expresión algo aprensiva—. Es… muy imponente. ¿Estás segura?

Sí que imponía, sí. Y aún más: Zen sabía que estaba entrando en un mundo del que no sabía nada, un mundo que solo había visto desde los márgenes cuando había trabajado como voluntaria. Cuanto más se adentraba en él, más comprendía que Alfa era letal. Pero también era el chico que la había acompañado en una caminata de ocho kilómetros en medio del invierno para que llegase sana y salva a casa.

Zephyr le dio a su hermana un rápido abrazo.

—Sigue siendo mi Alfa.

Estaba convencida de ello. Daba igual cuánto tiempo hubiese pasado. En lo más profundo de su alma, Zephyr estaba convencida.

Zen inspiró hondo, consciente de lo que significaba para ella, y asintió con una sonrisa en los labios.

—Está bien. Las flores. Vamos.

Ambas cogieron sus bolsos y las flores y bajaron las escaleras. El Rover los esperaba, y Hector, sentado al volante, le echó una mirada a Zen. Alfa esperaba fuera del vehículo. Abrió la puerta del copiloto para Zen, la volvió a cerrar y luego se giró hacia Zephyr. Contempló el modo en que la envolvía el vestido. Con un suspiro, la agarró despreocupadamente de las caderas y la subió al asiento trasero. Luego cerró la puerta tras ella.

A Zephyr le encantaba que hiciese aquello, que la agarrase como si no pesase nada, porque el resto del mundo le había metido a la fuerza la idea contraria en la cabeza. Se sentía delicada, pequeña y valiosa. Rara vez se sentía Zephyr así con otras personas.

Alfa se sentó y Hector encendió el motor.

—El abogado nos espera en el juzgado —les informó—. Todos los papeles están listos.

Zephyr asintió y contempló al hombre al otro lado del asiento trasero, que le daba el perfil del parche. Zen echó un vistazo por el retrovisor y se giró hacia él.

—Hola, señor Villanova —se presentó con su tono más profesional—. No nos han presentado. Soy Zenith, la hermana de Zephyr. Puede llamarme Zen.

—Llámame Alfa, por favor —corrigió él con tono suave—. Pronto vamos a ser familia.

Oh, a Zephyr le encantaba cómo sonaba eso. Sí, iban a ser familia. Se le escapó una sonrisa.

El resto del camino transcurrió en medio de un silencio agradable. Zephyr contempló aquella ciudad que tanto amaba. La gente se dedicaba a sus quehaceres de primera hora de la mañana. Ella se sentía llena de alegría. En aquel momento, todo la llenaba de alegría. Todo parecía ir bien en el mundo.

Recordó la primera vez que había hablado con él. No lo había planeado. Cierta noche, una amiga le dio plantón y ella acabó sola en la parte mala de la ciudad. Había ido hasta allí porque quería ver si encontraba a Alfa. Y se lo había encontrado mientras caminaba sola por la calle. Era un joven de ojos dorados y voz grave, que se dirigió a ella por primera vez…

El coche se detuvo ante el edificio blanco del juzgado.

Zephyr se deshizo de aquellos recuerdos y abrió la puerta. Alfa apareció ante ella antes de que pudiese bajar. La agarró por las caderas con esas manos enormes y la sacó en volandas. La nariz de Zephyr quedaba a la altura de sus costillas. Dios, a su lado se sentía diminuta, y le encantaba la sensación. Alfa no apartó las manos de sus caderas, así que Zephyr alzó la vista hacia él, hacia aquel ojo dorado. Le dolió que hubiese perdido el otro. Él le agarró la barbilla con ese ademán tan seguro de sí mismo al que ella ya se había acostumbrado.

—Última oportunidad, arcoíris.

Por supuesto que no pensaba echarse atrás.

—¿Te están entrando dudas, guapo? —lo chinchó con una sonrisa.

La mirada de Alfa bajó hasta su boca. Suspiró, la soltó y retrocedió un paso. Señaló hacia los escalones amplios y bajos que subían hasta la puerta del juzgado. Con el corazón al galope, Zephyr cogió el ramo de rosas color rojo oscuro y los subió junto con su hermana. Alfa y Hector las siguieron.

Había pasado muchas veces por delante del edificio, pero jamás había entrado. Un hombre de la edad de su padre los esperaba en lo alto de las escaleras, vestido con un traje elegante y caro. Los acompañó hasta una sala amueblada con escasez pero llena de archivadores y les indicó que tomasen asiento. Durante los siguientes minutos, el hombre se dedicó a explicarles el contrato. Básicamente, ambos acordaban estar seis meses casados. Tras ese periodo tendrían acceso al tesoro de la abuela de Zephyr, quien a su vez le contaría a Alfa lo que sabía sobre él. Si decidían divorciarse después, ella no tendría acceso a las propiedades de Alfa, ni él a las suyas. Si no se consumaba el matrimonio, podían anularlo en cualquier momento, pero Zephyr ya tenía pensado dejarse la piel para intentar consumarlo. Por ella, no volverían a poner un pie en el juzgado. Le echó un vistazo al contrato y firmó en la parte inferior.

Alfa cogió el bolígrafo, entrecerró su único ojo y firmó.

Una vez firmado el contrato, el abogado lo selló y lo guardó en un cajón. Un administrativo los acompañó a otra sala, en la que los esperaba quien iba a oficiar la boda. Ambos esperaron mientras él preparaba los papeles.

Al contemplar cómo se estiraba la chaqueta de cuero negro sobre la espalda de su inminente marido al agacharse para firmar los documentos, Zephyr sintió algo parecido a un revoloteo de nervios en el estómago. La chaqueta de cuero, el parche en el ojo, el cabello algo largo y enmarañado, la barba de pocos días... Dios, ahora estaba mucho más sexy.

Zephyr corría un gran riesgo, y no sabía si le saldría a cuenta. No sabía qué aspecto tendría su futuro, ni cómo iba a encajar en el mundo de Alfa, o él en el suyo. Pero, Dios, lo iba a intentar. Prefería morir sabiendo que lo había intentado, que lo había dado todo. Si no funcionaba, no quería lamentar no haberse arriesgado. Lo único que esperaba era que no se le rompiese el corazón.

—Firme aquí, por favor. —El administrativo interrumpió sus pensamientos. Se inclinó y firmó rápidamente sobre la línea de puntos, sellando el trato de modo vinculante durante medio año—. ¿Se van a intercambiar anillos? —preguntó.

Alfa le miró las manos y la vena del lateral del cuello palpitó. No se le había ocurrido que Zephyr fuese a necesitarlo. Ella supuso que tendría que buscarse uno sola. Le quitó importancia a su preocupación con un gesto.

—No te preocupes.

Zen le tendió el anillo liso de oro que había comprado el día anterior para él, sin saber si le encajaría. Zephyr agarró su enorme mano, vio el contraste con la de ella —la de Alfa era más grande, más áspera, más mortal, con bordes duros; mientras que la suya era más pequeña, más suave, más redondeada, con las uñas ligeramente más largas y pintadas— y le puso la alianza.

Era suyo.

«Por fin».

La euforia burbujeó en su corazón. Lo miró y esbozó una amplia sonrisa. Por mero impulso, se puso de puntillas y le dio un suave beso sobre la cicatriz, justo en la comisura de la boca. Algún día, Alfa giraría la cara y le devolvería el beso. Algún día la besaría por impulso propio y Zephyr disfrutaría de ello. Hasta entonces, se dedicaría a cubrirlo de besos.

Alguien carraspeó, y ella se apartó.

—Testigos, firmen aquí, por favor.

Hector y Zen se acercaron y completaron el protocolo.

Ya estaba. Ahora era Zephyr Villanova. «Joder».

Miró a Zen y vio en los ojos de su hermana el reflejo de la alegría que ella misma sentía. Zen lo entendía. Comprendía lo que significaba para ella aquel momento. Su hermana la agarró de la mano y se la apretó. Zephyr le devolvió el apretón.

Alfa las observó con interés, y ella supuso que estaba intentando averiguar si ocultaban algo. También vio que Hector contemplaba con fijeza a su hermana, y que lo que veía le gustaba.

Cuando el administrativo terminó con el papeleo, todos salieron del edificio.

—Me voy al trabajo. —Zen le dio un abrazo a Zephyr.

Alfa las contempló abrazarse con expresión vacía. Sin embargo, en el modo en que las miraba casi había... envidia. Zen se volvió hacia él y asintió.

—Bienvenido a la familia.

Las palabras de su hermana suavizaron levemente la expresión de Alfa. Hector intervino:

—Te busco un taxi.

Fue calle abajo con ella para darles algo de intimidad a los dos.

—¿Se lo has contado a tus padres? —preguntó Alfa, a su lado en medio de los escalones, a plena luz del día.

Zephyr se fijó en que la gente que pasaba se detenía a mirar boquiabierta a su marido; no sabía si por su estatura, por las cicatrices o por el ojo que le faltaba. En cualquier caso, no le gustaba el modo en que lo observaban. Como si fuese inferior a ellos.

—Ajá —murmuró, distraída, clavándole una mirada hostil a una señora que lo había estado observando fijamente—. Eh, ¿necesita usted ayuda con algo?

La mujer tartamudeó algo y se apresuró a marcharse. Zephyr se volvió hacia el hombre ante ella, sorprendida de ver lo mucho que lo divertía su mal humor.

—¿Qué?

—Nada. —Alfa negó con la cabeza y se metió las manos en los bolsillos de la chaqueta—. ¿Cuándo los voy a conocer?

Zephyr parpadeó un segundo. Su cerebro tenía que volver a introducirse en la conversación.

—Ah. ¡Ah! Mañana. Zen y yo iremos a su casa esta noche cuando haga el equipaje. Me llevaré la maleta. Zen se va a quedar con ellos mientras yo estoy fuera. Podemos ir directamente al aeropuerto desde allí, porque mis padres son unos románticos y creen que nos casamos por amor y mi madre está muy escéptica por lo rápido que ha pasado todo, así que te interrogará y necesitaremos una buena excusa para largarnos…

—Respira —le dijo él de nuevo.

Ella se detuvo. Vale.

Dios, era *suyo*. La certeza la golpeó de pronto. De forma impulsiva, le pasó los brazos por la cintura y lo estrechó con fuerza. Dejó escapar un suspiro tembloroso, apretada contra su pecho. Él se quedó inmóvil, con los brazos a los lados, sujetando sus bíceps con esas manos enormes, sin aceptarla pero sin retirarse, confundido.

A Zephyr no se le había escapado la cara que había puesto Alfa cuando ella se había despedido de su hermana con un abrazo, como si se preguntara si a él lo abrazaría alguien alguna vez. Zephyr se preguntó cuándo fue la última vez que le habían dado un abrazo con cariño, que lo habían estrechado unos brazos amables. A ella le encanta dar abrazos, y la gente adoraba recibirlos. Si hubiese un concurso, sin duda sería una de las aspirantes principales a ganar. Así pues, lo iba a abrazar. Pensaba hacerlo cada día hasta que él le devolviese el abrazo, hasta que aceptase que era normal, hasta que empezase a ansiarlos.

Iba a romper sus defensas a base de abrazos. «Cada cosa a su tiempo».

«Feliz cumpleaños, Zephyr Villanova».

7

Alfa

Alfa se había olvidado de lo que era sentir con intensidad hasta que aquella chica le había devuelto todas sus emociones dentro de una colorida caja de cartón. Era imposible que fuera consciente de lo que significaban para él los alfajores, pero al ver aquella sonrisa críptica, se preguntó si, de algún modo, de alguna manera, lo sabía.

Se había quedado plantado en el despacho con la caja entre las manos. A pesar de ser un hombre adulto que había visto lo peor de la humanidad y que había sobrevivido a malas rachas que deberían haberlo matado, sintió que le ardían los ojos. Le temblaron las manos al coger un alfajor. Las virutas de coco le recordaron a su infancia, cuando su madre no podía permitirse un relleno más lujoso pero le preparaba los mejores postres que podía hacer. Alfa dio un bocado y sintió que algo cobraba vida en su pecho, algo que había estado dormido, algo que había creído muerto.

Y así, él, un hombre que se había olvidado de cómo sentir, había caído ante una mujer diminuta.

Aunque había pretendido protegerla de su mundo, ya era tarde. Zephyr había sellado su destino. Alfa no pensaba dejarla escapar sin enterarse de hasta el último puto dato que supiera sobre él. No tenía ni idea de qué motivos tenía para querer que fuera su marido, pero pensaba descubrirlos.

Se quedó sentado en la parte de atrás del Rover negro mientras Hector conducía hasta casa de los padres de Zephyr para recogerla. Sabía la ubicación por el mensaje que ella le había mandado la noche anterior.

Alfa no podría haber conducido hasta aquel sitio por más que lo quisiera. Resultaba irónico que siempre hubiese querido un jeep pero nunca hubiese podido permitírselo, y que ahora que podía comprarse una flota entera, su vista limitada no le permitiese conducirlo. Aunque se desplazaba en jeep para moverse por el complejo, el Rover era más adecuado para la ciudad.

Alfa no recordaba el incidente que lo había dejado tuerto. No sabía qué o quién había cambiado el curso de su vida y lo había dejado medio muerto. Solo recordaba haber despertado en el hospital, con el cuerpo roto más allá de cualquier esperanza de recuperación, el rostro ardiente por culpa del dolor y los ojos tapados, sin ver más que negrura. Hector lo había encontrado tras uno de los clubs de lucha clandestinos y lo había llevado a urgencias. Nadie sabía cuánto llevaba allí. El médico que lo atendió le dijo que quizá nunca llegaría a recordar lo sucedido, y que probablemente era el modo que tenía su cerebro de protegerlo.

Algunos días, Alfa daba gracias por ello. Otros, la necesidad de saber la verdad era como un hambre que lo reconcomía bajo la carne cicatrizada.

Había tardado semanas en recuperarse, y había necesitado meses para entrenar. Ya no le funcionaba el cuerpo como antes, y la vista parcial no ayudaba con los movimientos. Además, incluso amnesia aparte, su cabeza estaba bien jodida.

Fue entonces cuando empezó a participar en una pelea tras otra y acabó ganando una fortuna. Era una bestia en una jaula, sin nada que perder. Fue apoderándose de la ciudad, manzana a manzana. Construyó ladrillo a ladrillo su hermoso complejo y entrenó el cuerpo músculo a músculo. Trabajó con entrenadores para adaptarse a su visión, afiló los demás sentidos para compensar lo que le faltaba. Con el tiempo, su olfato y su oído ocuparon el lugar del ojo perdido.

Aun así, había cosas que ya no podía hacer, como conducir.

Apartó de sí esos pensamientos y contempló aquel vecindario desde el asiento trasero del coche. No se parecía en nada al lugar donde él había crecido. Aunque no era una zona cara, las casas estaban bien cuidadas. Las calles se encontraban limpias y alineadas sistemáticamente. Las casas parecían viejas pero hogareñas, y cada parcela de césped estaba bien mantenida. Era un buen barrio de clase media, el tipo de vecindario en el que la gente se asomaba a pedirle a los demás cualquier cosa que necesitase. El tipo de comunidad con la que jamás había entrado en contacto en su antigua residencia. Allí había crecido Zephyr, y Alfa se alegraba por ello.

—Me pregunto cómo habrá sido crecer aquí —Hector formuló el pensamiento que Alfa tenía en la cabeza—. Esta chica es buena gente.

Él no respondió. Se limitó a seguir mirando por la ventana, preguntándose si habría estado antes allí. Una sensación de familiaridad le provocó un fruncimiento de ceño.

—¿Seguro que quieres arrastrarla del todo al infierno contigo? —preguntó Hector.

—Es lo que quiere ella.

Y, por primera vez en su vida, él deseaba algo para sí. Sería egoísta, sobre todo porque ella quería que lo fuera. Iba a disfrutar de su compañía durante meses, satisfaría su propia curiosidad y rechazaría cualquier acercamiento romántico. Le dejaría claro que no debía hacerse ilusiones más allá del tiempo que iban a pasar juntos. Y, desde luego, no pensaba follársela, por más que lo tentase. Su destino era estar solo, era lo mejor para los dos.

Antes de que Alfa pudiese responder a la pregunta de Hector, este detuvo el vehículo delante de una casa de una sola planta pintada de amarillo. Zephyr había salido al porche a recibirlos. Tenía el pelo del mismo color burdeos que el día anterior y llevaba un vestido holgado con flores estampadas sobre su cuerpo voluptuoso. Esbozó una sonrisa tan amplia que casi le dividía el rostro en dos. Tenía un hoyuelo en la mejilla izquierda.

Alfa sintió presión en el pecho solo de mirarla. Era una reacción extraña, desacostumbrada, en especial con una mujer que conocía desde hacía pocas semanas. ¿Por qué cojones estaba tan contenta de verlo? No había hecho nada en absoluto por ella, excepto aceptar aquel plan estúpido por razones puramente egoístas. ¿Se comportaría así todo el tiempo que estuviesen casados? ¿Lo dejaría solo una vez que se acabase aquel periodo? Alfa no sabía por qué, pero esa idea lo molestaba. Reprimió la irritación para que no se le notase en la cara y salió del coche.

De camino a la casa se fijó en una mujer mayor, probablemente la madre de Zephyr, que lo miraba con ojos duros desde la ventana junto a la puerta. No podía culparla del todo. Si se tratara de su hija y un tuerto enorme y cubierto de cicatrices apareciese ante su puerta después de casarse con ella, él también tendría ganas de cargárselo. Alfa comprendía el instinto protector. Pero que ese instinto se activase solo por su aspecto lo irritaba algo más. Sobre todo porque, por algún motivo, se había esforzado de verdad por tener mejor pinta. Quizá la pedida había sido poco convencional, pero ahora estaban casados ante los ojos de la ley, y Zephyr era su esposa. No quería caerle mal a la familia. Sin embargo, supuso que era cierto que, aunque la mona se vistiera de seda, mona era. No iba a funcionar.

El recuerdo de la mirada asesina que Zephyr le había lanzado a aquella mujer que se lo quedó mirando apareció en su cabeza. Le volvió a hacer gracia. Había tenido pinta de estar dispuesta a pelearse por él, cosa que, aunque divertida, también le resultaba extraña.

Zephyr lo estaba mirando de un modo bien distinto al de su madre; no había nada de dureza en ella, sino pura apreciación y alegría genuina. Alfa no estaba acostumbrado a recibir ninguna de las dos. Eso era lo que lo atraía y, al mismo tiempo, lo que lo desconcertaba. ¿Cómo podía confiar en él tanto una mujer que no lo conocía? ¿Cómo era posible que lo deseara tanto? ¿Y cómo lo expresaba de forma tan abierta, para que cualquiera lo viera, sin la menor vergüenza o vulnerabilidad? ¿Qué quería sacar una mujer como ella de un matrimonio como aquel? ¿De verdad era por la herencia de su abuela, quizá porque tenía algún vínculo sentimental con ella?

Alfa no lo sabía, pero quería descubrirlo.

—Hola, marido. —Zephyr echó la cabeza hacia atrás para

sostenerle la mirada. Alfa odiaba admitirlo, pero le parecía adorable.

Sabiendo que su madre estaba mirando, y teniendo en cuenta lo que Zephyr le había contado a su familia, Alfa se inclinó y le plantó un beso en la mejilla. Sintió su piel sedosa en los labios y captó una leve fragancia cítrica que le picó en la nariz. Le encantaba cómo olía. Sus perros seguramente la lamerían de arriba abajo cuando la conocieran.

Y Alfa lo entendía.

Pero lo que más lo afectó fue el modo en que se le cortó la respiración a Zephyr cuando sus labios le tocaron la piel, como si la hubiese pillado por sorpresa. Fue una reacción auténtica, por más que él no entendiese que lo mirase y se sintiese así. Quizá era ella la que estaba medio ciega. Carraspeó e ignoró el leve dolor fantasma del ojo derecho.

Sacó el anillo que acababa de comprar. La expresión de Zephyr se iluminó, lo cual le provocó una sensación muy extraña en el pecho a Alfa. Quizá tenía acidez.

—¡Es precioso! —exclamó ella, cogiendo la alianza.

Alfa no tenía la más puta idea de por qué había elegido aquel anillo. Se había limitado a entrar en una tienda y, al verlo, había sabido que estaba hecho para el dedo de Zephyr. Ella alzó la vista hacia él, con los ojos castaños brillantes y las pupilas tan dilatadas que no se apreciaban sus tonos verdes. Alfa sintió aún más presión en el pecho. Aquello no era más que una sortija, y él era un desconocido. Y, sin embargo, ella lo estaba contemplando como si hubiese surcado océanos para llegar hasta allí.

Zephyr extendió la mano y él le puso el anillo. Ella lo examinó y se llevó la mano al pecho, como si fuese algo precioso. En cierto modo, lo era: un aro de platino salpicado de diminutos cristales coloridos que Alfa no sabía nombrar, pero que tenían buena pinta en conjunto. Lo cierto era que parecía que un unicornio hubiese vomitado encima del anillo, pero era del estilo de Zephyr, sin duda, así que Alfa lo había comprado.

Aun así, esa presión en el pecho no le gustaba. Zephyr no llevaba ni un día casada con él y ya le estaba causando problemas de corazón. Tenía que dar un paso atrás, centrarse en encontrar sus motivos, descubrir lo que sabía de su infancia y cómo lo sabía. Nada más. Alfa se enderezó y, en ese momento, la hermana pequeña y de pelo negro de Zephyr salió de la casa con una dulce sonrisa en su hermoso rostro. El día anterior se había esforzado por no mirarlo boquiabierta. Entre eso y Hector, que no dejaba de distraerla, Zen había estado demasiado ocupada o quizá se había sentido demasiado tímida como para hablar en condiciones con él. Pero, bueno, era joven, así que Alfa le dio algo de manga ancha.

Esa vez, al menos, Zen le tendió la mano.

—Hola, Alfa. Me alegro de verte por aquí.

Él se la estrechó con gesto amable.

—Y yo de verte a ti. Me he enterado de que trabajas en SLF.

—Sí. —La chica retiró la mano—. Me encanta. No sé ni cómo darte las gracias por todo lo que haces por la organización. Las mujeres lo aprecian mucho.

Alfa había fundado la organización poco después de perder el ojo. Lo había hecho en honor a su madre y a las incontables mujeres con las que había coincidido en su campo de trabajo, mujeres que querían escapar de sistemas opresivos y no tenían ningún lugar al que ir. Para gente así —mujeres, niños y hombres— había fundado Supervivientes de Los Fortis, para que en una ciudad de millones de habitantes, todos encontrasen un lugar seguro cuando lo necesitasen. Incluso después de tantos años, a Alfa le enfurecía ver que el número de personas que buscaba refugio no había disminuido.

La hermana pequeña de Zephyr era de las buenas.

—Te doy las gracias yo por trabajar allí —le dijo con sinceridad.

—Ah, Zee también hace de voluntaria los fines de semana. —Zenith le lanzó a su hermana una mirada coqueta—. Les hace a las señoras un buen cambio de imagen, lo que le pidan.

Alfa ya estaba al tanto de eso.

—¿Y eso las ayuda?

—Inmensamente.

Interesante.

—Bienvenido. Por favor, siéntate —dijo la mujer mayor que lo había estado mirando, era evidente que su suegra, mientras aparecía cargada con una bandeja de refrescos helados. Señaló a los bancos de hierro que había en un lateral del espacioso porche.

Tras ella salió un hombre delgado con bigote. Obviamente era el padre de las chicas.

Vale, así que no le iban a invitar a pasar al interior. Mensaje recibido.

Con un asentimiento respetuoso, Alfa tomó asiento en una silla demasiado pequeña. La madre de Zephyr colocó la bandeja en la mesa. Zenith se sentó a un lado, la madre se sentó al otro y el padre tomó asiento frente a él. Zephyr plantó aquel culo delicioso en el reposabrazos de su asiento y le pasó el brazo por el hombro, para formar con claridad un frente unido entre los dos. A Alfa le gustó. Se hicieron las presentaciones debidas y, tras un silencio incómodo de unos segundos, el padre habló al fin:

—Entenderás que todo esto nos resulta un poco desconcertante.

—Por supuesto.

Claro que lo entendía. Sin embargo, si hubiese estado él en el lugar de su suegro, el chico al que le hubiesen presentado habría estado muerto y enterrado antes de poder pronunciar una sola palabra.

—Zephyr estaba saliendo con alguien, y de golpe y porrazo nos dice que está enamorada de ti y se casa contigo en el juzgado. —El hombre cogió un vaso y Alfa lo imitó por educación—. ¿Es por el testamento de su abuela?

A Alfa le gustó que el hombre preguntase a las claras, pero Zephyr le había dicho que sus padres no debían enterarse de que ese era el motivo de la boda. Negó con la cabeza una única vez.

—No. Su hija… es como un rayo de luz en mi oscurísima vida.

¿Qué cojones acababa de salir por su boca? Oyó que Zephyr daba una rápida inspiración; le agarró con fuerza el hombro.

Tendría que decirle que no se lo tomase al pie de la letra. No lo había dicho en serio.

La madre de Zephyr se inclinó hacia delante. Era una mujer hermosa con el pelo canoso. Alfa se preguntó un momento si su propia madre tendría también el pelo canoso si siguiera con vida.

—¿Cómo conociste a mi hija?

La pregunta lo sacó de sus pensamientos. Fue Zephyr quien respondió junto a él:

—Ya te dije que nos conocimos en SLF, mamá. Yo estaba allí con Zen, él también estaba allí y... conectamos, nada más.

Era un escenario sorprendentemente realista. Alfa miró a la hermana pequeña, que asintió para respaldar a Zephyr. Otro punto a su favor.

—Pero ¿cómo coincidisteis la primera vez? —insistió su madre.

¿La primera vez? ¿Qué era lo que les había contado Zen a sus padres?

—Yo había ido a una fiesta con unos amigos. Me dejaron plantada y Alfa me acompañó a casa.

Menuda cuentista estaba hecha su arcoíris. Aquella versión inventada le interesó a medias, pero también sintió cierta cautela y se preguntó por qué estaría mintiendo.

—¿Y tu familia, Alfa? —preguntó la madre.

—Mamá —la reprendió Zephyr.

—Tengo un hermanastro. —Dio un sorbito de su refresco—. Mañana se casa, así que vamos a ir a su boda. Aparte de él, no tengo a nadie.

Vio de dónde había heredado Zephyr aquella compasión: la madre se suavizó levemente por fin.

—Sí, Zephyr nos lo ha contado. Lo siento mucho.

Para aligerar un poco la atmósfera, Zephyr dio una palmada en el aire.

—Y por eso tenemos que ponernos en marcha.

Se puso en pie y fue adentro a toda prisa, probablemente para coger la maleta. Todos se levantaron.

—No sé si se lo ha comentado —empezó a decir Alfa, que

quería dejárselo claro—; pero Zephyr se va a mudar conmigo cuando volvamos. Pueden venir de visita cuando quieran. Ya planearemos una ceremonia en condiciones más adelante.

La madre apretó los labios.

—Sí, nos lo ha dicho. Ya ha hecho las maletas en su apartamento. Es que todo ha sido… muy repentino. Muy sospechoso. Le he preguntado si tantas prisas se debían a que está embarazada, pero ha dicho que no. Dice que se ha casado por amor, nada más. Estuvo con Alec Reyes dos años y no mencionó el matrimonio ni una sola vez. Por eso nos cuesta tanto entender lo que está pasando.

El puto adicto al juego de Reyes. Aunque hubiese pasado dos años con ella, si volvía a intentar algo se iba a enterar. A Alfa no le gustaba compartir. Durante el tiempo que estuviesen juntos, ella era suya, aunque no pensase follársela. ¿Sería muy difícil resistirse a aquella mujer?

En vista de la reacción de la madre, la familia no se había tomado muy bien la noticia de la boda. Una vez más, Alfa se preguntó: ¿por qué arriesgarse a tener una pelea con su familia por él?

¿Qué demonios tramaba Zephyr?

8

Zephyr

En cierta ocasión, Zephyr hizo una excursión con el colegio a doscientos kilómetros al sur de Los Fortis. Era la mayor aventura que había vivido. Aparte de eso, sus únicos viajes habían sido para visitar a una de sus tías, que vivía a una hora de distancia. Jamás había salido del país ni del continente. Jamás había viajado en avión, y mucho menos en uno así.

Victor y Diaz, el otro tío al que le presentaron, menos atractivo pero más encantador, estaban sentados en la parte trasera del avión privado. Iban a ser sus guardaespaldas. Hector se quedaba en tierra, porque era a todas luces el segundo de a bordo de Alfa y tenía que mantenerlo todo bajo control durante los dos días que estarían fuera.

Tras ponerse el cinturón de seguridad, Zephyr paseó la vista por el jet en el que la acababan de meter. Contempló los asientos color beis, la resplandeciente mesa de madera y las pulcras paredes. Por fin lo comprendió de verdad: Alfa era un triunfador. El chico que había visto por primera vez con ropas andrajosas se había convertido en el hombre que llevaba una cara chaqueta de cuero y que poseía un avión privado. Lo había conseguido y, aunque Zephyr no podía decírselo, sintió algo parecido al orgullo en el pecho. Dios, cómo deseaba que Adriana —aquella amable mujer moribunda que se había hecho amiga de una niñita asustada en un lugar desconocido para tranquilizarla— hubiese podido ver a su hijo ahora. Se habría sentido muy orgullosa.

Zephyr se giró hacia la ventana y parpadeó repetidas veces

con rapidez, intentando reprimir las lágrimas en los ojos y el picor que sentía en la nariz. Alfa sospechaba igualmente de sus motivos, así que no debía darle más razones para creer que estaba loca y que lloraba por nada.

Una rubia delgada con el pelo muy compuesto les llevó algo de agua.

—¿Le apetece algo más?

Zephyr le dio las gracias.

—Una pregunta, perdona: ¿es tu color de pelo natural?

La rubia parpadeó, sorprendida.

—Sí.

«Joder».

—Pues es un tono precioso. Te queda genial.

La auxiliar esbozó una sonrisa sorprendida y se marchó. Zephyr se volvió y miró al hombre frente a ella, que la contemplaba como si intentase leerle la mente.

—¿Qué? —preguntó, ligeramente consciente del modo en que la analizaba.

Él no dijo nada durante un rato. Se quedó estudiándola, y Zephyr intentó relajarse mientras se preguntaba qué tendría en la cabeza.

—Vamos a aclarar algunas cosas —dijo Alfa como preámbulo. Ella se preparó para lo que venía—: puede que el fideicomiso de tu abuela sea la excusa que has querido darme, y que este romance vertiginoso sea el pretexto que le has dado a tu familia, pero sé que hay otra razón por la que querías casarte conmigo. El único motivo de que ahora seas mi esposa es que estoy intrigado. No sé a qué estás jugando, pero me voy a enterar, así que no te creas que me engañas ni por un segundo.

Dios, Zephyr esperaba que se enterase, pero si no la recordaba después de pasar tanto tiempo con ella, dudaba que fuese a suceder. Aun así no pensaba decírselo. Con lo cínico que era, le saldría el tiro por la culata. Probablemente, su falta de memoria tenía que ver con la herida del ojo. Quizá su cerebro había bloqueado algunos recuerdos para protegerlo. Zephyr solo había visto algo así en las películas, aunque era plausible. Hasta poder hablar con alguien que supiese de traumas, no pensaba decir nada para no arriesgarse a hacerle daño. Tenía que conseguir que Alfa se volviera a enamorar de ella. Tenía que lograr que el nuevo Alfa se enamorase de la nueva Zephyr. Podría suceder.

—No sé de dónde has sacado lo que sabes de mí —prosiguió él, con ese tono áspero y grave que a ella le recordaba a la jungla—, pero también me voy a enterar. Espero que esto sea solo por la herencia de tu abuela, porque la alternativa no te va a gustar.

La verdad era que a Zephyr le ponía un poco que la amenazase, aunque dudaba que a Alfa le gustase oírlo.

—Y ahora tengo que descubrir si eres una maldita mentirosa o no.

Zephyr dio un sorbo de agua.

—Soy un libro abierto.

Alfa la imitó y también bebió, con un movimiento que resaltó los músculos de su cuello de un modo devastador. Dios, se había puesto más atractivo con el paso de los años. A Zephyr no le daba la menor vergüenza admitir que quería follárselo en la cama, en el suelo, contra la pared y de todas las formas que fuera capaz.

Alfa dejó el vaso en la mesa entre ellos. Su enorme mano aumentaba la sensación de fragilidad del cristal.

—En caso de que no seas una mentirosa, puedes considerar esto como una sencilla advertencia: no esperes nada romántico de esta relación. Que me despiertes curiosidad no implica que sienta ningún interés romántico por ti. Si esperas algo de ese palo, te vas a decepcionar. Yo no soy capaz de querer a nadie.

«Mentiroso». Claro que era capaz de amar, lo que pasaba era que no quería. Pero Zephyr también era consciente de que tenía sus escudos en alto y que le costaba muchísimo confiar en nadie, así que no se tomó la advertencia a la ligera. Tendría que navegar esas aguas con el peso del pasado de Alfa y la esperanza de llegar a la orilla sanos y salvos.

—Lástima. —Se encogió ligeramente de hombros—. Yo tiendo a cogerles cariño a mis amantes.

—Yo no soy tu amante —le recordó él. Ella sonrió—. Y tampoco lo voy a ser. —La mandíbula de Alfa se crispó un tanto—. El sexo ahora solo me deja vacío. A largo plazo es mejor así.

—Entonces seré... ¿tu compañera de piso? —Zephyr soltó un resoplido divertido.

Él tamborileó con los dedos sobre la mesa entre los dos. Zephyr pensó que a él le gustaba usar los dedos. Dios, qué mente tan sucia tenía.

—Puedes tener tu propia habitación. —Tap, tap, tap, se movían los dedos—. El tiempo que dure este matrimonio vamos a hacernos compañía. Me pareces lo bastante interesante. Podemos tener cordialidad, aunque es mejor no complicar la situación añadiendo nada sexual a la mezcla.

—Pero tenemos química —señaló ella.

—Un beso por lástima no cuenta.

Y una mierda, beso por lástima. A él le había gustado tanto como a ella.

—No, tenemos una química brutal —insistió, inclinándose hacia delante.

Alfa se encogió de hombros.

—También tuve química con mi futura cuñada, pero no por ello hice nada al respecto.

Vaya. Zephyr parpadeó para digerir el hecho de que iba a conocer a alguien con quien él se había planteado tener una relación.

—La química miente, Zephyr —prosiguió Alfa después de haber soltado aquella bomba.

—¿Y qué es lo que no miente? —Ella ladeó la cabeza, con curiosidad por entender sus procesos mentales.

—El corazón —afirmó él sin la menor afectación en la voz.

—¿Y qué dice tu corazón?

Él curvó la comisura del labio que no tenía cicatriz.

—Nada. Hace años que el muy cabrón no dice nada. Es un músculo inútil, muerto y cicatrizado.

Dios, eso le había dolido. Le dolía que Alfa se hubiese construido una torre de muros tan altos que resultaba impenetrable.

«Tú eres mi esperanza, rayo de sol. La esperanza de una vida mejor».

El chico que le había dicho aquello vivía claramente en aquella torre, pero era inalcanzable. Sin embargo, Zephyr estaba dispuesta a trepar los muros si hacía falta para rescatar a su amado. Volvería a darle esperanza, aunque fuese lo último que hiciese.

El plan de Alfa de mantenerla a raya no iba a funcionar, pero eso no se lo dijo. Lo iba a tentar, a seducir, hasta que cediese. No había nada más poderoso que una mujer con una misión. Aunque quizá no era el mejor momento para decirle que parte de su plan incluía pegarse piel con piel.

Alzó el vaso de agua hacia él.

—Por la química mentirosa.

Él alzó el suyo.

—Y por los corazones muertos.

Dios, el pobre no tenía ni idea de la reanimación cardiopulmonar que le iba a hacer.

Se sumieron los dos en un silencio cómodo. Zephyr sacó su lector electrónico y fingió estar atrapada en una novela, aunque en realidad lo observaba con disimulo. Él se limitó a mirar por la ventana, perdido en sus pensamientos. La auxiliar regresó con unos sándwiches bien cargados. Zephyr dejó el lector, contenta de tener una excusa para volver a hablar con él.

—Pensé que ibas a trabajar con el portátil o algo así, como buen mandamás del universo que eres —lo chinchó mientras le quitaba el envoltorio a su sándwich.

—No puedo leer —se limitó a decirle él. Zephyr se detuvo, totalmente pasmada. No se había esperado semejante réplica. Su sorpresa debió de quedar patente, porque Alfa se explicó—: No crecí con muchos recursos. Mi madre me mandó al colegio, pero lo dejé después de su muerte.

—Lo siento. —Ella alargó la mano y le dio un leve apretón que lo sorprendió—. Debiste de haber aprendido a leer en aquella época.

—Sí, pero luego me pasó esto. —Se señaló el parche—. Leer textos pequeños me resultaba difícil. Acabé por dejar de intentarlo. —Pareció recordar quién era y con quién estaba hablando y la contempló con curiosidad con aquel único ojo—. No suelo hablar de ello.

A Zephyr se le derritió un poco el corazón.

—Tu secreto está a salvo conmigo.

Le dedicó una pequeña sonrisa. Él apartó la mirada, claramente incómodo por haber compartido aquello con ella. Zephyr decidió dejarlo en paz. Se fijó en cómo iba desliando poco a poco el envoltorio del sándwich, sobre todo con la mano izquierda. Se preguntó cuántas actividades rutinarias del día a día que la gente ni se pensaba le costarían mucho trabajo. ¿Le afectaría la herida a algo más aparte de la vista y la memoria? ¿Quizá al oído? ¿Al equilibrio? ¿Estaría todo controlado por sonido en su casa? Había visto que luchaba y se movía bastante bien, pero ¿era algo natural o una habilidad para la que se había tenido que entrenar?

Entonces se le ocurrió algo.

—¿Por eso no contestabas a mis mensajes?

Él dejó el sándwich y alzó la mirada.

—No me gustan los móviles. No le mando mensajes a nadie. Solo mis socios comerciales tienen mi número, y lo que hacen es llamar.

Y ella pensando que había pasado de su culo. Tenía que ser más considerada con el cuerpo actual de Alfa, con cómo le afectaba.

—Entonces ¿puedo llamarte?

Él gruñó y se centró en su sándwich.

—¿Me vas a guardar en la agenda como «La parienta»?

La mirada que Alfa le dedicó habría bastado para arrancarle la piel a cualquier otro mortal. Ella se rio entre dientes y dio un bocado al sándwich de pollo. El queso se derritió en su boca. Soltó un gemido de placer y se detuvo. Él la estaba mirando. La inseguridad que a veces sentía Zephyr asomó, como le sucedía sobre todo cuando comía con otra gente. Estaba acostumbrada a que criticasen lo que comía, así que casi esperaba que le dijese «vaya montón de queso» o bien «no deberías comerte más de dos de esos».

Él le miró la boca, agarró su propio sándwich, dio un bocado y asintió.

—Mmm.

Nada más.

Zephyr se quedó ahí sentada un segundo, contemplando el pan, procesando lo que acababa de pasar. En realidad no había pasado nada… Solo que había pasado *algo*. Ella había nacido en una familia de mujeres altas de silueta perfecta que no engordaban un gramo por más que comieran. Su madre, sus tías, sus primas y todo el mundo se había burlado siempre de ella, aunque de manera bienintencionada, por ser bajita y tener curvas. Aunque Zen era adoptada, encajaba mejor que ella con la genética de su familia.

A los diecinueve años, un desequilibrio hormonal la llevó a ganar peso con rapidez. Pasó los siguientes años medicándose para controlar el peso y las hormonas. Acabó siendo muy voluptuosa, rasgo que acentuaba su baja estatura. Hacía pilates diligentemente; su cuerpo era fuerte y flexible y, aunque estaba más en forma que nunca, sus seres cercanos siempre acababan diciéndole, de la manera más compasiva posible, que perdiese más kilos. Que estaría «mucho más guapa». Pero ya era la hostia de guapa. Tenía su propio sentido del estilo, tomaba la medicación que le tocaba y cuidaba su cuerpo. Y era la primera vez que alguien, aparte de Zen, comía con ella sin decirle nada al respecto. Quizá era porque el cuerpo de Alfa también era imperfecto según los estándares de la gente. O quizá era que no se daba cuenta o no pensaba en ello. Fuera como fuese, él no le había dicho nada.

Como para no esperar ningún interés romántico de su parte. Estaba bien jodida. Dio otro bocado de aquel delicioso sándwich y disfrutó de la agradable quietud mientras comían. Poco a poco, en silencio, se fue enamorando de nuevo de él. Y sentiría amor suficiente para los dos, hasta que él la alcanzara.

9

Zephyr

El hermanastro de Alfa estaba como un tren.

Zephyr no había estado segura de qué esperar, pero desde luego no había sido encontrarse con el hombre cortés, asombroso y perfectamente esculpido que vino a darles la bienvenida al aeropuerto. Además, era encantador de la cabeza a los pies. Tras echarle un vistazo a Zephyr, le había preguntado a Alfa:

—¿Quién es esta preciosidad que llevas del brazo?

Al momento le había dado un casto beso en la mejilla a modo de saludo. Si Zephyr no hubiese estado ya enamorada del gigante gruñón que iba con ella, se habría quedado embelesada.

—¿Dónde está tu prometida? —preguntó Alfa tras hacer las presentaciones, manteniendo la distancia con ella.

Había vuelto a retraerse después del aquel momento de acercamiento que habían compartido en el avión. Había dado un paso atrás, lo bastante como para que Zephyr sintiese el frío que llenaba el espacio que los separaba. No sabía si era por aquella estupidez de mantener su relación a nivel platónico o por la vulnerabilidad que había mostrado en el avión. Al estar en un entorno desconocido, no supo cómo volver a salvar la distancia.

Dante sonrió.

—Ha llevado a Tempest con su abuela, para poder aprovechar y echarse una siesta tonificante. No le hace falta, pero la maternidad la está cansando.

Zephyr observó bien a Dante. Le sorprendió la franqueza de su afecto hacia su futura esposa. Los hombres que ella había conocido rara vez demostraban su amor con el orgullo que él exhibía. Y, además, se las arreglaba para mantener ese aire de gallito seguro de sí mismo que tan atractivo le parecía. Maldición, aquella chica tenía suerte. Dante tenía una personalidad interesante.

Los acompañó a ambos hasta un gran Range Rover negro, algo diferente del que tenía Alfa en casa. Le abrió la puerta trasera a Zephyr. «Ah, además es un caballero». Ella sonrió, le dio las gracias y subió al coche. Se alegró de llevar leggins en lugar de falda, aunque se sorprendió de que su marido no la hubiese levantado en vilo para depositarla en el asiento, como se había acostumbrado a hacer en su ciudad. Desde luego había decidido ir por la vía platónica y mantener la distancia en serio.

Zephyr se acomodó en el asiento, al igual que ellos dos. Dante salió del aeropuerto. Otro coche oscuro los seguía, con los guardaespaldas. No le sorprendió. Le había bastado echar un vistazo en internet para ver que Dante Maroni era un pez gordo en el mundo de la mafia y que acababa de hacerse con el control de una organización tras la muerte de su padre. Sin embargo, lo único que le daba curiosidad era saber cómo se habían conocido Alfa y él y, sobre todo, en qué andaba metido Alfa. No podía ser la mafia, porque Los Fortis no era ningún centro importante de los bajos fondos. Sabía que tenía algo que ver con servicios de seguridad, pero no podía definirlo con exactitud. Ya se enteraría tarde o temprano, aunque esperaba que no fuese nada que no pudiese soportar, porque había líneas que no debían cruzarse. Sin embargo, sabía quién había sido Alfa en el pasado, y siempre fue un protector. No imaginaba un mundo en el que se atreviese a cruzar los límites de lo inhumano.

«Cada cosa a su tiempo».

Tenebrae era diferente de Los Fortis. Para empezar, el clima era más moderado que tropical. Las colinas en la lejanía eran de un verde más oscuro que las junglas que rodeaban su ciudad. Y aquellas nubes negras solo se veían en Los Fortis cuando llovía mucho. Zephyr bajó la ventanilla y disfrutó del viento frío y seco en la cara mientras lo recorría todo con los ojos.

—Gracias por venir. —Dante rompió el silencio tras un rato—. Os lo agradezco mucho.

Alfa gruñó. *Gruñó.* Zephyr lo observó en silencio desde el asiento trasero, intentando comprender por qué se mostraba más reservado con su propia familia. Estaba más distante, más rígido de lo que había estado en el vuelo. Zephyr no sabía si era por ella o por Dante. El hecho de que fuese a asistir a una boda la había hecho pensar que tenía buena relación con su hermanastro. ¿Estaría equivocada?

—Bueno, ¿y cuándo os habéis casado? —prosiguió Dante, a quien el silencio no parecía importarle. Tenía un aire tan despreocupado que a Zephyr le cayó bien de inmediato.

—El lunes —respondió su marido—. En el juzgado.

Dante la miró por el retrovisor.

—¿Estás embarazada?

A Zephyr le encantaba que todo el mundo asumiese automáticamente que Alfa la había dejado preñada solo porque se habían casado a toda prisa. Negó con la cabeza.

—Qué va, si ni siquiera hemos...

—Solo vamos a estar casados seis meses —la interrumpió Alfa con bastante mala educación—. No es un matrimonio de verdad.

«Ay». Zephyr sabía que eso era lo que habían acordado, pero decirlo en voz alta lo volvía todo muy... frío. Era reduccionista. La hacía sentir pequeña. Como si esos momentos que habían compartido nunca hubiesen pasado.

Dante tuvo la educación de no comentar nada. Se limitó a cambiar de tema e incluir a Zephyr en la conversación. Le preguntó sobre su familia y su trabajo, una genérica charla normal que ella apreció más de lo que quería admitir. Se miró la alianza en el dedo, aquella pieza hermosa y única; un aro de platino adornado con diminutos rubíes, amatistas, zafiros y esmeraldas. Colorido y singular.

«Algún día, cuando tenga dinero, te voy a comprar el anillo más bonito que haya, rayo de sol».

Sintió que le picaba la nariz y apartó la vista, recordando la promesa de la última noche en que había visto a Alfa antes de que este desapareciese de su vida. Aquel anillo le era más preciado de lo que había pensado siquiera. No había esperado que Alfa le comprase una sortija, había estado preparada del todo para comprársela ella. Sin embargo, él le había comprado el anillo perfecto y Zephyr atesoraba aquel gesto en un rinconcito de su corazón, lo protegía como una llama en medio de un viento agitado para mantenerla con vida, cálida y cuidada. Para poder revivirlo de nuevo si no conseguía que Alfa se enamorase de ella una vez más.

La enormidad de la tarea que había asumido la asustaba a veces. No sabía por lo que había pasado Alfa en los años que habían transcurrido desde su separación. No sabía qué tipo de traumas tenía, no sabía qué le inspiraba, no sabía si podría escalar las paredes que se había construido en torno al corazón. Estaba dispuesta a sangrar, a acabar magullada, por llegar hasta él. Estaba dispuesta a arrastrarse al rincón donde Alfa hibernaba y acostarse a su lado si él se lo permitía. Pero tenía que tomarse su tiempo. Si comprendía lo que Zephyr quería —a él—, se asustaría y huiría.

Los dos hombres hablaban de asuntos relacionados con su trabajo en algún tipo de código, porque Zephyr no entendía ni una palabra. A los treinta minutos habían salido de la ciudad y ascendían una colina ondulante sobre la que descansaba una enorme mansión. Se abrieron los altos portones, en los que había apostados guardias de seguridad que saludaron a Dante con asentimientos respetuosos.

El interior parecía un mundo completamente distinto. La gigantesca casa, los pocos edificios que había al otro lado, la colina verde rodeada de una valla…, todo parecía un escenario de película. Allí habría cabido con facilidad todo el barrio de Zephyr. Había gente que caminaba de un lado a otro, decorando el lugar. Algunos llevaban sillas; otros, cajas, y otros, pistolas. Zephyr jamás había visto tantas armas en la vida real. Cuando interrogó a Victor, había visto que este llevaba una bajo la chaqueta, pero nada más.

El camino de entrada se detuvo ante la mansión. Dante aparcó frente a las puertas dobles. Zephyr salió sin esperar a que le abriesen la puerta y lo recorrió todo con la mirada.

«Vaya».

Un miembro del personal se acercó a ellos a la carrera. Dante le dijo que llevase el equipaje de los dos al ala de invitados. Tenían un ala de invitados. «Vaya pijos».

Una mujer algo mayor con pelo canoso salió de la mansión. Llevaba en brazos un bulto envuelto en una manta verde. Asombrada, Zephyr contempló cómo Dante tomaba al bebé de brazos de la mujer y se lo llevaba al ancho pecho, sin importarle mancharse el traje de babas, para empezar a hacerle carantoñas.

—Has echado de menos a papi, ¿verdad, princesa?

Luego, el gato más peludo y suave que Zephyr hubiese visto en su vida salió de la mansión y se restregó contra las piernas de Dante, llenándole de pelo los pantalones.

A Zephyr se le derritieron los ovarios. ¿Qué tenía aquel hombretón con los bebés y los gatitos? Se quedó engatusada (nunca mejor dicho).

Por fin, Dante se volvió hacia sus invitados, con una enorme sonrisa.

—Alfa, Zephyr, os presento a mi princesa, Tempest. Tempest, estos son tu tío y tu tía.

Tía.

Zephyr era la tía de aquel pequeño bebé. Hostia puta, nunca había tenido una sobrina. Miró a Alfa y vio que también estaba emocionado. «Corazón muerto, ¿eh? Y una mierda». Sabiendo lo que sabía sobre su familia, Zephyr no imaginaba lo que sentiría Alfa al ser el tío de aquel bebé. Despacio, agarró su enorme mano y le dio un apretón. Aunque él no se lo devolvió, tampoco la soltó.

—¡Ay, Dios, pero qué preciosidad! —exclamó ella.

Dado que Alfa parecía petrificado en el sitio, Zephyr dio un paso al frente y acarició la suave mejilla de Tempest. El bebé bostezó y abrió mucho los ojos, que eran como esmeraldas. Al ver a su padre, esbozó una sonrisa que era toda encías sin dientes, repleta de babas. Empezó a emitir sonidos de felicidad y movió los brazos. Luego su mirada fue hacia el gigante de aspecto imponente. Zephyr llevó la mano de Alfa hacia el bebé para que acariciase su suave piel, rezando para que Tempest no se echase a llorar.

No lo hizo. La pequeña Tempest Maroni gorjeó y babeó. Le enseñó a Alfa la misma sonrisa sin dientes y lo tocó con un minúsculo dedo meñique. Zephyr lo presenció todo y pensó: «Vaya si le afecta». Alfa ni siquiera intentaba disimularlo.

—Has venido.

Zephyr alzó la mirada hacia la entrada, de donde procedía aquel tono áspero de voz. Se le descolgó la mandíbula. Una mujer despampanante, pero *despampanante* de verdad, una auténtica diosa, se acercaba a ellos con la gracilidad de un cisne que atraviesa el agua. Tenía una sonrisa afable en su cara perfecta. Era alta, tenía clase y exudaba elegancia. Sus ojos resplandecientes de un verde intenso destacaban sobre su piel bronceada y tenía una voluminosa melena castaña con rizos y ondas naturales. «Vaya pelo más bonito», pensó Zephyr. No se había imaginado que existiesen las mujeres así más allá de las historias mitológicas.

La mujer, que claramente era la madre de Tempest y la prometida de Dante, recorrió con la mirada al hombre al lado de Zephyr. Ella alzó la vista hacia Alfa y vio que este contemplaba a la recién llegada con una expresión que ya conocía.

Química.

Aquella mujer le había gustado de verdad.

Zephyr nunca había sido realmente celosa, sobre todo con otras mujeres. Las de su familia eran hermosas y estaba acostumbrada a ver auténticas preciosidades. Adoraba conseguir a diario que las mujeres se sintiesen bien consigo mismas. Los celos eran una emoción del todo antitética para ella. Y sin embargo, allí plantada junto al primer hombre del que se había enamorado y a quien pensaba volver a enamorar, un hombre que hacía unos instantes había reducido a nada su intento de crear un futuro juntos, un hombre que estaba claro que no la recordaba pero que sí se acordaba de la diosa que tenían delante…, en aquel momento, algo desagradable arraigó en la boca del estómago de Zephyr. No tenía nada contra aquella mujer, quien, a las claras, estaba enamorada de Dante y feliz con su familia. Ni siquiera contra Alfa, por admirar algo que incluso ella admitía que era digno de admiración.

No. Aquella cosa desagradable que arraigó en ella fue la vieja inseguridad contra la que había luchado durante años y que pensaba haber dejado atrás. La inseguridad que le decía que quizá no era suficiente. Que quizá nunca sería suficiente. Que tal vez nada de lo que hiciera importaría. Zephyr amaba sin reservas, confiaba con facilidad, salía herida a menudo. Puede que necesitase endurecerse. Pero si lo hacía, perdería la esencia de la persona que era, así que jamás se endurecía. Sentirse herida era más aceptable que no sentir nada. Pero ese sentimiento tan desagradable que había irrumpido en su cabeza se volvió horrible:

«Casi treinta años y sin novio, ¿eh? Algo malo debes de tener».

«Con lo buena chica que eres, ¿cómo es que nadie se ha enamorado de ti?».

«Un rollo tras otro, pero en la única relación estable que has tenido te han puesto los cuernos».

«El único hombre al que has querido de verdad te abandonó. Ni siquiera se acuerda de ti. Así de poco relevante fuiste para él».

«Tu marido no se siente atraído por ti».

Zephyr parpadeó para reprimir las lágrimas y apartó la mano. Esbozó una sonrisa falsa mientras se hacían las presentaciones. Dante le puso una mano en la cintura a Amara. Zephyr albergó la esperanza de que su marido la tocase, quizá que le pusiese la mano en el hombro, que hiciera algo para indicar que estaban juntos. Alfa no hizo nada.

Dante le pidió a Alfa que hablasen en privado, así que Zephyr, que ya se sentía un poco perdida y un poco triste, se limitó a decirles que iba a dar una vuelta por el terreno y los dejó. Diaz la siguió a buena distancia.

No soportaba sentirse así a veces. Había momentos en los que un detalle completamente al azar le provocaba una espiral de dudas sobre su valía. Aunque sabía que nada de eso era real, lo sentía como si lo fuera. Rodeó la mansión hasta la glorieta del jardín, donde estaban colocando la estructura para la boda. Sacó el teléfono del bolsillo y llamó a la única persona con quien podía sincerarse del todo.

—¡Zee! ¿Qué tal el vuelo?

El saludo alegre de Zen le aligeró de inmediato el corazón. Aunque su hermana pequeña tenía cinco años menos que ella, era su mejor amiga. Desde siempre habían tenido el hábito de acurrucarse una junto a la otra por la noche y charlar de todo lo que les había sucedido a lo largo del día, desde algún insulto que les hubieran hecho o algún cuelgue serio, pasando por algún cliente chungo. Ahora se preparaban juntas para ir a la cama mientras charlaban. Aunque al principio era solo Zephyr quien le contaba cosas que le pasaban, a lo largo de los años Zen también había empezado a hablarle. Ahora, Zephyr sabía que era la persona de confianza de su hermana, y viceversa.

—Muy bien —le dijo, caminando por la ladera de la colina y recorriendo con los ojos todos los lados de la mansión.

—Oh, no —oyó murmurar a su hermana—. ¿Qué ha pasado?

—En verdad, nada. —Zephyr sintió que le temblaban los labios—. Es que… a veces me gustaría que se acordase.

—Ay, cariño. —Zen sabía exactamente cómo se sentía. Había sido ella quien se había encargado de vigilar cada vez que Zee se escabullía, la persona a quien se lo había contado todo al volver. Zen sabía toda la historia, desde la primera a la última vez que lo vio—. ¿Seguro que quieres hacer esto? Todavía puedes echarte atrás, ¿sabes?

—Tengo que intentarlo —susurró Zephyr, con presión en el pecho—. Ahora él es diferente, pero tengo que intentarlo, Zen. No puedo vivir pensando que he vuelto a encontrarlo y no he hecho nada.

Zen suspiró.

—¿Y cómo lo llevas?

Zephyr soltó una risa en forma de resoplido.

—Quiere que solo seamos compañeros de piso.

Su hermana guardó silencio durante un instante al otro lado de la línea.

—Pues sé su compañera de piso. Sé la mejor compañera de piso que haya tenido en la vida. Tú lo conoces, Zee. Sabes qué teclas le puedes tocar. Tócalas, ponlo a prueba. Si hay alguien capaz de conseguir que se enamore de ella un hombre aterrador, eres tú.

Ella sorbió por la nariz.

—Por eso eres mi hermana favorita —le dijo al teléfono. Oyó la risa entre dientes de Zen.

—Soy la única que tienes.

Hablaron unos minutos más. Zen le contó que su madre estaba convencida de que Alfa era poco menos que el Anticristo, que había venido a lavarle el cerebro y que «se moría de ganas de que saliese de su vida». Si Alfa y ella acababan separándose, ya sabía quién se alegraría. Al menos, Zen había convencido a su padre de que mantuviese la mente abierta. Eso era mucho.

Zephyr le dijo adiós a su hermana, con la moral aún bastante baja, y le pidió a un miembro del personal que le dijese dónde estaba su habitación. Se dirigió al ala de invitados. El sol empezaba a ponerse, el cielo se oscurecía. Había partes de la colina completamente sumergidas en sombras. Zephyr llegó al edificio y recorrió con los ojos la mansión desde fuera.

Detuvo su escrutinio ante un gran ventanal que daba a una especie de despacho. Dante y Amara estaban allí, sentados junto a otra pareja. Su marido también se encontraba presente, sentado de espaldas a ella. Estaban tomando una copa. Amara se rio de algo. La gata peluda dormía en el alféizar.

Zephyr se quedó plantada ahí fuera, a cierta distancia, sola por primera vez en una ciudad llena de desconocidos, contemplando la escena. No sabía por qué, pero se sintió dolida. Se había casado con Alfa, pero no era parte de aquel grupo, fuera lo que fuera. Y quería serlo.

«Deja de compadecerte de ti misma», se reprendió. Había elegido aquella senda, a sabiendas de que no sería fácil. Dante, el único que estaba de cara a ella, alzó la vista y la miró a los ojos. A continuación echó una mirada de soslayo hacia Alfa, para luego mirarla de nuevo a ella con algo parecido a la compasión en sus ojos oscuros. Zephyr esbozó una pequeña sonrisa que, esperaba, resultaría tranquilizadora. Fingió que aquello no le importaba lo más mínimo y fue a su habitación. Casada, triste y sola.

10

Zephyr

Alfa no fue a la habitación en toda la noche. Y Zephyr sabía que era de los dos, porque las maletas de ambos estaban allí. Se quedó despierta en la cama, mirando el techo de aquel dormitorio desconocido, dando vueltas y llorando un poco porque todo la hacía llorar. A veces veía vídeos de cachorritos y lloraba. En cierta ocasión en que le había bajado la regla en el trabajo, una clienta dijo que llevaba un peinado muy bonito, y a ella se le saltaron las lágrimas. Sus lacrimales estaban extrahidratados, siempre había sido así.

Cada vez que se sentía abatida, miraba la alianza y se recordaba lo que significaba. Alfa había buscado aquel anillo en concreto y eso quería decir algo, aunque él no se diera cuenta. Tardaría un tiempo, pero Zephyr tenía que seguir luchando por los dos.

Sin embargo, en ese momento estaba empezando a amanecer y ya no aguantaba más en la cama.

Se quitó su pijama sexy, que había escogido con la esperanza de que pasasen su primera noche juntos, y se puso unos leggins y una sudadera. Luego salió de la habitación del primer piso. Bajó las escaleras y salió a la glorieta del jardín que había visto la velada anterior. Allí disfrutó de la neblinosa mañana, una rareza en su ciudad.

Algunos miembros del personal deambulaban por ahí, preparando ya la boda. El jardín de la mansión se había convertido en el escenario de un hermoso cuento de hadas. Zephyr se limitó a poner el culo en un frío banco de piedra de la glorieta y a contemplarlos a todos. Se preguntó si llegaría a tener una boda por todo lo alto. Siempre había querido invitar a su familia lejana, llevar un precioso vestido con velo y que todo el mundo la viera unirse al amor de su vida. Hasta conocer a Alfa, jamás había pensado que pudiese pasar el resto de su vida con ningún hombre. Desde luego no había sentido nada así con Alec, aunque le había dado dos años de su vida.

Iba a intentar evitar que su madre planease nada hasta que se cumpliesen los seis meses del contrato, por si acaso necesitaba más un divorcio que una boda.

—Felicidades por su matrimonio.

Alzó la mirada al oír aquella voz oscura desde un lateral. Había un hombre apoyado en una de las columnas de la glorieta, sin mirarla de frente. Llevaba una sudadera negra con capucha y tenía las manos metidas en los bolsillos. Desde aquel ángulo, Zephyr no le veía la cara.

—Eh..., gracias —replicó suavemente y volvió a observar al personal—. ¿Quién es usted?

—Un amigo —respondió.

Había algo raro en su voz. Zephyr volvió a contemplar la silueta. Era alto y musculoso, sin pasarse. Se apreciaban los músculos definidos de su espalda, pero no tenía cuerpo de mazado de gimnasio.

—¿Ha oído lo de los asesinatos de Los Fortis? —preguntó. Tenía un leve acento.

Zephyr se enderezó. Se preguntaba si aquello era cháchara intrascendente o algo más.

—El asesino de prostitutas, ¿no? Así lo llama la prensa. Los asesinatos han salido últimamente en las noticias, pero no se ha resuelto nada aún.

—Sí. —El hombre se enderezó—. Dígale a su marido que esté alerta.

Zephyr sintió que se ponía rígida. Un escalofrío helado la recorrió y de pronto se dio cuenta de que estaba sentada a solas, en el complejo de un jefe de la mafia, sin nadie a quien llamar para pedir ayuda.

El hombre soltó una risa entre dientes.

—Si quisiera matarla, lo habría hecho cuando se le rompió el tacón la semana pasada al salir de la peluquería, señora Villanova. Necesita usted mejores guardaespaldas.

«¿Qué coño...?».

Se quedó helada en aquel frío banco de piedra, contemplando al hombre. Él sacó una mano enguantada del bolsillo y dejó un sobre negro en la barandilla de piedra que rodeaba la glorieta de jardín.

—Dele esto a su marido. Y asegúrese de que lo lee.

Zephyr contempló el sobre y alzó la vista, pero solo vio un espacio vacío donde había estado aquel tipo. Había desaparecido, como si se lo hubiese imaginado todo. Inspiró hondo para coger fuerzas, con escalofríos por todo el cuerpo. Se acercó a la barandilla y cogió el sobre. El papel era grueso, de buena calidad. Sintió la fuerte tentación de abrirlo, pero sabía que no debía hacerlo. Podría ser algo confidencial solo para ojos de Alfa. Hasta que este se lo permitiese, no podía husmear.

Lo agarró fuerte con una mano y fue a buscar a su marido perdido.

Tardó un rato. Ningún miembro del personal sabía dónde estaba, lo cual resultaba ridículo, porque ¿cómo se iba a perder un gigante con un parche en el ojo? Era el día de la boda, el sol ya había salido y brillaba en el cielo, y Zephyr se estaba cabreando de verdad. Deambuló por la extraña mansión e intentó dar con el paradero de Alfa. Durante una fracción de segundo se preguntó si no estaría en la habitación de otra mujer, pero desechó aquella idea de inmediato. Hasta que le diera motivos para pensar algo así, era mejor que contuviese la imaginación. Alfa no había estado con nadie en mucho tiempo. Y si necesitaba estar con alguien, ella se encontraba ahí mismo. La piedra angular de toda relación era la confianza. Zephyr tenía que dársela para que él confiase a su vez en ella.

Por fin tuvo suerte y se topó con uno de los guardias, que le dijo que Alfa estaba en el ala de entrenamiento. Claro que iba a estar allí, dándole puñetazos a lo que pillase. Una vez que la orientaron, y con el sobre en la mano, fue a paso vivo colina abajo hasta el edificio. No le extrañaba que todo el mundo pareciese tan en forma en aquel lugar, teniendo en cuenta los paseos arriba y abajo que tenían que darse.

Por fin llegó al edificio gris y se detuvo en la entrada, boquiabierta. Había cinco tipos desnudos de cintura para arriba en el centro, entre esterillas. Vitoreaban y lanzaban maldiciones, mientras Alfa y Dante, con una notable ausencia de camisetas, se atacaban el uno al otro con cuchillos. Cuchillos de verdad.

Con la mandíbula descolgada, Zephyr observó a Alfa. A pesar de contar con una desventaja física, su marido danzaba por entre las esterillas y esquivaba todos los ataques que Dante le lanzaba desde diferentes ángulos. Contraatacaba con sus propios cuchillos, con las manos vendadas. Su cuerpo era todo un catálogo de cicatrices, tinta y sudor. A Zephyr empezó a arderle el rostro al verlo moverse una y otra vez, al oír su risa divertida y provocadora cada vez que Dante fallaba. Estaban estrechando lazos con armas y a Zephyr le parecía extraño porque su idea de familia tenía más que ver con charlas sinceras y helado. Pero quién sabía, si a ellos les funcionaba...

Acabaron aquella lucha fingida y Dante le dio a Alfa una palmada en la espalda. Al darse la vuelta, la vio en la entrada. Arqueó las cejas, pero se le acercó con una sonrisa.

—Hola, cuñada. ¿A qué debemos el placer de tu visita?

Dios, aquel tipo era un tesoro. Podría abrazarlo por el modo en que la había tratado el día anterior y por cómo la estaba tratando hoy. Antes de que pudiese decir nada, su marido se acercó también con expresión hosca.

—No deberías estar aquí.

De repente, Zephyr recordó que estaba cabreada con él. Le aplastó el sobre contra el pecho sudado y siseó:

—Y tú no deberías haber estado por ahí toda la noche, pero la vida está llena de decepciones.

Dicho lo cual, se volvió hacia Dante y esbozó una suave sonrisa.

—Gracias por ser tan amable.

—No hay por qué darlas. —Él inclinó la cabeza con una mirada de soslayo hacia Alfa—. Puedo decirle a alguno de mis hombres que te acompañe. —Señaló a los tipos descamisados del edificio.

—Puede ir sola —dijo Alfa entre dientes antes de que Zephyr respondiese.

Pero ¿qué cojones le pasaba? Bueno, a la mierda. Sin decir ni una palabra más, Zephyr dio media vuelta y se dirigió a su habitación para prepararse para la boda. Estaba a medio camino cuando vaciló. Se dio cuenta de que Alfa no iba a poder leer la nota, pero que era demasiado orgulloso como para admitirlo ante otra gente. Suspiró, aunque parte de su furia desapareció, y regresó al edificio de entrenamiento. Vio que todos salían. Alfa avanzaba a un lado del grupo, algo apartado de los demás. Zephyr caminó más despacio y le salió al paso.

—Yo te lo leo si quieres —propuso con voz suave, alzando la cabeza para poder mirarlo a los ojos.

Él no dijo nada; se limitó a tenderle el sobre en silencio. Ella se ablandó aún más. Lo aceptó, abrió la solapa y sacó un papel blanco. Miró lo que había escrito y se quedó pasmada.

—¿Qué dice? —preguntó él con voz áspera.

Ella tragó saliva y leyó palabra por palabra lo que ponía la nota:

—«Sé quién es. Como gesto de buena voluntad, que sepas que piensa cargarte a ti el próximo asesinato. Ya te contactaré». —¿Qué cojones?—. No va firmada.

Zephyr alzó la vista hacia su marido, que tenía la mandíbula apretada.

—¿Dónde has encontrado esta carta?

—Me la dio un hombre. —Tragó saliva—. ¿A qué se refiere? Con el puño apretado, Alfa se le acercó un paso.

—¿Le has visto la cara?

Ella negó con la cabeza.

—Era alto y llevaba sudadera con la capucha echada.

Él le quitó el papel de la mano y lo contempló durante un largo minuto con su único ojo. Luego dejó escapar el aliento.

—Me ocuparé de esto luego.

Aquello iba en serio. ¿Quién era aquel tipo y por qué demonios decía que un asesino iba a echarle la culpa de nada a su marido? Alfa se dirigió resuelto hacia el ala de invitados y la dejó allí plantada. Zephyr frunció el ceño. Todo el cabreo que había sentido antes regresó a ella. Se apresuró a darle alcance y luego preguntó con tono forzadamente jovial:

—¿Hay algún motivo por el que estás siendo tan maleducado conmigo o es tu encanto habitual por las mañanas?

Él le lanzó una mirada de reojo, pero se mantuvo en silencio.

—Vaya festín para la vista —lo chinchó, mirando deliberadamente a los hombres descamisados que salían del edificio de entrenamiento.

Alfa no respondió. Se limitó a apretar el paso, como si pudiera dejarla atrás.

—O sea, no es que no me guste lo que estoy viendo, pero no comprendo para qué me has traído aquí —prosiguió—. Tengo mi orgullo, ¿sabes? No hace falta que vayas por ahí diciéndole a la gente que «no es un matrimonio de verdad» —enfatizó las palabras haciendo comillas con los dedos—. Dante debe de creer que soy una fresca que ha conseguido atarte en corto, cosa que es verdad, pero no hace falta que lo vayas contando.

El modo en que Alfa ladeaba la cabeza sin dejar de caminar le indicó que la estaba escuchando. Veía el parche y la cicatriz desde aquel lado. Era hora de tantear el terreno.

—Es que ayer mismo alguien me preguntó que si lo nuestro no era de verdad, y que si me apetecería liarme con él en la boda. Fue muy halagador, pero…

Él se giró en redondo, de una forma tan brusca que Zephyr apenas tuvo un segundo para no chocar de frente.

—¿Quién?

«Bingo». Negó con la cabeza.

—Eso da igual. Lo importante es que si le vas diciendo eso a la gente, dará la impresión de que estamos en algún tipo de relación abierta…

Alfa le puso la mano libre, la que estaba cubierta de cicatrices, en la barbilla y la interrumpió. Su mirada dorada la abrasó.

—Esto no es un matrimonio abierto. Yo no comparto.

Ah, a Zephyr le encantó oírlo.

—Bien, porque no quiero que me compartan. —Asintió con efusividad e hizo un gesto para abarcar los alrededores con ambas manos—. Pero eso ellos no lo saben, y menos por el modo en que te estás comportando. Ya han empezado a tontear conmigo. —Él le apretó más la barbilla—. Si no dejas claro que no estoy libre, creo que irá a más, teniendo en cuenta lo irresistible que soy y tal. Incluso alguien podría arriesgarse a desatar tu ira raptándome como si estuviésemos en alguna peli mala...

Antes de que Zephyr llegase a darse cuenta de lo que pasaba, Alfa la alzó en brazos y se la echó al hombro. Todo se puso bocabajo. Se le fue la sangre a la cabeza y alzó las piernas por encima del culo, por donde él la sujetaba.

—A quien hable con mi esposa lo mato —anunció en tono frío.

Dante soltó un silbido en la lejanía. Zephyr se sonrojó. Era la escena más «Yo, Tarzán. Tú, Jane» que había visto en la vida. Desde luego no estaba libre, no. Tras anunciarles aquello a los hombres que avanzaban por el terreno, Alfa echó a andar cargando con ella hacia su habitación para prepararse para la boda. Zephyr cerró el pico, satisfecha de que él aún sintiese esa veta posesiva en algún lugar de su interior. Aunque se mostraba frío con ella, no le era indiferente.

A juzgar por las últimas veinticuatro horas, a Zephyr le quedaba mucho, muchísimo trabajo. Pero aquel día había empezado con una victoria y estaba dispuesta a aceptarla. Feliz como una perdiz, se limitó a colgar de su hombro mientras él la llevaba en volandas.

La boda de Dante y Amara fue preciosa. No solo por el entorno y el buen día que hizo, sino por la pareja en sí. Zephyr no los conocía, pero se echó a llorar igualmente cuando Amara salió, llevando a la pequeña Tempest a la altura de la cadera. Vio cómo la miraba Dante, con un amor tan visceral en los ojos que se acordó de la época en la que el hombre sentado junto a ella la había mirado del mismo modo. Y no se trataba solo de Dante. El tipo peligroso que había junto al novio también miraba así a la chica con gafas al lado de Amara. Pero ¿qué les daban de comer a los hombres allí? Zephyr necesitaba guardar algo de ese amor en un frasco. Quizá podría venderlo en el mercado negro y convertirse en *capa* de la mafia. ¿*Capa*? ¿Esa palabra existía? Debería. Se preguntó si su marido volvería a mirarla así de nuevo. Sorbió por la nariz al pensarlo.

Alfa le tendió un pañuelo de papel, en silencio. Llevaba una camisa blanca formal que Zephyr estaba segura que habían confeccionado a medida en una sastrería, porque era imposible que las vendieran de su talla. Llevaba el cuello abierto y la tela estaba tirante en su pecho. Se cubría el resto con una elegante chaqueta azul marino. Llevaba la barba bien recortada, el pelo peinado hacia atrás y, joder, estaba hecho un pincel. Zephyr no sabía por qué llevaba pañuelos de papel en el bolsillo, pero aceptó el que le tendía y se sonó la nariz tan delicadamente como pudo.

—Lloras mucho —dijo alguien junto a ella.

Zephyr alzó la cabeza y vio a un chico de ojos azules sentado a su lado. Debía de rondar los diez años, pero por el modo en que la miraba parecía mayor. Ella se limpió la nariz con el pañuelo.

—Soy una chica muy sensible.

Él siguió clavándole aquella mirada demasiado intensa y perturbadora para su edad.

—¿Cómo lo haces? Lo de llorar, digo.

Ella se centró en su pequeño acompañante, intrigada ante aquella pregunta.

—Pues siento algo por dentro y me salen las lágrimas. ¿Tú no lloras? —El chico negó con la cabeza. Joder—. ¿Y quieres llorar? —El chico asintió. «Pobrecillo»—. Te propongo una cosa. —Se inclinó hacia él y le susurró—: Yo lloraré por ti, para que tú no tengas que malgastar lágrimas. ¿Qué te parece?

Él parpadeó. No dejaba de mover la pierna arriba y abajo sin parar.

—¿Puede llorar por mí otra persona?

Era una pregunta muy rara. Antes de que Zephyr pudiese contestar, la abuela de Tempest vino a por el chico.

—Ven, Xander, nosotros nos sentamos en primera fila.

El chico se alejó hacia la parte frontal de la bancada. Zephyr volvió a girarse hacia la ceremonia, distraída por un momento, reflexionando sobre el tipo de mundo en el que había entrado, donde los niños pequeños no sabían cómo se lloraba. Recordó la primera vez que había visto a Alfa, rugiendo de dolor por la muerte de su madre. Lo miró ahora, sentado y muy quieto, con el ceño permanentemente fruncido en la cara. Se preguntó si ese mundo habría matado a aquel chico por completo, o si aún existía en algún lugar del interior de aquella bestia de un solo ojo en la que se había convertido Alfa.

11

Alfa

Su nueva esposa lo enfurecía.

Desde aquella mañana en la que lo había chinchado para que reaccionase, Zephyr tenía una expresión de satisfacción en la cara. Una expresión que a Alfa le resultaba en parte divertida, en parte fascinante y en parte molesta. La noche anterior, él no se había acercado a ella. Había dormido en otro de los cuartos de la mansión de Dante, después de ponerlo a él, a Tristan y a sus demás compañeros al día con su investigación.

La pareja de Tristan, Morana, le resultaba un caso curioso. Había descubierto prácticamente todo lo que le había pasado a Alfa en la vida, y lo había recitado sin escrúpulo alguno, y Alfa percibió que lo observaba con cautela. No podía culparla. Sabía que a Tristan tampoco le caía bien en particular. Sin embargo, Dante y Amara parecían ser el punto de interés común, lo cual le parecía bien. De todos modos, Alfa había venido por su hermano, que parecía ser un tío bastante decente. Y manejaba el cuchillo como un demonio, cosa que respetaba.

Parte de él se preguntó si llegaría a conocer a Damien, su otro hermanastro, que no había asistido a la boda de Dante. Lo dudaba. Pero, bueno, mejor para él si conseguía llevar una vida lejos de todo. Aunque Alfa no conocía a Dante desde hacía mucho tiempo, al ver a Amara y a Tempest en la ceremonia, se alegró por el muy cabrón. En su mundo resultaba raro ver algo parecido al amor y poder conservarlo. El hecho de que Dante lo hubiese conseguido durante casi una década era verdaderamente admirable.

Alfa y su nueva esposa se marcharon poco después de la ceremonia, sobre todo porque él estaba ansioso de volver a encontrarse en su elemento y de comentar aquella nota con Hector. Sospechaba quién podía haberle dejado ese mensaje a Zephyr, y era una sospecha bastante escalofriante, pero quería discutirla antes con su amigo.

Aunque Alfa no sabía leer una mierda, Hector era un hacha con el papeleo. Leía, gestionaba los documentos enseguida y mantenía a raya los problemas de la organización. Tenía un ojo estupendo para los detalles, y una lealtad a Alfa y a su imperio que nadie habría esperado. Si de verdad eran una manada, Hector era su beta.

Victor también era excelente, pero tenía la mecha corta y muchos problemas para controlar la ira. Tenía que trabajar eso, aprender algo más del oficio durante unos años antes de poder ayudar a su hermano al frente de la empresa. Aunque la seguridad se le daba bien y, como ya tenía cierta relación con su esposa, Alfa había decidido que le hiciera de guardaespaldas.

—No sabía que vivías en la jungla —dijo la exasperante parlanchina desde su lado del jeep mientras salían de la ciudad.

Victor conducía despacio y Alfa guardaba silencio. La acababan de recoger de su apartamento, junto con un cargamento incesante de cajas y maletas. Dios sabría para qué necesitaba tantas cosas una mujer tan diminuta.

La única persona que parecía alegrarse de su matrimonio parecía ser la hermana de Zephyr. Las dos se habían detenido justo a la puerta del apartamento, se habían abrazado y habían llorado durante un buen rato. Luego, Zephyr y Alfa se habían marchado. Él se preguntó si Zenith sabría de qué iba toda aquella pantomima, teniendo en cuenta la estrecha relación que tenían las dos.

—¿Tengo que hacerme una falda con hojas y colgarme de una liana? —preguntó Zephyr desde el lateral.

Alfa se giró por fin y le lanzó una mirada que solía asustar a la mayoría de la gente. Ella le sonrió, y a él le dieron ganas de ponerla bocabajo y darle unos azotes en ese culo tan apetecible.

Qué exasperante era, joder.

Victor, delante, ahogó una risa. Alfa apretó los dientes. Le caía bien, pero no le gustaba que aquel chico de buen ver hubiese establecido con tanta facilidad esa camaradería con su esposa, sobre todo porque Victor solía odiar a todo el mundo. No le gustaba que Zephyr también lo hubiera conquistado a él. Aun así fingía no darse cuenta de nada de eso. Era mejor así. También fingía que no le afectaban los leves roces de Zephyr, o cómo sonaba su voz al teléfono, como si le faltara el aliento, cuando lo llamaba por los motivos más peregrinos, o el modo en que lo miraba de arriba abajo o bien centraba la vista en las partes más duras de su cuerpo. No le gustaba lo gruesos que le parecían los labios de Zephyr cuando hablaba. Tampoco le gustaba captar ese aroma cítrico cuando ella entraba en su espacio personal, ni la vista que tenía de su escote desde su altura o el hecho de que verla le hiciera pensar irremediablemente en lo bien que quedaría su polla encajada entre esas tetas.

Había pasado un mes desde que Zephyr había puesto su mundo del revés con aquel beso después de la pelea. Aún recordaba su sabor, y tenía como mínimo dos veces al día la tentación de volver a probarlo. Como mínimo.

Pero sería mejor que no lo hiciera, tanto desde un punto de vista físico como emocional. Zephyr era menuda y Alfa podía herirla gravemente si perdía el control. Después de su último encuentro sexual, era mejor no tentar al destino. Además, Zephyr le había dicho que solía cogerles cariño a sus amantes, con lo cual él prefería mantener la distancia aún más. Cuando llegase el momento de acabar con aquel matrimonio —y se acabaría, porque por fin se enteraría de la verdadera motivación de Zephyr y su curiosidad quedaría satisfecha—, los dos seguirían adelante con sus vidas sin más apego. Le daría otra habitación y disfrutaría de su compañía, porque era cierto que ella le alegraba la existencia, y seguramente le pediría que le hiciese más alfajores, porque no recordaba la última vez que los había probado. Sí, era el plan perfecto.

El paisaje desde el exterior cambió a medida que dejaban atrás la ciudad. La carretera asfaltada se convirtió en un camino más irregular, y el follaje se volvió más denso y empezó a cernirse sobre ellos poco a poco. El jeep pasó sobre una piedra y dio un bote; una pequeña mano se le agarró al muslo. Alfa bajó la mirada y vio aquel anillo que resplandecía bajo la luz del día. Se preguntó qué aspecto tendría esa mano alrededor de su miembro. Dudaba que pudiera juntar los dedos.

Zephyr soltó una risa nerviosa e interrumpió sus pensamientos.

—No me estaréis llevando a la jungla para dejarme plantada allí en medio con todas mis cosas, ¿verdad? No duraría ni un día en la naturaleza. Lo máximo que sé hacer para sobrevivir es quemar algo con un rizador, y hasta para eso necesitaría electricidad. Y no me gustan los bichos que reptan. Sé que he sido un grano en ese culo tan bonito que tienes, Alfa, pero espero que no vayas a...

Una risa le borboteó directamente del pecho y quedó atrapada en su garganta. Miró por la ventana mientras oía la cháchara de Zephyr. Aquel impulso de sonreír, de alzar la parte cicatrizada de su boca, era una sensación nueva. Era otro motivo por el que quería satisfacer su curiosidad. No recordaba la última vez que había querido sonreír antes de que Zephyr irrumpiese de un salto en su mundo como una explosión de colores en el gris profundo de su cielo, como un brote que florece en medio de una tierra muerta, como un festival en un campo en el que solo se celebraban funerales. Ahora que lo había experimentado, solo quería más, como un adicto.

—Respira —le dijo, como había empezado a hacer de forma natural cuando ella comenzaba a quedarse sin aire atrapada en su propia imaginación y las palabras le salían con demasiada rapidez. Zephyr cerró el pico, inspiró, murmuró una disculpa y guardó silencio.

Pero qué mona era, joder, pensó Alfa. «Mona». Ni siquiera le gustaba aquella palabra. Aun así, lo era. La verdad era que se moría de ganas por ver cómo reaccionaría al ver el complejo y a sus chicos. Se estaba pensando si quería ponerla en el cuarto de invitados o bien tentar al destino y ubicarla en la habitación adyacente a la suya. Quizá podría optar por un punto medio y darle el dormitorio junto a la cocina, aunque era el lugar más vulnerable ante algún ataque externo.

No, aunque fuera solo por su seguridad, iba a darle la habitación adyacente. Solo por seguridad. No tenía nada que ver con lo atractiva que le parecía. Nada que ver con que quisiera tanto acurrucarse con ella como embadurnarla con su semen. Dos impulsos igual de fuertes; dos deseos, uno puro y otro sucio, que colisionaban en perfecto equilibrio. Se imaginaba corriéndose sobre sus tetas después de follarle la boca, penetrándola con los dedos hasta que ella le pidiera a gritos que la dejara correrse, cosa que no haría hasta que se lo suplicase. Joder, qué buen aspecto tendría Zephyr debajo de él.

Y se imaginaba lo feliz que sería después, bien follada, como su zorra personal, tal y como él había amenazado con llamarla. Con los ojos brillantes, la piel ruborizada y una sonrisa satisfecha. Luego ella le soltaría algún ridículo mote cariñoso, como «cangrejito» (cosa que había hecho esa misma mañana cuando habían ido a recogerla). Menuda ridiculez.

Se recolocó la polla en los pantalones con disimulo, aunque parte de su ser quería sonreír.

Qué exasperante, joder.

12

Zephyr

Se bajó del jeep después de haber recorrido aquella carretera irregular llena de baches. Avanzó por el sendero de piedra bordeado de una arcada de rejas. El aroma a flores y follaje aumentó con fuerza a medida que cruzaba aquel espacio. Disfrutó del frufrú que hacía su vestido al rozarle los muslos, del sonido del agua que corría en algún lugar cercano. Llegó al final del camino y vio por fin el complejo.

Se quedó petrificada.

Le habían dicho que Alfa vivía en el borde de la jungla, pero Zephyr había esperado algún tipo de cabaña en un claro. Quizá una gran casa. Lo que no esperaba era la monstruosidad arquitectónica que había ante ella. Echó la cabeza hacia atrás, con la mandíbula descolgada ante la maravilla de que algo así existiese de verdad apenas a veinte minutos de la ciudad. Y encima, allí vivía gente.

—Bienvenidos a casa.

Hector los recibió con una sonrisa. Agarró una de las cajas de Zephyr y la llevó al interior del complejo. Así era como llamaban a aquel lugar, pero en realidad era una bestia, como el hombre que había a su lado. ¿Alfa había creado aquello?

—Hostia puta —jadeó Zephyr mientras recorría el paisaje con la vista. Había mucho que ver.

Había tres niveles de construcción repartidos de forma ascendente por la ladera de la colina. El primero, abajo del todo, contaba con más de doce cabañas de techos inclinados que el tiempo había erosionado hasta adoptar un leve color de arenisca. Zephyr vio a algunas mujeres, hombres e incluso niños en ese nivel. En el otro extremo había un edificio gris de una sola planta, frente al cual vio a dos guardias apostados. El segundo nivel tenía menos cabañas, pero más grandes, de la misma factura. Eran más espaciosas y estaban más repartidas. Sin embargo, lo que la hizo ahogar un grito fue el tercer nivel, el superior.

Una gigantesca mansión descansaba sobre el punto más alto de la colina. Estaba hecha de madera, piedra y cristal. Se moría de ganas de verla de cerca. Unas escaleras de piedra ascendían desde las faldas de la colina hasta la cumbre, con barandillas de metal negro, y conectaba los tres niveles entre sí.

Zephyr acababa de estar en los terrenos de los Maroni y pensaba que no podía haber nada más impresionante. Se había equivocado. Allí plantada, al ver el imperio que Alfa había creado para sí, una oleada de emoción le llenó los ojos de lágrimas.

«Algún día saldré de este estercolero, ya lo verás».

Y así había sido. Había salido. Comprendió que Alfa de verdad había conseguido superar sus circunstancias, había dejado atrás al chico que creció en la calle y se había convertido en el dueño de la ciudad, con su propio complejo.

Con el corazón henchido de orgullo, Zephyr se enjugó una lágrima errante, consciente de que Alfa la estaba observando. Ella lo miró a los ojos y sintió una punzada tan aguda en el pecho que se le atascaron las palabras en la garganta. Él le agarró la barbilla con la mano y le alzó la cabeza mientras examinaba sus lágrimas con ese único ojo dorado. Le acarició la mejilla húmeda con el pulgar.

—Nadie había reaccionado así al ver mi casa —dijo con suavidad y una confusión patente en la cara.

Zephyr sorbió por la nariz.

—Soy una caja de sorpresas.

Él le limpió una lágrima con el pulgar y lo dejó sobre su mejilla, en el punto en el que aparecía su hoyuelo cuando sonreía.

—No me gusta que llores.

Pobrecillo, pues se iba a tener que acostumbrar. Era una llorona. Se restregó la cara con las manos e inspiró hondo para estabilizarse. Él apartó la mano y la llevó hasta las escaleras. Hector abrió la marcha con una de sus cajas en los brazos musculosos mientras Victor se llevaba el jeep para aparcarlo en alguna parte, supuso Zephyr.

El sol brillaba con intensidad sobre toda la colina y le cubría la piel con una película de sudor, aunque casi era primavera. El calor en verano sería brutal.

—Tenemos más de doscientos guardias de seguridad. —Hector empezó a hacerle el tour mientras subían las escaleras—. Algún que otro luchador también, aunque la mayoría de ellos vive en la ciudad. Nuestros entrenamientos principales tienen lugar en el distrito industrial. Todas las cabañas del primer nivel son para el personal del complejo. Hay una asistenta, con su marido, que es jefe de seguridad, y sus niños. Ya los conocerás luego.

Zephyr lo observaba todo, completamente pasmada.

—¿Y el resto del personal?

—Hay guardias, claro —informó Hector—. Y cinco tíos de mantenimiento que se encargan de conservar la jungla a raya. Un cocinero y demás ayudantes, etcétera. Todos viven en el nivel uno. —Señaló al edificio gris del otro extremo—. Ahí se relajan y pasan tiempo juntos, es como un edificio comunal. Al jefe no le gusta meterse en su tiempo libre, así que es un sitio tranquilo.

A medida que subían el viento aumentó en intensidad y le levantó el vestido. Ella se lo sujetó con las manos a la altura de los muslos, porque no quería darle un espectáculo a quien subiera tras ella. Alfa subía algo más adelantado; los vaqueros se ceñían a su culo duro, y a ella le dieron ganas de mordérselo. El impulso de agarrárselo le dio de pronto una idea.

—Marido mío —lo llamó en tono dulce. Él se detuvo y se giró para lanzarle una mirada interrogativa y ligeramente exasperada—. ¿Te importa que vaya yo delante?

Él frunció la parte de la cara que no tenía cicatrices, pero suspiró y se echó a un lado para que ella fuese primero. Zephyr esbozó una sonrisa melosa y se aseguró de que se le marcaba el hoyuelo. Luego apartó las manos y dejó que el viento hiciese lo suyo. Oyó que Alfa inspiraba con levedad al contemplarle el culo, uno de sus mejores atractivos. Zephyr sonrió para sí misma, contenta de haberse puesto aquel tanga rojo tan sexy, por incómodo que fuese. Balanceó aún más las caderas sabiendo que Alfa la estaría mirando desde ahí abajo, que vería la línea de tela roja que le separaba los glúteos. No hacía falta que supiera que se le clavaba en la raja.

Cómo lo estaba disfrutando.

—¿Y esas cabañas de en medio? —preguntó, siguiendo la conversación con Hector pero asegurándose de mover el culo mientras subía para atormentar un poco más al cabezota de su marido.

—Son para los centinelas.

—¿Centinelas? —Ella alzó las cejas al oír aquella palabra.

—Así nos llamamos. Somos seis en total. Cinco hombres y una mujer. Somos el equipo principal del jefe, aunque ahora solo estamos aquí Victor y yo. El resto está… de misión.

Aquella organización tenía una interesante estructura de poder, no solo en el complejo, sino en general. Zephyr se mordió el labio mientras pasaban junto a las cabañas de mayor tamaño. Sentía curiosidad por saber cómo había amasado Alfa toda su fortuna. Quería saber todos los detalles de lo que había hecho.

Por fin llegaron a la parte superior y Zephyr se detuvo ante el estímulo visual. A su izquierda había una enorme terraza con techo de bambú que daba a un paisaje interminable de verdor. Zephyr comprendió lo cerca que estaban de la naturaleza más salvaje. A su derecha había una piscina grande y curva con limpia agua azulada, justo al borde de la estructura, de modo que cualquiera que se encontrase allí pudiese asomarse. La piscina rodeaba el lateral de la mansión y se perdía por la parte de atrás.

Zephyr contempló la casa en sí. Era un asombroso diseño de cemento, piedra, madera y cristal. Una amplia pared transparente abarcaba el espacio. Tras ella había cortinas de color beis, que en aquel momento estaban corridas y ocultaban el interior. Pero, Dios santo, la vista desde dentro en un día lluvioso debía de ser hipnótica. Justo delante de ella y de las escaleras que subían colina arriba había una gran puerta de madera con goznes en el centro de la estructura.

Varios ladridos resonaron e interrumpieron sus pensamientos.

Alfa llegó a su lado al tiempo que una señora algo mayor, de piel arrugada, abría la puerta principal. Tres perros enormes salieron corriendo hacia su marido meneando la cola de manera agresiva. Se pusieron a ladrar y a trotar entre sus piernas, contentísimos de que hubiese vuelto a casa.

Zephyr nunca había tenido perros. Le gustaban y adoraba los vídeos de cachorritos, pero al tener delante a tres perrazos que le llegaban a la cintura y tenían mandíbulas repletas de dientes, se quedó paralizada. Alfa, por su parte, se agachó y les restregó con fuerza tras las orejas, en la cabeza, en la barriga, con una ternura en el rostro que casi le derritió el corazón. El afecto de Alfa por aquellos animales era visible y palpable.

Bueno, pues resulta que a Zephyr le gustaban los hombres que tenían cariño por bebés, gatos y perros.

Los tres animales, contentos de que su amo estuviese allí, se volvieron por fin hacia ella. Uno de ellos trotó hacia delante de inmediato y le olisqueó las piernas con su nariz cálida y aterciopelada. Le colgaba la lengua a un lado y le lamió la rodilla, lo que le provocó un hormigueo que la hizo reír.

—Este es Bambú —dijo Alfa, contemplando cómo reaccionaba el perro ante Zephyr.

—¿Lo puedo acariciar? —preguntó ella, no muy segura de cómo iba el protocolo en aquella presentación peluda.

Él asintió, y Zephyr alargó la mano. Bambú la olisqueó y luego le dio un lametón. Adelantó la cabeza para que ella se la rascase. Zephyr le acarició el suave pelaje. De inmediato, Bambú echó las orejas hacia atrás y alzó algo más la cabeza, para que siguiera acariciándolo. Ella le rascó más fuerte, con una sonrisa.

—Tú y yo nos vamos a llevar genial, ¿verdad, señor Bambú? Eres un grandullón muy cariñoso, ¿a que sí?

Este dejó colgar la lengua como respuesta. Otro perro acudió junto a su hermano, aunque se acercó con más cautela. Tenía el hocico de un marrón más oscuro que Bambú. Olisqueó las manoletinas abiertas por delante de Zephyr y le lamió los dedos de los pies. Luego se alejó a un lateral de la terraza y husmeó entre las varias plantas que se repartían por la pared de madera.

—Ese era Bandido —le presentó Alfa al segundo—. Cuidado con los calcetines cuando esté cerca de ti o no los volverás a ver.

Zenith soltó una risa entre dientes. Miró al tercer perro, que la contemplaba con ojos sombríos junto a Alfa, con las orejas enhiestas.

—¿Y quién es este distinguido caballero? —preguntó, fijándose en las cicatrices que tenía en el hocico.

Alfa le dio una palmadita en la cabeza al animal.

—Este es Barón. No es muy sociable. Si no haces ningún movimiento repentino cerca de él, se limitará a dejarte en paz. —Se giró hacia la mujer mayor que los miraba con curiosidad—. Y esta es Leah. Hace muchos años que es ama de llaves. Leah, te presento a Zephyr.

Ella le dedicó una sonrisa a la señora.

—Soy su esposa. Por favor, llámeme Zee.

La palabra «esposa» no sorprendió a Leah. Zephyr supuso que ya la habían informado antes de su llegada.

—Bienvenida, Zee. ¿Dónde están sus maletas?

Hector señaló hacia la casa con el mentón.

—Vic y los chicos ya lo están metiendo todo por la puerta trasera. —Se volvió hacia Zephyr y le explicó—: Hay un ascensor en la parte trasera de la casa. Yo me encargo de que dejen dentro todas tus cosas.

—Ponlo todo en el dormitorio adyacente —ordenó Alfa, sin dejar de acariciar con aire ausente a Barón, mientras Bambú le ponía la cabeza entre los pies a Zephyr.

Ella mantuvo la sonrisa en la cara para que Alfa no supiese que no quería saber nada de la habitación adyacente. Lo que quería era acurrucarse con él en su cama.

«Todo llegará, Zee. Ya estás aquí. Esa es la victoria del día».

—Leah —su marido se dirigió a la empleada del hogar—. ¿Te

importa enseñarle la casa a Zephyr y ayudarla a instalarse? Yo volveré para cenar. Por favor, dile a Nala que cocine para dos.

Si a Leah le pareció raro que Alfa la dejase allí plantada y se largase, lo disimuló bien con una sonrisa que le arrugó la cara y le resaltó las líneas de expresión en los ojos.

—Por supuesto, Alfa. Venga conmigo, señora.

Tomó la mano de Zephyr y la llevó hacia la puerta. Alfa silbó y los perros —uno holgazaneando, otro deambulando y otro rascándose la oreja con la pata— se pusieron firmes.

—Adentro —les ordenó, cosa que a Zephyr la volvió del revés.

Los perros la siguieron. Dios, qué sexy estaba cuando se ponía tan asertivo. Se preguntó si sería igual en la cama, si le ordenaría que hiciese algo, si la obligaría si ella se resistía, si la forzaría a ponerse en cierta postura si tardaba mucho en obedecer. Se abanicó la cara solo de pensar en ello y vio que aquel único ojo se oscurecía. Sonrió. Alfa pareció aún más enfadado.

Zephyr se iba a ganar su corazón poco a poco, chinchándolo. De momento tenía que hacer suyo el hogar de Alfa.

13

Zephyr

Bambú estaba enamorado de ella. No había otra explicación para el modo en que la seguía por la casa, justo tras ella, olisqueando sus piernas, dándole pequeños lametones y meneando la cola. Le lanzaba miradas con esos esperanzados ojos marrones, y ella se detenía para restregarle la cabeza. Ella sí que estaba enamorada de él.

A Barón, en cambio, le daba igual. Se dejó caer en un alféizar en lo que Zephyr comprendió que era su sitio y se puso a mirar el exterior, ajeno por completo a ella y a todo el mundo. De Bandido no había rastro.

Leah empezó el tour por la casa justo en la puerta principal.

—Hay cuatro dormitorios en la casa, además de la habitación del señor. Todos tienen baño privado. Este es el salón, los perros pasan aquí más tiempo que Alfa, sobre todo porque así disfrutan de la vista y del sol. Toda la casa está diseñada alrededor de este jardín interior.

Zephyr contempló el jardín en cuestión, genuinamente pasmada ante el diseño. Era un asombroso jardín interior rodeado de una plataforma baja en la que había sofás de color beis y aspecto cómodo que ocupaban buena parte del espacio formando un rectángulo de tres caras. Había una mesa central con la forma de un tronco arrancado sobre una alfombra oriental. En la pared frente a uno de los sofás había una televisión de pantalla grande de buen tamaño. Unos escalones amplios de madera sin barandilla ascendían desde la parte derecha al piso de arriba. Justo frente a la puerta delantera se alzaban otros dos escalones bajos que daban a la cocina abierta, algo más elevada, y a un espacio donde había una mesa de comedor con seis asientos. Detrás de la mesa había dos puertas correderas que daban a otra terraza cubierta en la que se veía el otro extremo de la piscina que rodeaba la casa. Aquel lugar era extraordinario.

—Vaya —jadeó ella, paseando la vista por todo el lugar. Oyó la risa de Leah.

—Sí, una tarda algo de tiempo en acostumbrarse. Pero es bonito, ¿no?

—Vaya que si es bonito —murmuró ella. Giró justo en el sitio para no perderse ni un detalle—. ¿Estaba usted aquí cuando construyeron la casa?

—No —contestó Leah.

La llevó por la cocina a la terraza trasera. Sorprendentemente había otra pequeña estructura en la parte de atrás. Un puente de madera llevaba de la parte superior de la mansión a la del edificio externo. A nivel del suelo, unos escalones conectaban la terraza trasera con la puerta.

—Es una casa de huéspedes —informó Leah—. Alfa suele ubicar a sus invitados en un hotel en la ciudad, pero a veces hay gente importante que quiere venir de visita aquí y a Alfa no le gusta que haya desconocidos en su casa. Les echa la culpa a los perros. —La señora sonrió—. Dice que muerden a quien no conocen. Así los invitados no tienen problema en instalarse en esa casa.

Zephyr se rio. No le costaba imaginar que Alfa hiciese algo así para mantener aquel espacio como propio y que amenazase con soltarles los perros a las visitas molestas. Desde ahí fuera se oía más fuerte el sonido del agua al fluir.

—¿Hay algún río cerca?

La señora señaló a un lateral del complejo.

—Hay una cascada en esa dirección, algo lejos. Desde el dormitorio del señor se ve.

Los ojos de Zephyr se desorbitaron.

—¿De verdad?

—Sí. Venga, se la enseñaré.

Primero le enseñó la cocina. Le explicó dónde estaba todo y le contó las rutinas que tenían. La cocinera venía pronto por la mañana, cocinaba para todo el día y lo dejaba donde Alfa quisiera comer. Este no comía a una hora fija, pues normalmente trabajaba y volvía tarde a casa. Cuando caía la noche, todo el mundo se marchaba de allí porque Alfa adoraba estar tranquilo. Leah cuidaba la casa y les daba de comer a los perros a su hora. Alfa los llevaba a correr por la mañana y, si no estaba en la ciudad, se encargaba el marido de Leah.

Esta le enseñó un dormitorio pegado al salón. Alfa lo había convertido en un despacho. A su lado había otra habitación más pequeña, limpia pero completamente vacía. Zephyr se preguntó cómo sería tener todo aquel espacio y estar solo con sus perros, regresar a casa después del trabajo a un hogar solitario. Quizá le gustaba, pero Zephyr no se imaginaba cómo sería. Siempre había alguien en su casa cuando volvía, ya fuesen sus padres o Zen. Ahora esperaba regresar y que estuviesen él y los perros.

Leah le siguió contando todo mientras subían las escaleras.

—Esta planta solo tiene dos habitaciones. Aquí está el dormitorio del señor.

Abrió una puerta pesada y rústica de madera que daba a una estancia lo bastante grande como para que cupiese la casa entera de sus padres. La cama más grande que Zephyr hubiese visto jamás dominaba la parte izquierda. Con dosel, de cabecero tallado, pegada contra una pared blanca, vacía. La malla estaba recogida sobre el dosel. Ahí cabrían cuatro Alphas y aun así quedaría espacio. Zephyr podría ahogarse en un colchón así. Sin embargo, no había mucho más en la habitación, cosa que le pareció extraña. Las paredes estaban desnudas y todo el espacio vacío salvo por la cama. Parecía demasiado limpio.

Apartó los ojos de la cama y se acercó a las puertas correderas de cristal que daban al balcón cubierto. Una hamaca colgaba de un soporte de hierro bajo el toldo. Desde aquel lateral de la casa se veía una pequeña catarata en la lejanía, en medio del denso follaje. Era una estampa absolutamente mágica.

—Su cuarto está por aquí.

Leah la trajo de nuevo al presente e indicó una única puerta frente al lecho. Zephyr la atravesó y se encontró en una habitación mucho más pequeña, sin balcón. Sí que había una gran ventana desde la que también se veía la catarata. Cuatro de sus cajas ya se encontraban allí. Bandido las olisqueaba.

—Gracias.

Le dedicó una sonrisa a la cuidadora del hogar, que se marchó. Ella se dejó caer en la cama pequeña pero cómoda. Intentó procesar todo lo que había visto de la casa y comprendió que era bonita, pero que no había nada en absoluto personal en ella. No había fotos ni objetos de interés ni nada que dijese a las claras que le pertenecía a él. Casi parecía como si hubiese mandado construir el complejo y se le hubiese olvidado qué hacer con su casa. Y aunque era hermosa, también era un poco trágica. ¿Acaso no sabía que crear un hogar implicaba algo más o es que no sabía cómo hacerlo? ¿Se sentiría en casa en aquel hermoso paraíso que había hecho o dormiría inquieto? Zephyr se puso a sacar sus cosas de las cajas con preguntas en la cabeza y tristeza en el corazón.

Pasó las siguientes horas colocándolo todo, vaciando las cajas y bolsas que iban trayendo dos jóvenes y Victor. Probablemente, Hector habría acompañado a Alfa quién sabía dónde.

Cada vez que entraba alguien con una caja, Bambú lo perseguía desde la puerta, emocionado por ver cosas nuevas, mientras que Bandido olisqueaba todo lo que Zephyr sacaba. No estaba tan interesado en los calcetines como en la ropa interior. Lo pilló intentando escabullirse con su sujetador amarillo de encaje y se lo quitó de un tirón justo a tiempo, aunque el perro no apartó la vista de la prenda.

La cocinera llegó alrededor de la puesta de sol. Se presentó como Nala y le dijo a Zephyr que les iba a preparar una cena especial, dado que era la primera noche que Zephyr pasaba en la casa. Luego fue a la cocina. Para cuando Zephyr acabó de sacar todas sus cosas y de colocarlo todo, eran las ocho de la noche. Se encontraba agotada y hambrienta. No había podido dormir en condiciones desde la boda en el juzgado y empezaba a acusar el cansancio.

Bambú se recostó en un rincón de la habitación y se puso a echarse la siesta. Había sido su único compañero constante. Zephyr paseó la vista por la habitación ya preparada, satisfecha por haberle dado algo de vida de manera temporal. Decidió darse una ducha antes de bajar a comer. Fue al cajón donde había metido su lencería, sacó el salto de cama más sexy que tenía, semitransparente y de color melocotón, y lo dejó sobre la colcha junto con su pequeño vibrador. Se quitó la ropa y entró en el baño de la habitación, que contaba con placa de ducha, para quitarse de encima todo el cansancio del día.

Se oyeron varios ladridos abajo. Su marido había llegado.

Se envolvió en una toalla, con el cabello color burdeos húmedo y resplandeciente. Salió del baño y vio a Alfa, plantado en el umbral que conectaba las dos habitaciones, mirando la lencería y el juguete sexual que descansaban sobre la cama.

No le habría salido mejor ni de haberlo planeado. Alfa levantó la cabeza y repasó con detenimiento su cuerpo envuelto en una toalla con su mirada dorada, tan ardiente que Zephyr la sintió en la piel fría. Se le endurecieron los pezones. El ojo de Alfa se detuvo sobre ellos, en el nudo de la toalla. Dios, qué ganas de dejarla caer al suelo. Con gesto despreocupado, Zephyr alzó las manos al aire y la toalla se le subió por los muslos, dejándolos desnudos y subiéndole los pechos. Alfa se fijó hasta en el último detalle. Y a juzgar por la tienda de campaña que tenía en los pantalones, Zephyr diría que le gustaba lo que estaba viendo.

—¿Has comido? —preguntó ella en tono inocente, consciente de que la estaba desnudando con la mirada.

—No —gruñó él, con la voz más grave a causa de la excitación. Apretó los puños a los costados y, de pronto, dio media vuelta, entró en su cuarto y fue derecho a su propia ducha. Cerró la puerta del baño tras de sí.

Satisfecha con la reacción que le había provocado, Zephyr se puso el salto de cama. Adoraba cómo la cubría y le resaltaba las curvas. Le encantaba lo sexy, segura y deseable que se sentía al ponerse lencería. Aquella prenda en particular les daba un aspecto increíble a sus tetas voluptuosas. Se cubrió con una larga bata de seda y se la anudó dejándola algo holgada para que Alfa pudiese echarle un ojo al moverse. Luego bajó las escaleras hasta la cocina.

Bambú fue tras ella al trote. Barón alzó el cuello en el rincón donde yacía junto a Bandido sobre la alfombra, le lanzó una mirada dura y volvió a ignorarla. La casa estaba vacía, las puertas cerradas, las cortinas corridas.

Estaban solos.

El sol se había puesto hacía un rato, y la casa se iluminó automáticamente al ocaso. El paisaje, que había sido increíble durante el día, asustaba un poco por la noche, porque solo se veía una completa negrura. Zephyr jamás había estado tan cerca de la jungla ni tan lejos de la ciudad. Sus ojos no vieron nada en absoluto en la lejanía, aunque oyó sonidos animales, el rumor del agua y de la falta de civilización. Algo más lejos, a la izquierda, las luces de la ciudad titilaban. Era una locura que Alfa hubiese vivido allí tan cómodo durante tanto tiempo. Zephyr no habría durado ni una noche en aquel sitio.

Gracias al tour que le había hecho Leah, ya sabía dónde estaba todo en la cocina. Fue a poner la mesa para dos y sacó la deliciosa pasta a la carbonara con pan de ajo que les había preparado Nala. También sacó un vino tinto, llenó dos copas para acompañar la cena junto con dos vasos de agua y encendió una vela en el centro de la mesa.

Perfecto.

Oyó pasos que descendían las escaleras, se dio la vuelta y vio a su marido, con un chándal y una camiseta holgada, el pelo húmedo y rizado de la ducha. Alfa contempló la mesa, pero no hizo comentario alguno. Se limitó a sentarse donde Zephyr le indicó.

—Huele estupendo, ¿no te parece? —rompió ella el silencio mientras servía la comida—. ¿Cuánto hace que Nala trabaja para ti?

—Unos cuantos años —respondió él. Cogió el plato donde

descansaba el pan y le puso a Zephyr dos rebanadas antes de coger el suyo—. Era la madre de una de las chicas que trabajaban para Seguridad AV.

Ahí fue donde Zephyr vio vía libre.

—¿Y qué hace en realidad Seguridad AV? Sé que ofrecer algún tipo de protección a la gente de la calle, pero no sé qué es lo que hacéis con exactitud.

Alfa reflexionó antes de romper un trozo de pan.

—AV ofrece mayormente protección a trabajadoras sexuales, pero también sacamos a personas de lugares en los que no quieren estar.

Zephyr se inclinó hacia delante, interesada.

—¿Protección para trabajadoras sexuales?

Él se explicó:

—Se encuentran en peligro constante, ya sea por sus chulos, sus clientes o cualquiera que pase por la calle. —Hizo una pausa, como si se pensase si debería contarle más, y luego prosiguió—: Mi madre era trabajadora sexual. La violaron y nací yo. También le dieron una paliza una vez, y yo decidí que no iba a permitir que sucedieran cosas así. Tenía cierta reputación en las calles. Le di mi nombre a toda persona que quisiese protección.

Zephyr se sorprendió de que hablase así de su madre. También se sorprendió de lo amable que había sido aquella mujer con una chica de diez años como ella, teniendo en cuenta todo lo que le había pasado. Debía de ser una muy buena persona. Pero prefirió no comentar nada al respecto y centrarse en la otra parte de la conversación.

—¿Y te pagan por esos servicios?

—No pido ningún pago, pero la mayoría paga igualmente. Yo gano suficiente con las peleas.

Zephyr dio un bocado de su plato y soltó un gemido por lo delicioso que estaba. Luego preguntó:

—¿Y cómo funciona eso del dinero de las peleas?

—La gente apuesta y yo lucho. Si gano, me dan dinero.

Parecía que le cobrasen por cada palabra que decía. Zephyr negó con la cabeza.

—¿Y solo con eso te has podido comprar la mitad de la ciudad?

Él masticó algo de pasta, despacio, contemplándola.

—Ahora solo participo en peleas importantes. Hay gente que apuesta cientos de miles de dólares.

Ella se atragantó con la comida. Se le desorbitaron los ojos.

—¿En serio? ¿Tanto?

—No suelen apostar a la ligera. —Él se encogió de hombros.

Fascinante. Zephyr jamás había pensado mucho en trabajadoras sexuales ni en peleas clandestinas, ni mucho menos en que todo fuera una gran industria. Ahora tenía montones de preguntas en la cabeza.

—¿Y qué le pasó a la hija de Nala? —preguntó.

—Murió.

—Lo siento.

Los perros se acercaron a la mesa y se sentaron callados al lado, mirando la comida.

—¿Y estos tres? —Zephyr les sonrió y dio un bocado al pan. Joder, qué bueno estaba. Gimió de placer y Alfa carraspeó.

—Los encontré hará unos cuatro años —vaciló, reflexionando—. Había asistido a una pelea clandestina de perros para encontrarme con un informante. —Señaló a los animales con el tenedor—. A estos tres los habían tirado en un callejón. Era una noche fría y los oí lloriqueando, así que los metí en mi coche para que se calentasen. Luego ya no pude librarme de ellos.

Zephyr se enterneció. Él era protector, siempre lo había sido. Era uno de los rasgos que más adoraba de él.

Alargó la mano y tocó la de Alfa. Adoraba la sensación de acariciar su piel. Le apretó los dedos.

—Eres un buen hombre.

Él apartó la mano.

—No me mires con esos ojos de cordero degollado, Zephyr. Si te piensas que no soy una bestia, te equivocas.

Ella alzó la copa de vino hacia él.

—En ese caso, el mundo necesita más bestias como tú.

Alfa abrió mucho el ojo dorado. Arrugó la parte de la cara

sin cicatrices ante aquel desafío a su punto de vista. Zephyr se fijó una vez más en la corta barba oscura y se preguntó por centésima vez cómo sería notar su tacto en la piel. Se le cortó la respiración.

Vio que Alfa crispaba los dedos con los que sostenía el tenedor.

—Esto parece una cita —susurró.

—No es una cita.

Pero qué terco era. Sin embargo, Zephyr iba a romper su resistencia.

—Lo que tú digas, guapo.

Él no respondió a eso. Se limitó a guardar silencio y a acabar de comer a toda prisa. Antes de que Zephyr hubiese terminado, él se levantó y fregó los platos. A continuación salió de la habitación con un brusco «buenas noches». Los perros lo siguieron con la mirada y luego se acomodaron en el salón.

Zephyr suspiró y acabó de comer. Para no sentirse sola, se puso a mandarle mensajes a Zen, a contarle cómo le había ido el día. Cuando acabó, limpió lo que faltaba y fue al piso de arriba. Las luces automáticas se atenuaron cuando se marchó.

Se encontró con que la puerta del dormitorio de Alfa estaba cerrada, así como la que conectaba ambas habitaciones. Zephyr se quitó la bata y la dejó en el vestidor. Bajó la malla del dosel y se metió en la cama. Contempló el ventilador del techo que hacía circular lentamente el aire en la habitación.

Cogió el vibrador que había guardado en la mesita de noche. La excitación y el aire frío le endurecieron los pezones. Lo encendió. El zumbido quedo se propagó por la habitación. Cerró los ojos y se metió la mano en las bragas. Se le humedecieron los dedos.

Suspiró y se acarició el pecho mientras recordaba el modo en que Alfa le había tirado del pelo cuando se besaron. Dejó que su mente vagase a los viejos tiempos, cuando él la miraba con el deseo en ambos ojos dorados, cuando le daba besos suaves y exploraba su boca, cuando le tocaba los pechos con ternura, con sus manos jóvenes. Teniendo en cuenta el modo en que la miraba ahora, Zephyr dudaba que fuese a ser tierno con ella. No, lo que haría sería tirarle del cabello, azotarla y atravesarla con su polla, susurrándole todo tipo de cosas sucias mientras ella intentaba acogerlo entero.

Se le aceleró el corazón ante aquella imagen. Se penetró con los dedos y se puso el vibrador en el clítoris. Se le escapó un suave gemido de entre los labios al notar la descarga de placer que le provocó el aparato. Mantuvo los ojos cerrados, centrada en su fantasía, y recordó la amenaza que él le había hecho en su despacho, y su mente lo volvió algo incluso más profano. Se imaginó que Alfa la agarraría de la coleta, le tiraría de la cabeza hacia atrás para besarla y se la metería tan profundamente que la embestida la levantaría de la cama. Sus sensibles pezones rozarían las sábanas, pero él la seguiría agarrando del pelo y la mantendría en su sitio.

«Oh, Dios».

Intentó meterse los dedos más al fondo, con un sonido húmedo y sucio al follarse a sí misma mientras se imaginaba que era él con una excitación que empapó las sábanas. Se apretó con más fuerza el vibrador. Un zumbido de placer le recorrió el cuerpo. Estaba casi al borde del orgasmo, pero aún no había llegado.

Oyó un ruido a su lado y abrió de pronto los ojos, con el corazón desbocado. Vio a su gigante descamisado, inclinado sobre ella, con una mano cerca de su cabeza y un único ojo dorado observándola, como un halcón a punto de abalanzarse sobre su presa.

Estaba a punto de correrse. Sabía que necesitaba más, que lo necesitaba a él, y no le dio vergüenza pedírselo:

—Por favor —suplicó. Todo su cuerpo se retorcía en la cama.

—Déjame probar —ordenó él.

Ella le llevó la mano a la boca, le tocó la cicatriz, le cubrió los labios con su esencia. Él le chupó los dedos con tanta fuerza que Zephyr lo sintió en los pezones, en el vientre, entre las piernas. Contrajo los músculos alrededor de nada, sintiéndose vacía. Él le relamió los dedos, con una mirada feroz. Ella sintió más que nunca la vibración del aparato sobre su clítoris.

—Oh, Dios —gimió, mordiéndose los labios.

La mano de Alfa, aquella mano grande, áspera y cubierta de cicatrices, fue directa a la entrepierna de Zephyr. No la exploró con los dedos ni se anduvo con juegos. Lo que hizo fue penetrarla tan profundamente que ella sintió cómo apretaba con los músculos aquellos dos dedos gruesos que la ensanchaban por dentro. Empezó a apartar el vibrador, pero él gruñó:

—Deja el juguete en su sitio.

A Zephyr se le cortó la respiración al oír la orden. Sus pechos se elevaron y descendieron mientras él la follaba con los dedos; duro, rápido, profundo, imitando lo que haría su polla. Ella dobló las piernas y separó más los muslos. Clavó los talones en la cama y un placer desconocido empezó a crecer en su interior. Entre el vibrador que le acariciaba el clítoris y aquellos dedos que la penetraban tan hondo, se acercaba a toda velocidad a una explosión que la haría pedazos. Había confianza en el modo en que Alfa manejaba su cuerpo, una confianza que su parte más intuitiva apreciaba, porque a eso la había reducido él: al básico instinto primitivo de aparearse. Sobre ella, con movimientos vigorosos, la penetraba con los dedos con brusquedad y una falta de consideración que resultaba enloquecedoramente excitante.

Entonces Alfa cambió el ángulo de la muñeca y curvó los dedos hacia arriba hasta dar con el punto que hizo gritar a Zephyr. Se le tensó el cuello y un reguero de lava le corrió por las venas. Estalló con un placer tan intenso que empezaron a temblarle las piernas. Hundió la cabeza en la almohada, arqueó la espalda y se corrió con tanta intensidad que en su visión aparecieron puntitos negros. Se contrajo en torno a aquellos dedos implacables que permanecieron en su interior, sintiendo cada contracción.

—Si apartas el juguete, saco los dedos.

Ante aquella amenaza, Zephyr apretó con más fuerza el vibrador. Llevó la otra mano hasta el pecho de Alfa y le clavó las uñas en la piel. La vibración sobre el clítoris, combinada con sus dedos implacables, le provocó un orgasmo tras otro, un ciclo sin fin que la hizo gritar, llorar y gemir. Todo su cuerpo soltó hasta la última gota de placer que albergaba. Le latía el corazón tan rápido que pensó que le iba a explotar en el pecho.

Aquella sobrecarga sensorial prosiguió durante minutos, horas, días; quién sabía. Zephyr perdió la noción de todo pensamiento, de todo. Se convirtió en una sensación pura, excesiva, mucho más de lo que podía soportar. Y sin embargo, él no se detuvo, no. Siguió penetrándola con los dedos y sujetó el vibrador apretado contra su clítoris con el pulgar cuando Zephyr empezó a dejar caer la mano. La mantuvo flotando en un espacio en el que el placer era demasiado, demasiado intenso, demasiado insoportable.

Puede que incluso llegara a desmayarse.

Quién sabía.

Cuando recuperó poco a poco la consciencia, todo su cuerpo estaba laxo, inmóvil, pesado. La mano que sostenía el vibrador había caído a un lado y notaba pequeñas palpitaciones de placer que le recorrían los músculos. Sus latidos recuperaron el ritmo normal, aunque seguían algo alterados en su presencia.

Abrió los ojos y vio que Alfa la contemplaba con la mandíbula tensa y un calor en el ojo tan palpable que sintió un hormigueo exhausto en la entrepierna, con lo que se dio cuenta de que sus dedos seguían dentro de ella.

No sabía lo que acababa de pasar. «Hostia puta».

Él sacó los dedos de su interior irritado y se irguió. Zephyr vio el bulto que tenía en los calzoncillos, pero estaba demasiado agotada como para moverse, y mucho menos para hacer algo al respecto. Alfa dio media vuelta y se fue a su habitación. Cerró la puerta tras de sí y la dejó sola sobre las sábanas que había ayudado a dejar empapadas.

14

Zephyr

Le había provocado un *squirt*. Zephyr jamás se había corrido a chorros en su vida, aunque desde luego tenía experiencia en la cama. Había tenido unas cuantas parejas y dos de ellos habían conseguido que alcanzase el orgasmo. Siempre había disfrutado del sexo y jamás había sentido vergüenza en buscar su propio placer. Sin embargo, sí que había creído a pies juntillas que no era el tipo de mujer equipada para eyacular.

Se había equivocado. Con un par de embestidas de esos dedos fuertes, Alfa había tirado por tierra ese convencimiento. A la mañana siguiente, mientras Zephyr cambiaba las sábanas y se preparaba para ir a trabajar, pensó en la noche anterior. Con la cabeza ya despejada del feliz aturdimiento postorgásmico, se dio cuenta de que Alfa había ido a buscarla, a pesar de haber dicho que no quería complicar las cosas con atracción sexual. Sin embargo, pocas cosas había más sexuales que lo que habían hecho.

De hecho, era la primera vez que lo hacían. Hacía una década, su relación no había sido tan íntima, aunque no porque Zephyr no lo intentase. Tenía dieciocho años, y él, veintidós, pero se había negado en redondo a acostarse con ella hasta que tuviese mejor vida. Ni que a ella le importase.

Pero antes de eso, Zephyr lo había visto follarse a una chica contra una pared. Y, Dios, su yo adolescente se había muerto de celos. Recordaba haber llorado con Zen aquella noche. Había sido su hermana menor quien, muy sensatamente, le había dicho que empezara por hablar con él, porque Alfa ni siquiera sabía de su existencia. Zephyr había seguido su consejo, había reunido valor y se había acercado a él una noche.

Y Alfa se había enamorado de ella. Pero ahora no recordaba nada.

Zephyr inspiró hondo. Ahora Alfa era suyo, eso era lo único que importaba. Él había iniciado algo entre los dos; esa era la victoria del día. «Un paso más».

Zephyr adoraba el modo en que el anillo destellaba bajo las luces del salón de belleza. Durante todo el día, mientras iba trabajando con dos de sus clientas habituales, sus ojos no dejaban de volar hacia las gemas, que relucían con las brillantes luces de su espacio de trabajo. Dios, le encantaba. Adoraba el peso del aro en el dedo, un recordatorio de que Alfa le había buscado el anillo perfecto, y el modo en que todo el mundo soltaba «ooooh» y «aaaaah» al verlo. Adoraba el escozor que tenía entre las piernas, el recuerdo de los dedos de Alfa dentro de ella cada vez que se movía, el brillo que tenía en la cara cada vez que veía su propio reflejo. Sus ojos resplandecían, y le encantaba que así fuera. Le sentaba bien estar casada. Le sentaba bien estar casada con él.

Le dio un tijeretazo en el cabello a su última clienta y sintió unas ganas cada vez mayores de volver a su nuevo hogar. No sabía cómo iría aquella noche; lo que sí sabía era que quería volver a estar en su compañía. Por extraño que pareciese, lo echaba de menos.

Se desprendió de aquellos pensamientos y se centró en lo que decía su última clienta.

—Qué anillo tan bonito.

Todo el mundo llevaba el día entero diciéndole eso mismo. Ella no dejaba de sonreír como una idiota. Sin embargo, algo en el tono de la mujer la hizo aguzar la mirada. No fue nada evidente, solo algo… fuera de lugar.

—Gracias. —Esbozó una sonrisa educada y le cortó un rizo de cabello color caoba tras sujetarlo entre dos dedos.

—Eres la señora Villanova, ¿verdad? —insistió la clienta.

Zephyr mantuvo la sonrisa educada y le echó un vistazo a la

señora. Cuarenta y tantos, con patas de gallo en sus duros ojos marrones. No dijo nada.

—¿Sabías que tu marido trata con chicas? —No esperó a que respondiese—. Chicas de la calle. Las toma bajo su protección, les da mejores alternativas. Eso no es bueno para el negocio. Pero, bueno, así al menos sabes dónde pasa la noche cuando no está en casa. A un hombre así no le va eso de sentar la cabeza, ¿sabes?

Zephyr sintió un hormigueo por toda la piel, pero no reaccionó directamente. Había algo inquietante en aquella mujer, y no solo lo que sabía de su marido. Era una sensación repugnante, como si arrastrase consigo el aroma de algo que se le estuviese pudriendo por dentro.

Zephyr encendió el secador para no tener que seguir escuchándola. Acabó el peinado lo más rápido que pudo, sin apenas dedicar tiempo a darle el buen aspecto que tan famosa la había hecho entre sus clientas. Asintió hacia uno de los asistentes y le indicó que acabase por ella. Luego dejó a aquella mujer repugnante allí y fue a recuperar el aliento al mostrador principal. La recepcionista alzó las cejas.

—¿Te ha sentado mal el almuerzo?

Era el código de «cliente de mierda». Zephyr esbozó una débil sonrisa. Tenía muchas preguntas, no sobre Alfa, porque ya sabía a qué se dedicaba, sino sobre aquella mujer, sobre quién cojones era. ¿Cómo sabía todo eso de su marido? Y más importante aún: ¿por qué había venido a contárselo a Zephyr al trabajo? ¿Para qué?

Aquella diabla se acercó al mostrador y pagó sin dejar de mirar a Zephyr con ojos afilados. Justo al pasar a su lado, se inclinó y dijo:

—El Sindicato te vigila.

Y con eso, se fue.

Zephyr no sabía qué era el Sindicato, pero estaba segura de que no era el tipo de club al que quisiera pertenecer. Frunció el ceño tras aquel encuentro estrambótico, negó con la cabeza y dio por terminado el día. Aquella señora la había dejado preocupada. Fichó y salió del salón de belleza. Victor, su fiel guardaespaldas y conductor, leía el periódico apoyado en el Rover. Algunas mujeres le echaban un vistazo al pasar. En la primera página asomaba el titular: «¿Hay un asesino en serie suelto en las calles?». ¿Sería el mismo asesino del que advertía la nota de la boda en Tenebrae?

—¿Está en las Tridente? —le preguntó a bocajarro.

Victor dobló el periódico y asintió.

—Bien. Llévame con él, por favor.

Dado que el salón de belleza estaba a pocas manzanas de distancia, apenas tardaron unos minutos en llegar a las torres, e incluso menos en subir al piso veintiocho. A aquella hora de la tarde, el sol se ponía ya sobre la ciudad y, sorprendentemente, había más tíos en la zona de espera que durante el día. Todos se giraron hacia ella cuando salió del ascensor. La mayoría le hizo su propia versión respetuosa del asentimiento con el que saludarían a un tío. Ser la esposa del jefe la ponía muy alto en el escalafón.

—Qué pasa. —Hector se acercó a saludarla, con esa cabeza rapada que, como siempre, brillaba bajo las luces.

—Qué pasa. ¿Está en el despacho? —saludó ella también con una sonrisa.

Debería haberla inquietado ser la única mujer en una habitación llena de hombres más altos, más fuertes y, desde luego, más malos que ella. Pero saber que eran los hombres de Alfa, y que él era el más alto, más fuerte y más malo de todos ellos y que ella le pertenecía, le provocaba un revoloteo de mariposas en el estómago. Se sentía segura, protegida al saber que, aunque Alfa aún no la amaba, ninguno de aquellos tipos podría ponerle un dedo encima sin sufrir la ira de su marido.

—Está al teléfono. —Hector sonrió—. Pero pasa.

Zephyr les hizo un asentimiento, se afianzó el bolso al hombro y se recolocó el top para mostrar más escote. Llamó a la puerta y entró. Alfa la miró con su ojo dorado, echado hacia atrás en su silla. Zephyr entró y cerró la puerta tras de sí.

—Se está preparando para salir del negocio —dijo una voz de mujer en el altavoz de su escritorio. Zephyr vaciló. Esperaba que quitase el manos libres, pero él no hizo nada; se limitó a mantener la mirada fija sobre ella.

Intrigada por ver aquella parte de él, Zephyr dejó el bolso en el suelo y rodeó el escritorio para sentarse en su regazo. Lo rodeó con los brazos y le apoyó la cabeza bajo la barbilla. Sintió que Alfa envaraba el cuerpo ante su contacto. Lo apretó contra sí, cerró los ojos e inspiró su aroma. Dios, adoraba su olor, cálido, almizcleño, masculino. A naturaleza salvaje y tierra húmeda. Olía a hogar.

—Y no está disimulando nada —prosiguió la voz de la mujer—. Me temo que va a ser su siguiente objetivo.

Alfa mantuvo las manos en los reposabrazos de la silla, con todo el cuerpo rígido bajo el de ella. Si pensaba que su falta de reciprocidad la iba a echar para atrás, se equivocaba. Zephyr era toda terquedad y resolución. Lo iba a romper abrazo a abrazo, hasta que no tuviese más alternativa que abrazarla de pura exasperación. Se acurrucó contra su pecho y contempló la V desnuda que dibujaban los tres botones superiores de su camisa negra, desabrochados. Por la abertura asomaba el extremo de una cicatriz que le recorría el pectoral.

—Mantenla bajo vigilancia —le ordenó a la mujer al teléfono con voz más áspera de lo habitual. Zephyr prefirió pensar que era por su proximidad—. En cuanto haya algo raro, quiero enterarme.

—Entendido, jefe.

La mujer colgó. Se hizo el silencio en el despacho. Las luces se fueron encendiendo una tras otra a medida que el sol descendía sobre la jungla y teñía de bronce toda la ciudad.

—¿Qué haces? —preguntó él, aún con las manos pegadas al cuerpo.

Zephyr sonrió.

—Me acurruco.

Sintió que Alfa inspiraba hondo, que expandía el pecho bajo su mejilla para luego descender al soltar el aliento. Maldición, debería haberse sentado al contrario, no notaba sus latidos. «La próxima».

—Esto no es parte del contrato —le recordó, con las manos agarradas a los reposabrazos. Dios, qué mono era a veces.

—Tampoco es parte del contrato que me vueles la cabeza a orgasmos, pero qué le vamos a hacer. No seré yo quien se queje.

—¿Te he volado la cabeza?

Claro que se iba a centrar en eso.

—Me has provocado orgasmos que me han volado la cabeza, derretido los huesos, encogido los dedos de los pies y hecho trizas los oídos.

Alfa no respondió, pero ella sintió que estaba satisfecho. «Hombres».

—Pero, bueno, estas chicas de AV... —empezó, toqueteándole el botón de la camisa—. ¿Las conoces?

Alfa empezó a tamborilear con la mano izquierda en el reposabrazos. El anillo que Zephyr le había dado parecía delicado en esa enorme mano ruda.

—A todas, no.

—Pero están en la organización de manera voluntaria, ¿verdad? —Tenía que estar segura—. No se las... obliga ni nada, ¿no?

Sintió que él se apartaba para mirarla.

—¿De dónde sacas algo así?

Ella le contó el encuentro que había tenido con aquella mujer y sintió que Alfa volvía a quedarse rígido para luego pulsar el intercomunicador.

—Victor, necesito lo que han grabado las cámaras hoy en el trabajo de Zephyr. Quiero ver a todas las clientas que han entrado y salido.

Ella siguió toqueteando el botón.

—Eso del Sindicato no es buena señal, ¿verdad?

Él ni lo confirmó ni lo negó. Mientras esperaban, dijo:

—Puede que las chicas que están en AV no hayan entrado por voluntad propia en este mundo, pero salir no es fácil. Muchas se acostumbran a ello y les da miedo la normalidad. Muchas disfrutan del dinero que ganan. Y muchas quieren escapar, pero no saben cómo hacerlo.

—¿Y no puedes ayudarlas a salir? —preguntó Zephyr, curiosa de verdad.

El mundo de Alfa había empezado a entrar en el suyo, pero aún no entendía cómo funcionaba. Él soltó una risa entre dientes carente de humor.

—No soy ningún salvador, Zephyr. Será mejor que no me veas así. Lo más que puedo darles a estas mujeres es una alternativa: si se unen a mí, están a salvo; si no, no lo están. Pero cuando se unen a AV, pueden marcharse cuando quieran. Aun así, no soy ningún hombre bueno ni moral. Te puedo matar con la misma facilidad con la que te provoco un orgasmo, y no me importa mancharme las manos en ambos casos.

Aquella debía de ser la parrafada más larga que le había dado de una sola vez, y era muchísima información. A Zephyr le gustaba pensar en sí misma como una buena persona, pero ¿cuánto de ello se debía a su educación? ¿Habría pensado igual si hubiese vivido sola en las calles, sin una familia acogedora que la quisiera? ¿Le habría importado el bien o el mal si su objetivo era sobrevivir?

No lo sabía. Y tenía que aceptar a la persona que Alfa era ahora, distinta del chico que fue en su día, aunque su moral siempre había estado algo torcida.

Le dio un apretón y, aunque él no se lo devolvió, sintió que se relajaba un poco. «Día a día».

PARTE II

EL MANTO

Al final todos somos humanos,
embriagados con la idea de que el amor
solo el amor,
puede curar nuestras cicatrices.

CHRISTOPHER POINDEXTER

15

Zephyr

A lo largo del siguiente mes establecieron una rutina. De lunes a jueves, Alfa se levantaba temprano para ir a que los perros corrieran un rato y luego entrenaba con sus hombres mientras ella se preparaba para ir al trabajo. Zephyr solo veía a Nala, que venía a cocinar, y a Leah, que venía a ocuparse de la casa. También veía a los perros después de la carrera. Bambú, hacia el que más apego sentía, porque era una criatura cariñosa que necesitaba caricias y mimos, solía seguirla a todas partes en cuanto ella se despertaba. Bandido, que había conseguido escamotear uno de sus sujetadores favoritos y ahora lo usaba como juguete, tenía peor humor y solo la buscaba cuando le apetecía. Y Barón, al que seguía sin importarle una mierda nada que no fuese el gruñón de su amo, apenas la miraba, por más que Zephyr intentase llamar su atención.

Durante esos días, Zephyr acudía al salón de belleza, echaba su jornada y luego iba a buscar a Alfa a las Tridente. Allí se sentaba en su regazo mientras él solía acabar con las llamadas que tenía pendientes. A veces entraba Hector y los dos hablaban mientras ella seguía allí sentada. Su marido jamás apartaba las manos de los reposabrazos. Sin embargo, el hecho de que la dejase estar presente en sus reuniones privadas le daba esperanza.

Gracias a eso había aprendido bastante sobre el nuevo Alfa. Se había enterado de que se reunía con sus centinelas una vez por semana para ponerse al día, que le preocupaba mucho que el asesino matase a chicas que querían salir del negocio y que el

Sindicato era una organización en contra de Alfa. También se enteró, al escuchar sus llamadas y al ver el modo en que sus hombres lo trataban, que Alfa inspiraba tanto respeto como miedo, que sus chicas estaban agradecidas por su ayuda y que había construido algo para sí que el resto del mundo no veía. Para los desconocidos, él no era más que un magnate inmobiliario. Para los bajos fondos, en cambio, era un hombre a quien había que tomar muy en serio. Con los orígenes humildes de Zephyr, cada nuevo dato que descubría de él la sorprendía más y más.

Después de recogerlo en las Tridente, se iban los dos juntos a casa, cenaban y, si Zephyr conseguía convencerlo, cosa que casi siempre pasaba, veían una peli. El tiempo que pasaban juntos le inyectaba vida en las venas, una vida que le palpitaba en el corazón. Se sentía más viva que nunca. Aunque ella era quien más hablaba de los dos, él la escuchaba y eso la enternecía. Hablaba sobre su familia, sobre cómo le había ido el día, sobre sus sueños. Él escuchaba cada palabra. No respondía a la mayoría, pero se mostraba receptivo y solo por eso Zephyr mantenía la esperanza, aunque Alfa no dejaba de recordarle que aquello solo duraría seis meses y que se acercaba la fecha final.

Los viernes Alfa salía de la ciudad para echarle un vistazo a su imperio. Zephyr cenaba con sus padres y dormía esa noche con Zen. Regresaba a la mañana siguiente. Aunque su padre le había cogido cariño a Alfa, sobre todo por la absoluta felicidad que veía en Zephyr, su madre seguía desconfiando, aunque el matrimonio la había beneficiado sin la menor duda. Su hija se había casado con el esquivo pero asquerosamente rico Villanova, con lo que su estatus social se había catapultado.

Los fines de semana pasaba tiempo con su hermana en SLF, para luego irse a casa a estar con su marido. Y todo iba de maravilla.

Excepto por el hecho de que Alfa seguía conteniéndose. A nivel emocional y físico seguía separándolos un abismo que Zephyr no sabía cómo cruzar. Ninguno de sus intentos de seducirlo funcionaba. Alfa jamás entraba en su habitación, jamás la tocaba cuando ella se acurrucaba contra él, jamás la miraba si aparecía semidesnuda ante él. Se compró los biquinis más obscenos que pudo encontrar y nadó por aquella piscina ridículamente grande, pero él se quedaba sentado en la terraza con los auriculares puestos, escuchando una música rock que a Zephyr no le gustaba mucho, sin mirarla en ningún momento. Ella se ponía lencería para él, pero Alfa se esforzaba por mirarla solo de cuello para arriba. Zephyr también usaba el vibrador a máxima potencia por la noche, pero la puerta seguía cerrada.

Pasaron las semanas y su frustración aumentó. Aunque sentía que avanzaba en ciertos aspectos, en otros se veía atascada. Alfa seguía diciendo que aquello era temporal, no dejaba de referirse al contrato, y aunque Zephyr se había convertido en su compañera de piso, lo notaba reticente. Todo parecía fugaz, como si fuese a salir por la puerta y nada fuera a cambiar. Y eso la hundía a veces.

Pero no permitía que Alfa la viese hundida. No dejaba que viera que aquella distancia que ponía deliberadamente entre los dos la iba minando poco a poco, día a día. No dejaba que viera que sus comentarios secos a veces despertaban en ella imágenes que le gustaría que Alfa recordase, para que la tomase en sus brazos por fin. Estaba harta de luchar por los dos. No dejaba que Alfa viese nada de todo aquello. Lo único que hacía era ofrecerle su amor, sus sonrisas y esperar a que se enamorase de ella, como ya pasó en su día.

Y, día a día, esa esperanza se marchitaba un poco más.

Zephyr se encontraba a la entrada de la torre después de haber terminado su jornada de trabajo, con los hombros hundidos. Lentamente se le iban agotando las fuerzas. No paraba de dar más y más, de albergar más y más esperanzas. Llevaban un mes casados y Alfa ni siquiera la había besado, ni abrazado, ni devuelto ninguna clase de afecto. La única vez que entró en su cuarto parecía haber sido poco más que un desliz.

—¿Estás bien? —le preguntó Victor al verla frente a la puerta de la torre, sin entrar.

Ella sonrió, aunque sin ganas.

—Sí, sí, es que… me había quedado empanada, supongo.

Victor vaciló y luego le apretó el hombro, un gesto que ella apreció. Era un buen amigo para ella.

Zephyr, en parte, no quería entrar en el edificio para volver a abrazar a Alfa y que él no le devolviese el abrazo.

—¿Sabes qué? —decidió—. Voy a tomarme algo allí. —Señaló al café al otro lado de la calle, en la otra torre—. Entra tú.

Antes de que Victor pudiera responder, Zephyr cruzó y entró en el café. Se buscó un sitio en un rincón y se pidió un capuchino. Esperó, jugueteando con su anillo, callada y reflexiva. Las dudas empezaban a hacerle mella. Había comentado con Zen la posibilidad de buscar algún médico con el que informarse sobre la amnesia, pero su hermana le había dicho que no lo intentase con nadie de la ciudad. Con los contactos que tenía Alfa, y sabiendo que era su esposa, no quería hacer saltar las alarmas.

Dio un sorbito a su café y miró el teléfono. Vaciló, pero luego pulsó el botón de llamada. El timbre sonó varias veces y, al cabo, respondió una áspera voz femenina.

—Doctora Amara Maroni, dígame.

Zephyr se sentía obnubilada por ella, no le daba vergüenza reconocerlo. Hacía unos días había encontrado el número de contacto de Amara en el despacho de su marido, junto al de Dante, y lo había guardado en el teléfono, porque sabía que era terapeuta en activo. Y, aún más importante, era parte de la familia. No supondría ningún peligro para Alfa.

—Hola, Amara —saludó—. Soy Zephyr Villanova, la mujer de Alfa. Nos conocimos en tu boda, aunque no tuvimos mucho tiempo para charlar.

—Sí, claro. —Zephyr oyó la sorpresa en la voz de la mujer.

—¿Te pillo bien? ¿Puedes hablar? —preguntó, al tiempo que recorría el borde de su taza con el dedo—. Necesito tu opinión profesional sobre… una persona.

Se oyó ruido de fondo y luego Amara regresó. Con voz seria, dijo:

—A ver. En primer lugar, quiero que sepas que todo lo que me cuentes quedará estrictamente entre nosotras. Puedes hablar con sinceridad de lo que quieras. Estoy aquí.

«Es una diosa».

Zephyr inspiró hondo y se aseguró de estar sola en la esquina del café.

—Alguien con quien yo tenía una relación hace años sufrió un accidente. Hace poco... nos volvimos a encontrar, pero no recuerda nada del incidente ni de mí. Mi pregunta sería: ¿es posible que recordarle el tiempo que pasamos juntos tuviese un efecto negativo en él? Porque su cerebro ha tenido que bloquear ciertos recuerdos para protegerlo, ¿no? ¿O acaso...?

Dejó morir la voz, controló la boca antes de que se desbocase de puros nervios. Amara la escuchó y se tomó su tiempo para contestar con voz suave:

—El cerebro es peliagudo, Zephyr. Puede reprimir un trauma durante toda una vida para proteger a quien lo sufre. ¿Has pasado tiempo con esta persona en la actualidad?

—Sí.

—¿Y no te recuerda? ¿Nada? ¿No hay ni un resquicio de familiaridad? —preguntó por confirmarlo.

—No. —Zephyr negó con la cabeza.

El tono de Amara se volvió compasivo.

—Pues lo siento, pero mi sugerencia en estos casos sería no recordar al paciente el suceso traumático, ni nada que lo rodee. Podría desencadenar algunas respuestas muy adversas, incluso brotes psicóticos, en ciertos casos. Si su cerebro reprime los recuerdos que tiene de ti, lo más compasivo hacia él sería empezar de cero.

Zephyr contempló la mesa.

—Ya lo he intentado, pero no funciona.

Amara vaciló.

—¿Se trata de Alfa?

—Sí.

—Lo siento.

La compasión en la voz de la mujer casi la deshizo por completo. Sintió que le picaba la nariz.

—Gracias por tu ayuda. Es que no sé qué hacer ahora.

Y así, le soltó toda la historia. El plan de casarse con él, la distancia que Alfa mantenía entre los dos. La mujer escuchó todo el relato sin emitir ningún juicio. Cuando Zephyr acabó, Amara volvió a hablar:

—Te puedo dar un consejo, pero más como amiga que como profesional.

—Dispara.

Amara soltó una risa entre dientes.

—No uses esa expresión entre esta gente, podrían tomárselo al pie de la letra.

Zephyr sonrió, pero esperó a que la mujer prosiguiese.

—No conozco muy bien a Alfa —empezó a decir Amara—. Pero Dante y él son muy parecidos en ciertos aspectos, y tiene sentido. En mi caso, lo que siempre conseguía que Dante reaccionase era poner distancia. Específicamente, fui yo quien puso distancia entre los dos de todas las formas posibles. No digo que vaya a funcionar con Alfa, pero dado que te encuentras en esta encrucijada, quizá sirva para inclinar la balanza hacia un lado u otro.

—Al menos así sabré si hay esperanza o está todo perdido.

Zephyr reflexionó sobre la idea. Le gustaba, sobre todo porque ya sentía que no le quedaban fuerzas al ser ella quien siempre tenía que cubrir el espacio que los separaba. Quizá necesitaba detenerse un momento para recargar pilas. Marcharse, no, pero tampoco acercarse todo el tiempo a él. Valía la pena probar. Además, la mujer que le había dado aquel consejo había mantenido una relación con un tipo como Dante durante más de una década, así que en realidad valía mucho la pena probar.

—Gracias, Amara —dijo Zephyr con sinceridad—. Has sido de mucha ayuda.

—No hay por qué darlas. Me alegro de que hayas pensado que podías recurrir a mí. —Se oyó un chillido de Tempest de fondo y Amara suspiró—. Recuérdame que no tenga más niños.

Zephyr sonrió.

—¿No te ayuda Dante? Pensaba que era todo un padrazo.

—Y lo es —confirmó Amara—, cuando la niña está contenta y quiere jugar. Cuando se pone llorona y me vuelve loca…, no tanto. Se quita de en medio. Es como si tuviese un radar interno o algo así. Me parece que a él también le voy a aplicar un poco de tratamiento de distancia.

Zephyr soltó una risa entre dientes y se despidió de Amara para que esta fuese a hacerle caso a su sobrina. Dio un sorbo de café y notó que volvía a sentirse hundida. Se tomó todo el tiempo y espacio que quiso, pidió un *caramel latte* y se puso a leer en el teléfono una novela romántica situada en un castillo gótico. Entraron y salieron clientes, fuera oscureció y, por fin, tras pasar dos horas allí sentada, pagó y salió. Todavía se sentía hundida.

Lo único que quería era irse a casa.

Por suerte, Victor estaba en el coche frente al café, esperando, aunque Zephyr le había dicho que se fuera. Subió al vehículo y le pidió que la llevase de vuelta. En días laborales solía pasar por las Tridente, pero no se sentía de humor. Victor le lanzó una mirada interrogante, pero Zephyr la ignoró.

Media hora después, a pesar del tráfico, vio la valla familiar del complejo. Bajó del coche y rodeó la colina hacia la parte de atrás, donde estaba el ascensor, saludando a los miembros del personal que se cruzaban con ella. Aquel sencillo ascensor la llevó arriba del todo. Bambú y Bandido la saludaron con sus ladridos antes incluso de salir. Esbozó de inmediato una sonrisa. Los perros le dieron la bienvenida a lametazos, meneando la cola, contentos de verla. Incluso Barón le lanzó un ladrido que venía a decir: «Ah, ya has vuelto», para luego volver a tumbarse en la terraza. A esa hora, la casa ya solía estar vacía. Zephyr se dio una ducha rápida y cenó sola por primera vez en semanas, rompiendo así la rutina de comer juntos. Luego, aunque estaba oscuro, fue a dar un paseo por el perímetro para aclararse la cabeza. Se llevó consigo a Bambú. Aunque no solía caminar mucho por aquel lugar, la senda le resultaba lo bastante conocida como para sentirse cómoda en medio del verdor. También contribuía el hecho de que hubiese patrullas de seguridad cada seis metros más o menos.

Al rato regresó a casa. Abrió la puerta y le soltó la correa a Bambú. Se encontró con la mirada tormentosa de su marido.

Y, por primera vez desde que se habían encontrado, lo ignoró. Se giró hacia las escaleras. Él la agarró del brazo al pasar y la volvió hacia sí de un tirón.

—¿Dónde estabas? —preguntó entre dientes.

Zephyr le miró el pecho. Algo la sujetó de la barbilla. Había pasado tanto tiempo desde la última vez que la tocó que casi se había olvidado de lo que sentía con su contacto. Joder, ¿no era triste? Alfa le alzó el rostro y la contempló con su ojo dorado. Ella se lo permitió. Guardó silencio, cosa desacostumbrada en ella, y permitió que viera lo que quisiera ver.

—¿Dónde estabas? —preguntó Alfa en tono algo más calmado.

Zephyr se encogió de hombros.

—He ido a dar un paseo.

Alfa le recorrió la barbilla con el pulgar.

—No has venido hoy a la torre.

Ah, la esperanza. La estúpida, imbécil esperanza.

—¿Me estabas esperando? —preguntó. No pudo disimular el tono esperanzado en la voz, y se odió por ello.

Él no respondió. Zephyr suspiró. ¿Qué había esperado, que Alfa la abrazase y le dijese que la había estado esperando, que se había preocupado y que había venido pronto a casa para ver qué pasaba? Quizá todo eso había pasado, pero Alfa jamás lo admitiría, sobre todo porque estaba decidido a negar que hubiese nada serio entre los dos. Zephyr tragó saliva y se apartó de él.

—Buenas noches, Alfa.

Lo oyó coger aire tras ella. Sí, jamás lo había llamado Alfa hasta ese momento. Supuso que para todo había una primera vez.

16

Zephyr

Zephyr se sintió bastante baja de ánimos durante dos días y prefirió no ir al despacho de Alfa. Sin embargo, su estúpido corazón no le dejaba saltarse el ritual de la cena, consciente de que él había empezado a disfrutar sus comidas juntos, sobre todo porque nunca había cenado en compañía. Comer a solas era una mierda, eso Zephyr lo sabía, así que, aunque estaba de mal humor, no renunció a sus cenas.

Lo que sí hizo fue dejar de ponerse lencería para cenar. En cambio empezó a llevar sus pijamas de siempre, porque con el ánimo en que se encontraba no le apetecía seducirlo. No sabía si Alfa atribuía aquel cambio de humor a la regla, y él tampoco se lo había comentado. Sin embargo, Amara había dado en el clavo. Aunque Alfa no hizo nada concreto, empezó a mirarla con más atención. Llamaba a Victor más veces para comprobar cómo se encontraba Zephyr. Se quedaba sentado a la mesa incluso después de acabar de comer a esperar a que ella terminase. La noche anterior incluso llegó a dejar levemente entreabierta la puerta que conectaba los dos dormitorios.

Sin embargo, nada de todo aquello le sabía a victoria a Zephyr. Sentía que la estaba poniendo a prueba y necesitaba comprobar adónde iba a llegar la situación. Ahora que no se dedicaba a aliviar la tensión con su cháchara y su humor, ahora que guardaba silencio y obligaba a Alfa a enfrentarse a lo que impregnaba el aire cuando estaban en la misma habitación, algo empezaba a crecer, a activarse como un volcán, durmiente por fuera pero burbujeando de lava por dentro, a la espera del momento adecuado para que una erupción lo destruyese todo. Zephyr estaba en el borde de ese volcán y contemplaba la lava que ascendía desde el manto terrestre. Sabía que podría acabar con ella, pero, aun así, la esperaba. Quería ser la lluvia que cayese siseando sobre ese magma, que lo empapase y lo llenase de vida. Quería permear en él, alcanzar sus raíces resecas, alimentar el terreno de su corazón y colmarlo de nuevo.

En el despacho de Alfa por primera vez en dos días, casada con él pero sin haber hecho apenas progreso alguno en más de un mes, Zephyr vio que el sol se ponía sobre el bosque en la lejanía mientras le daba vueltas a la cabeza, con los hombros hundidos. Había venido a las Tridente porque mantener la distancia con él solo estaba sirviendo para entristecerla aún más. Algo había cambiado, sí, pero no era suficiente.

El sonido de la puerta del despacho al cerrarse la sacó de sus pensamientos. Zephyr sintió una presencia a la espalda. El calor de Alfa calentó su helado corazón. Siempre le había encantado eso de él, que la empequeñecía y al mismo tiempo la hacía sentirse segura, que la encendía y la abrigaba al mismo tiempo. Antes de conocerlo, pensar en él la había fascinado, pero luego esa idea había palidecido comparada con la realidad. Sin importar lo que hubiera o no pasado en las últimas semanas, Zephyr había empezado a enamorarse aún más de su realidad presente. Quería al hombre en quien se había convertido Alfa, adoraba el modo en que trataba a su equipo, a sus perros. Lo quería como era, sin más. Adoraba que mostrase aquellas cicatrices sin vergüenza, que hubiese sobrevivido a todo lo que le había pasado y que hubiese salido más fuerte de ello. La perseverancia que llevaba en la piel, el respeto que inspiraba en su gente, la amabilidad que mostraba con los más vulnerables… Era un hombre por el que valía la pena ir al infierno. Y a veces, cuando él bajaba la guardia un poco y la miraba con ternura, se le avivaba la esperanza en el corazón.

Zephyr aún lo quería. Y él a ella, no.

La certeza le parecía bien y al mismo tiempo la llenaba de

agonía. Se apartó de la ventana y cogió el bolso que había apoyado en el escritorio. Alfa le puso una mano en el brazo y la detuvo de nuevo. Se había acostumbrado a hacer eso, a detenerla en seco y contemplarla, intentando adivinar qué tenía en la cabeza.

—¿A qué estás jugando? —preguntó al fin, rompiendo la tensión que llevaba días creciendo entre ambos. La miró con el ojo entrecerrado.

«Bien».

Intentó apartar el brazo. Él la sujetó con firmeza, pero sin apretar mucho. Zephyr tuvo ganas de explicarle a gritos a qué estaba jugando, pero no podía. No podía hacerle algo así. Y ahora estaba atrapada en una situación que se había buscado ella sola, con un marido del que estaba enamorada, que no la recordaba, que no la quería y que tampoco confiaba en ella. Eso la enfadaba. Aquella esperanza moribunda la ponía furiosa.

Zephyr le dio un empujón en el pecho y le clavó la mirada.

—Suéltame.

—Hasta que me cuentes qué estás haciendo, no, Zephyr.

Hacía tiempo que no la llamaba «arcoíris», del mismo modo que ella ya solo lo llamaba «Alfa».

—Lo que estoy haciendo —siseó— es intentar que te enamores de mí.

Él le apretó algo más el brazo.

—Pues no funciona, porque no te creo.

«Ay». Una pequeña grieta.

—Dime la verdad —exigió él, frío y compuesto, completamente impertérrito, a diferencia del modo en que se sentía ella por dentro—. Ya se me está acabando la paciencia.

—Tu falta de paciencia no es problema mío.

—No, pero mi ira sí que lo es —dijo él en tono peligroso—. No te interesa que me enfade, Zephyr.

Ella lo miró, incapaz de decidir qué hacer. Contárselo todo pondría en riesgo su salud mental, y él ya se había curado lo suficiente como para encontrarse bien. Solo había un modo de desviar su atención.

—¿Y qué piensa hacer conmigo la bestia? —lo provocó de manera deliberada, y apartó el brazo de un tirón.

Algo llameó en el ojo de Alfa. La miró, con las fosas nasales tensas. Siguieron observándose. El aire se cortaba con un cuchillo. Antes de que Zephyr pudiese inspirar siquiera, él la giró y la aplastó contra la ventana. Su enorme forma se pegó a ella. Fue tan repentino que Zephyr dio un respingo. El aroma familiar de Alfa se le metió por la nariz. ¿A qué estaba jugando él ahora?

—Voy a darte eso que me has estado suplicando. ¿Qué te parece, sí o no? —gruñó contra su oreja. Le agarró el cabello y tiró de su cabeza hacia atrás. Hacía tanto que no la tocaba que Zephyr se ahogó en la sensación.

Había algo oscuro en lo que estaba pasando, en esa pregunta que le había hecho, en el tirón que le había dado a su pelo y en cómo la aplastaba contra el cristal. Zephyr no sabía qué había hecho para encenderlo de aquel modo y, aunque se moría de ganas de que sus cuerpos conectasen, intentó girar la cabeza para mirarlo y así entender qué estaba pasando. Sin embargo, Alfa le dio otro tirón de pelo y la mantuvo en el sitio.

—¿Qué...?

—¿Sí o no? —No la dejó terminar, con otro tirón.

Era uno de los descubrimientos que había hecho sobre el hombre en quien Alfa se había convertido: le obsesionaba su melena. Le encantaba agarrarla y tirar de ella, juguetear con los mechones. Era por un ansia de control, o quizá por algo distinto, ¿quién sabía? A ella también le gustaba notar el tirón en el cuero cabelludo, verse sometida a su voluntad, sentirse deseada. Era como si hubiese forzado los límites del autocontrol de Alfa y este ya no pudiese aguantarse más. Aquel puño entre sus cabellos se había convertido en su ancla. No sabía qué era lo que lo empujaba, pero fuera lo que fuese, estaba ahí. Y eso significaba algo, ¿verdad?

—Sí —susurró.

La palabra apenas acababa de salir de sus labios cuando sintió que la enorme mano áspera de Alfa le subía el vestido. Primero le apartó las bragas a un lado, con un tirón tan fuerte que la seda se le clavó con fuerza en la cadera para luego romperse con un chasquido que resonó alto en la habitación. A Zephyr se le aceleró la respiración, se mantuvo inmóvil. Con movimientos bruscos, él la obligó a colocar las manos contra el cristal. Sintió el frío en las palmas, y el calor de Alfa a la espalda. Todo el cuerpo se le estremeció de anticipación, listo para recibirlo. «Por fin».

Había querido que pasase aquello desde hacía mucho, tanto que no recordaba un momento en que no lo hubiese deseado. Su primer beso también había sido así: ella contra la valla de metal, él pegado a su espalda, arrodillado a su espalda, abriéndola antes de zambullirse en ella. Le había comido el coño en aquel lugar donde podría haber pasado cualquiera y haberlos visto. Luego se había levantado, le había dado la vuelta y le había dado un beso con su sabor aún en la boca. La había apretado con tanta fuerza contra la valla que Zephyr sintió las marcas en la espalda durante días. Había sido bastante sucio para ser un primer beso, pero había sido suyo, perfecto. Y en aquel momento, lo recordó cuando él la puso contra el cristal.

En cierto modo, eso no había cambiado en absoluto.

Alfa le pasó los dedos por la entrepierna para comprobar lo húmeda que estaba. Zephyr abrió los muslos aún más para darle espacio, disfrutando con la seguridad con la que sus dedos la acariciaban, le estimulaban el clítoris, se le metían dentro apenas un poco para luego volver a salir, lo justo para que disfrutase de lo que estaba a punto de pasar.

—Estás empapada, joder —gruñó contra su cuello. Le puso la mano bajo la rodilla derecha y le alzó la pierna para que enseñase el coño a toda la ciudad. Ella tuvo que ponerse de puntillas con el otro pie—. ¿Te pone mi rabia?

Pues sí que la ponía cachonda. Ni siquiera tuvo que responder, él sabía que sí. Verse así, aplastada contra el cristal, con las luces tras ella, de modo que cualquiera que alzase la vista pudiera verla, estar inmóvil en aquella posición bajo el control de Alfa… consiguió que se le acelerase el pulso.

Oyó que se bajaba la bragueta y que se la sacaba. Alfa apoyó la punta de su miembro contra su humedad. Dios, cómo quería que se la metiera. Deseaba con muchísimas ganas tenerlo dentro, que se la follara como la bestia que había dicho que era, poseyéndola para que todo el mundo supiera que le pertenecía, amándola tan bien que lo recordase en los años venideros.

Zephyr aguantó la respiración, con el corazón en la garganta. La emoción, la rotundidad, la inevitabilidad de lo que iba a pasar la volvían arcilla contra él. Alfa no dijo una palabra más, se limitó a agarrarle el pelo y la rodilla con más fuerza. Y con un único empellón, la nube de tormenta que llevaba semanas flotando sobre ellos estalló.

Se le escapó un grito. Apretó el cristal con las manos para apoyarse bien y soltó un aliento entrecortado. Intentó ajustarse a su tamaño. Notaba que su interior temblaba a su alrededor de puro placer, tanto que parecía dolor. Despacio, Alfa empezó a metérsela más, a hundirse en ella centímetro a centímetro. Dios, tenía una polla gigantesca. Su carne dentro de ella era un peso que la llenaba tanto que tuvo que echar la cabeza hacia atrás. Ya no sabía dónde acababa él y empezaba ella. Era enorme, mucho más grande que la de cualquier otro hombre con el que hubiera estado Zephyr. Y no le sorprendía, pues dada su envergadura corporal, tenía que ser proporcional. Lo que sí resultó una sorpresa fue lo bien que se sentía con él dentro, lo bien que se le distendían los músculos para acogerlo, para acomodarlo, para darle placer.

Sus pechos se aplastaron contra el frío cristal. El contraste con el cuerpo caliente de Alfa a su espalda le endureció los pezones. Otro tirón al cuero cabelludo y la sangre se le bajó a la entrepierna. Zephyr rotó las caderas para moverse, implacable, en busca de la fricción, navegando esa fina línea entre el placer y el dolor. Él se la sacó unos cuantos centímetros y volvió a hundírsela. La fuerza de la embestida la golpeó contra el cristal. Miró hacia abajo y se dio cuenta de lo grande que sería la caída si se rompía el vidrio. Esa capa de peligro añadido despertó algo oscuro en su interior, algo que la excitó todavía más, provocando que la humedad le corriera por los muslos de un modo que Zephyr recordaría al día siguiente y se ruborizaría. En aquel momento le dio igual. Se sentía consumida del mejor modo posible. Su deseo era tan tangible que palpitó en su interior al ritmo de su corazón.

Dios, qué cachonda estaba. Estaba tan cachonda que no le importó el motivo por el que Alfa cedía a la tentación. Lo único importante era que había cedido.

—Más fuerte —le pidió, sin aliento. Se sujetó al cristal y se preparó. Los vaqueros de Alfa le rozaban el culo. El hecho de que le hubiese subido el vestido y desgarrado las bragas para luego bajarse la bragueta y metérsela hacía que se contrajese alrededor de su polla. El hambre de Alfa la estimulaba.

Vio el reflejo de ambos en el cristal. Su silueta enorme y oscura contra ella, el parche oscurecido del ojo, y el otro, dorado, que le miraba el culo. La cicatriz que desaparecía entre la barba corta. Zephyr le puso una mano en el lateral del cuello, tocó su cálida piel. Él cerró el ojo ante su contacto.

«Joder».

Semanas, meses, años de anhelo se vertieron en ese único instante. Se le encogió el corazón y le ardieron los ojos de lágrimas. Dejó que fluyeran, sabiendo que él no las vería, y se centró en la dureza que tenía dentro y que se introducía tan profundamente en ella que casi resultaba incómodo.

Alfa no la embistió con *más* fuerza, como ella le había pedido, sino que salió poco a poco, despacio, y volvió a entrar con lentitud. Zephyr sintió el borde, las venas, el calor, todo lo que entraba en ella y que se le antojaba infinito. Se le escapó un gemido estrangulado y echó la cabeza hacia atrás y le clavó los dedos en el lateral del cuello. Él seguía inmovilizándola. Estaba por completo a su merced. La estaba empalando al ritmo que le daba la gana.

Por más que Zephyr meneaba las caderas, por más que se aferrase con fuerza a él, Alfa no aumentaba el ritmo. Pero se introdujo cada vez más hondo, tan profundo que ella se sintió incómodamente llena cuando él llegó al fondo. Sintió que se le apretaba contra alguna parte de su interior en un ángulo que le provocó más espasmos. El aliento entrecortado de Alfa le acarició la oreja.

—Más fuerte, por favor —suplicó.

Necesitaba más. Necesitaba aquella implacable fricción que la arrojaría al abismo y no aquel roce que la dejaba al borde, que le daba a probar el éxtasis y se lo quitaba una y otra y otra vez. Con la postura en la que se encontraba, aplastada contra el cristal, no podía bajar la mano para acariciarse a sí misma.

Él se resistió a su súplica. Onduló las caderas una única vez con un movimiento deliberado. Zephyr cerró los ojos y vio estrellas tras los párpados cuando Alfa alcanzó ese punto tan dulce y esquivo en su interior. Lo rozó de nuevo, una y otra y otra vez —embestir, retirarse, rotar—, una y otra vez, con movimientos lentos, controlados y deliberados. A ella se le aceleró el corazón, notó los latidos en la garganta, en el cuello, en el coño. El deseo se le enroscó en el vientre como una serpiente pecaminosa, reptando por sus venas, desenroscándose y mordiendo hasta que Zephyr sintió un calor venenoso que consumió cada centímetro de su piel, que la volvió febril, ferviente, fanática en su deseo.

Alfa martilleó contra ese punto, sin cesar, constante. Bajó la otra mano hasta su clítoris y empezó a acariciárselo sin piedad hasta que Zephyr sintió que le temblaban las piernas y que su respiración pesada se convertía en gemidos. Todo se concentró en el punto donde estaban los dos unidos, donde aquel ardor se extendía y se extendía hasta convertirla en una masa temblorosa. Le temblaron los muslos, que él seguía sujetando. Sintió que se derrumbaba, pero su polla la sostenía y el puño que le agarraba el cabello la mantenía erguida. Zephyr sintió que la estaba empalando de verdad, que el cuerpo de Alfa la controlaba, y se corrió con tanta intensidad que le clavó las uñas en el cuello para sostenerse y lo hizo sangrar. Cerró los ojos, con todo el cuerpo en llamas y la boca abierta en un orgasmo silencioso. Tomó aire y notó que hasta la garganta le temblaba.

Él se la sacó con un chorro de humedad. A Zephyr le temblaba hasta la mandíbula. Su cuerpo se derrumbó contra el cristal cuando las manos de Alfa la soltaron. Antes de acabar de caer, él se llevó las manos a la polla y, en pocos segundos, Zephyr sintió el cálido salpicón de su semilla en el culo desnudo. Había sido un polvo tan sucio que volvió a ponerse cachonda aunque acababa de correrse. Quería más.

Todo había acabado en minutos o quizá horas, quién sabía. Se apoyó laxa contra el cristal cuando él volvió a bajarle la pierna y retrocedió un paso. Oyó que se subía la bragueta y abrió los ojos. Vio que él se recomponía en el reflejo del vidrio. Esperó a que dijese algo, a que la tocase, a que le diese un suave beso, lo que fuera. Él le miró la espalda unos segundos, apretando y relajando los puños. Ella lo observó, y aquella felicidad postorgasmo se convirtió en vacío cuando Alfa dio media vuelta y salió del despacho, dejándola allí, fría, contra el cristal, con su semen chorreando sobre su piel y un nudo pesado en el estómago.

17

Alfa

—Eres un pedazo de gilipollas, ¿sabes? —El tono socarrón de Dante al teléfono lo pilló con la guardia baja. Alfa miraba a Jasmine, que charlaba con una de las chicas del cuartel general de AV, con la mente en otra parte.

—Me alegra saber de ti —gruñó Alfa, distraído.

Estaban pasando demasiadas cosas a su alrededor. El asesino había dejado por fin su ADN en la última escena del crimen. Su esposa llevaba días rompiéndole el coco. Sus confidentes le habían traído información sobre las chicas desaparecidas. El Sindicato estaba claramente intentando quitárselo de en medio. Estaban sucediendo demasiadas cosas, joder. Alfa sentía que estaba perdiendo comba. Y el puto ojo que le faltaba le picaba mogollón. Joder, sonaba como un llorica, pero de llorica no tenía nada. No sabía qué le estaba pasando esos días. Oyó que Dante suspiraba:

—Amara se enfadó porque os marchasteis muy pronto de la boda. Y Tempest también.

Alfa gruñó:

—Apenas tiene un año.

—¿Y qué? —replicó Dante.

Alfa sabía que era mejor no decir nada de la princesa de Dante. Las dos mujeres de su vida lo tenían encoñado perdido, y no se avergonzaba de ello.

—¿Qué tal va tu matrimonio? —preguntó su hermano menor, sin el más mínimo sentido de los límites ni de la autoconservación.

Su matrimonio. Había empezado como una farsa, un juego, y ahora Alfa no estaba seguro de nada. Odiaba admitir lo mucho que había empezado a disfrutar de la compañía de Zephyr, lo mucho que lo divertía con sus monadas y lo seducía con sus excentricidades. Había empezado a dudar de que supiese ningún secreto, aunque desconocía qué razones tenía para casarse con él. Teniendo en cuenta cómo era, Alfa había decidido que lo mejor sería dejar pasar los meses poniendo algo de distancia. Todo había ido estupendamente. Hasta que Zephyr no había venido a la torre.

Alfa recordaba estar sentado en su despacho, mirando la puerta, con un nudo en el estómago porque no había ido. Había llamado a Victor, que le dijo que Zephyr se había ido a casa. Pensó que quizá no se encontraba bien, así que decidió dar el día por concluido y se fue a casa él también, sin embargo la había encontrado vacía. El plato de la cena estaba lavado y seco. Había cenado sin él. Pero eso..., solían cenar juntos, joder.

Luego, ella había vuelto y estaba distinta. No era ella misma. Y lo había llamado «Alfa». Ni maridito ni guapo ni cualquier otro nombre absolutamente ridículo como «calabacita». Alfa.

Eso lo había cabreado. Y cabrearse por eso lo había cabreado aún más. Por primera vez en su vida, Alfa había odiado oír su propio nombre. Se quedó ahí plantado y vio cómo retrocedía la menuda silueta de Zephyr. Algo repulsivo y feo arraigó en sus tripas. Y no se fue. Zephyr empezó a cenar con él en pijama. Y ya no se acurrucaba contra él. Había conseguido traspasar sus barreras, y eso a él no le gustaba.

Alfa no carecía de defensas, y mucho menos frente a una mujer. Y, sin embargo, la noche anterior, cuando Zephyr había estado a punto de esquivarlo de nuevo, esas defensas se habían hecho trizas contra las ventanas del despacho. Zephyr lo había llevado más allá del límite y Alfa se la había follado. Y, joder, qué bien se había sentido al hacerlo. Pero al estar dentro de ella no había perdido el control, como se había temido. Eso le había ayudado a formarse un plan para tener ventaja en su dinámica. Se la follaría despacio, de modo que ambos quedaran satisfechos.

Rompería la tensión sexual, la dejaría contenta y él mantendría la distancia. Prefería estar solo y ella no era más que una distracción que se estaba acercando demasiado, que se le estaba metiendo bajo la piel. Ya no le importaba cuáles eran sus motivos. Lo único que quería era dejar que pasase el tiempo establecido de un modo placentero. El tiempo que habían acordado juntos terminaría y cada uno se iría por su lado, mutuamente satisfechos.

Era un buen plan.

—¿Por eso me has llamado, por mi matrimonio? —preguntó como respuesta a la pregunta de Dante, que soltó una risa entre dientes.

—Así que va mal, ¿eh? —«Pedazo de cabrón»—. No, a ver —la voz de su hermano se volvió seria—. Morana ha encontrado algo. Fue el Sindicato quien puso un edificio a tu nombre, pero alguien les dio un chivatazo. La cuenta de usuario era «vencedor_lf». La dirección IP corresponde a un lugar de Los Fortis. Te la mando.

«El Vencedor de Los Fortis». ¿Qué cojones? ¿Sería el asesino parte del Sindicato? ¿Sería alguno de sus agentes, a quien le habrían dicho que atacase a Alfa y a su imperio? ¿O sería algún mercenario, alguien a quien Alfa se la hubiera jugado en el pasado? No andaba escaso de enemigos que estarían encantados de verlo caer. Claramente, el asesino pensaba tenderle una trampa, por el motivo que fuera.

—Lo comprobaré —le dijo a Dante, sin contarle mucho más de lo que pensaba.

Le tenía aprecio a su hermano y le gustaba que este no se pareciese en nada a su padre, pero en parte también sentía amargura por el pasado que compartían. Alfa no era un buen hombre, en absoluto, y el hecho de que Dante hubiese crecido con recursos y que él hubiese tenido que sangrar para buscarse la vida y suplicarle a Lorenzo Maroni que salvase a su madre... seguía siendo una espinita que tenía clavada. Intentó que su experiencia pasada no manchase su relación con Dante, sobre todo porque este insistía en que quería que estuviesen en buenos términos. Sin embargo, a veces no podía evitar que le doliese. Alfa no confiaba con facilidad en nadie y, aunque había intentado mantener la mente abierta, esperaba poder sincerarse tarde o temprano con él, porque el deseo de tener una familia, la que fuera, le pesaba con fuerza en el corazón.

Jamás había pensado que llegaría a tener familia propia, sobre todo porque jamás había pensado traer una vida a aquel mundo sin una madre. A raíz de su experiencia previa, sabía lo mucho que influía el amor maternal en un crío, y él jamás había visto a ninguna mujer que quisiese como madre de sus hijos. Zephyr sería una madre excelente, estaba seguro, pero no confiaba en ella. Le ocultaba algo, y aunque no tenía la sensación de que fuese horrendo, lo inquietaba. Y no sabía lo que podía estar ocultando una chica como ella, con un trasfondo diametralmente opuesto al suyo.

Jasmine hizo un asentimiento en su dirección, así que le dijo a Dante que ya hablarían en otro momento y cortó la llamada.

—La chica me ha dicho que ha visto a un tío con sudadera negra y capucha —empezó a decir Jasmine en cuanto llegó hasta él—. Y a otro tío que echó a correr. El de la capucha dejó este sobre en mi coche.

Otro sobre. Esta vez tenía un rastro de semen encontrado en la escena del crimen… una que su gente había podido tapar gracias a aquella advertencia. Alfa estaba perplejo a más no poder. El único lugar donde había dejado su semen últimamente había sido el culo de su esposa, y dudaba que nadie se lo hubiese llevado de allí sin saberlo él, sobre todo teniendo en cuenta la vigilancia del edificio. Aun así, tendría que comprobarlo una vez que estuviese solo para asegurarse.

—¿Algo más? —preguntó, para no perder el hilo de la conversación.

Jasmine negó con la cabeza y se marchó. Hector entró en el despacho seguido de la esposa de Alfa. Zephyr parecía cansada. Eso no le gustó, y tampoco que no le gustara. Ella vaciló justo en el umbral, con incertidumbre en la mirada. Debía de estar preguntándose cómo habría cambiado la situación entre ambos después de lo que había pasado el día anterior. Alfa se preguntó cómo era posible que una mujer que era un libro abierto fuese capaz de ocultarle algo.

Hector la miró con las cejas enarcadas. Paseó la vista entre los dos, claramente consciente de algún tipo de tensión. Esa mirada llevó a Zephyr a poner una sonrisa falsa, cosa que a Alfa no le hizo ni puñetera gracia, y a acercarse a él. Se apoyó en el reposabrazos de la silla, pero no en su regazo, como había estado haciendo cada noche desde hacía semanas. Eso a Alfa tampoco le gustó. Frunció el ceño, pero dudaba que Zephyr se hubiese dado cuenta, pues lo que veía era el lado cicatrizado de su rostro.

—Tenemos que acabar con ese cabrón, jefe —dijo Hector entre dientes, cruzándose de brazos—. Hace ya demasiado tiempo que tiene a las chicas aterrorizadas.

Es que era aterrador. Dada la velocidad con la que se sucedían los cadáveres, toda la ciudad estaba ya alerta. La policía había empezado a investigar en serio el caso. Los tipos que Alfa tenía plantados en el departamento de policía lo mantenían al tanto de cada descubrimiento, aunque no habían dado con nada que él no hubiese descubierto antes. La prensa aireaba el caso y le habían dado al asesino todo tipo de apodos, desde «el Asesino Callejero» a «el Vencedor de Los Fortis», pasando por «el Destripador Rojo». El miedo corría por las calles. Había que encontrarlo lo antes posible.

—¿Creéis que está haciendo… limpieza? —conjeturó Zephyr, junto a él.

Se refería a la teoría más aceptada entre la policía: que el asesino era un tipo que se dedicaba a limpiar las calles, a librarlas de individuas de riesgo como prostitutas. La prensa se había hecho eco de la teoría, que pululaba ya por periódicos y canales de televisión. Todos se equivocaban.

—No. Hay un patrón en estos asesinatos —musitó Alfa en voz alta—. No mata gente al azar. Sus víctimas, al menos las que conocemos, son todas chicas que querían salir de la calle.

—O sea que lo hace para mantenerlas en el negocio —dijo Zephyr con voz incrédula—. Pero ¿por qué?

—Creo que hay algo más grande detrás. —Hector miró a Alfa

al instante—. Ellas son sus víctimas, pero el objetivo eres tú. Ataca a lo que cree que es importante para ti. Te está tendiendo una trampa. La pregunta es por qué. ¿Por qué atacarte a ti? ¿Y por qué ahora? Si lleva más de dos años asesinando a gente, ¿por qué quiere culparte ahora? ¿Por qué coloca pruebas falsas en las escenas del crimen ahora? Algo debe de haberlo puesto en marcha, y tenemos que cazarlo antes de que haga más daño.

Alfa estaba de acuerdo con todo lo que había dicho Hector.

—Ve con Jasmine y Victor a la última escena del crimen. Compruébalo todo tú mismo. Pregunta por ahí. Quiero saber si hay alguien que haya visto algo, lo que sea. Y quiero saber cómo contactar con el tipo que me está dejando mensajes.

Hector asintió y salió. Cerró la puerta tras de sí.

Alfa encendió la pantalla del ordenador y pulsó el icono de voz de la esquina, que habían sintonizado específicamente con su tono de voz.

—Ver las grabaciones de seguridad de ayer a las 20.00 horas.

El icono soltó un zumbido y, en pocos segundos, aparecieron varias pantallas partidas que mostraban diferentes ángulos del edificio la noche anterior. Todo parecía en su sitio. Alfa pulsó en la pantalla de su despacho e hizo zoom. Oyó que Zephyr ahogaba una exclamación al verlos a los dos en blanco y negro. El cuerpo de Alfa bloqueaba el suyo por completo. Se le veían los vaqueros bajados mientras la penetraba. Lo único que se veía era la pierna que le había levantado.

La sangre se le bajó a la polla al oír en los altavoces el audio que había registrado su respiración pesada y los gemidos de Zephyr. Alfa era un tipo grande y tenía una polla igual de grande. No había sabido cómo la encajaría Zephyr, pero, joder, la sensación de estar dentro de ese coño húmedo era lo mejor que había experimentado en mucho tiempo.

Se desabrochó los pantalones, se sacó la polla y se la acarició. Los ojos de Zephyr descendieron hacia su entrepierna. Era como si la presa que Alfa se había construido tuviese una grieta. Aún no se había roto del todo, pero no dejaba de filtrarse agua, y él quería más.

—¿Sí o no? —le hizo la misma pregunta que antes, para mantener aquella decisión en el plano puramente físico.

La tensión entre los dos era demasiado. Había intentado resistirla tanto como pudo, pero en el momento en que Zephyr lo había llamado «bestia», algo dentro de sí se había quebrado. Por suerte, aún tenía suficiente control como para no dejar salir a la bestia de verdad. Siempre que la mantuviese bajo control, todo funcionaría y resultaría menos peligroso para ella.

Al ver que Zephyr vacilaba, aún sentada de costado en el reposabrazos del sillón, alzó la vista hacia ella. Sus hermosos ojos camaleónicos lo miraban con las pupilas tan dilatadas que el aro verdoso que rodeaba al iris castaño casi había desaparecido. Le miraba a la cara, no a la polla, y se inclinó hacia delante para rozarle con los labios la comisura de la boca, justo sobre la nariz. Un beso que le llegó al pecho y consiguió que algo le rugiera por dentro. Alfa quiso girar la cabeza y atrapar sus labios por completo, saborearla y entregarse del mismo modo que ella respondía ante él con tanta abundancia. Pero besarla era peligroso. Por suerte, Zephyr se apartó primero.

—Sí —jadeó con suavidad y una clara excitación en la voz.

Antes de que pudiera retirarlo o pensárselo mejor, Alfa se la puso en el regazo, con la espalda pegada a su pecho, de cara al monitor. Le dio las gracias a quienquiera que hubiese ahí arriba por los vestidos que se ponía, y le apartó las bragas. Las que le había roto el día anterior estaban en el cajón; se había hecho una paja con ellas antes de irse a dormir.

Zephyr estaba mojada, pero no tanto como podía llegar a estarlo.

—Vas a ser una zorra para mí. Solo para mí —dijo en tono grave junto a su oreja y sintió que se empapaba más, ya fuera por sus palabras o por la imagen que estas conjuraban. Ni lo sabía ni le importaba. Estaba suficientemente lubricada, así que se orientó para encajar y se la metió, con las manos en sus caderas.

Aquel tierno culo voluptuoso se estrelló contra su pelvis. Zephyr arqueó la espalda de placer. Él se la metió hasta el fondo, al tiempo que ella apoyaba las manos en el escritorio ante sí. Colocó los pies en el suelo y empezó a follárselo, subiendo y bajando. Sus músculos internos lo apretaban. Joder. Alfa sintió una descarga de placer por la columna. Quería empalarla con dureza, meterse de lleno en ella, llenarle el bajo vientre. Imaginó cómo sería verla preñada con su semilla, que chorrease con solo tocarla, y algo se le rompió en el cerebro. Le agarró las caderas cuando ella bajó el ritmo y la ayudó a moverse. Echó la cabeza hacia atrás en el sillón mientras ella se contraía sobre él.

Alguien llamó a la puerta y Zephyr se quedó inmóvil. Alfa detuvo el vídeo y acercó la silla al escritorio. Los músculos de Zephyr temblaron alrededor de su polla con aquel movimiento. Él la mantuvo sentada en su regazo. La mesa los tapaba de cintura para abajo.

—Adelante.

Sintió la sorpresa de Zephyr al oír la orden. Se quedó petrificada por completo, con los nudillos blancos, mirando al frente, al monitor, como si hubiese algo muy importante en la pantalla a lo que le dedicase toda su atención.

Dos de los hombres que Alfa había enviado en misión de reconocimiento entraron. Ninguno se sorprendió de verla sentada en su regazo. A lo largo de las últimas semanas, todo el mundo la había visto así en algún momento, hasta el punto de que nadie enarcaba las cejas al verla.

—Jefe. —Uno de los tíos hizo un asentimiento con la cabeza—. Hace veinte años hubo un envío de chicas al Sindicato. Vino de Tenebrae a Los Fortis pasando por Xalin. Quince niñas. Por aquel entonces no había nada de actividad en los bajos fondos de la ciudad, así que las repartieron desde ahí. Hemos encontrado la pista de doce de ellas. Nueve han muerto. Tres siguen en poder del Sindicato. Las otras tres continúan desaparecidas.

El hecho de que Alfa siguiese con la polla dura dentro de ella mientras escuchaba aquel escalofriante informe podría haber resultado perturbador para cualquiera. A él no le importaba una mierda; la mantenía inmóvil y sentía el modo en que su interior se estremecía alrededor de su polla mientras Zephyr escuchaba la conversación, con un leve temblor en el cuerpo como única indicación de que apenas conseguía mantener la compostura.

—¿Y Luna Caine? —preguntó, porque solo le interesaba el dato que había prometido llevarle a su hermano.

—Es una de las que siguen desaparecidas —respondió el otro tipo—. Le estamos siguiendo la pista, pero vamos a tardar algo más de tiempo.

Alfa asintió. Podría haberles dicho que se fueran, pero estaba disfrutando del tormento al que sometía a su querida esposa. Zephyr intentaba parecer completamente inocente y centrada en el monitor, al tiempo que se aferraba a su polla, como su zorra privada, en presencia de los hombres de la empresa.

Joder, qué cachondo estaba.

Así pues, les dio más charla. Les pidió que le contaran todos los detalles del informe. Si aquello les pareció raro, no lo mencionaron. Ni tampoco miraron una sola vez a su esposa, cosa que agradó a Alfa, porque eran buenos agentes y le habría dado pena tener que matarlos. Aquel impulso posesivo era tan sorprendente como inquietante, pero lo atribuía al hecho de que ahora Zephyr tuviese su apellido. Él tenía una reputación, y mientras ella llevase su nombre, era parte de ella. Tenía sentido que quisiera que todo el mundo lo recordase y la tratase en consecuencia.

Siguió hablando con los dos y, despacio, metió la mano bajo la falda de Zephyr y le apretó el clítoris. Ella se quedó petrificada. Apretó los dedos contra el borde de la mesa con tanta fuerza que él temió que acabara rompiéndose una de sus uñas pintadas de rosa.

Alfa trazó círculos con el dedo. Los hombres le informaron de todo. Zephyr lo apretaba tan fuerte que sintió una descarga ardiente por la columna, hasta la cabeza. Siguió acariciándola, los hombres siguieron hablando y ella siguió temblando. Los muslos se le sacudían mientras intentaba mantenerse inmóvil de cintura para arriba.

Alfa le pellizcó el clítoris con fuerza.

Y así, con un temblor húmedo, Zephyr se corrió en su regazo.

Hundió los hombros y soltó un suspiro tembloroso y alto. Alfa les dijo a los tipos que podían marcharse. Estaba incómodamente cerca del orgasmo, pero no quería correrse dentro de ella. Tenía otros planes.

Le dio una palmada en el culo, la levantó, sacó unos pañuelos de papel del escritorio y se corrió en la mano. Una vez que se le bajó el subidón del orgasmo, se limpió y volvió a guardarse la polla. En cuanto acabó, Zephyr se derrumbó, con todo el cuerpo tembloroso. Él la dejó recuperar el aliento y volvió a poner el vídeo de seguridad, centrándose en lo que había sucedido tras el polvo.

Vio toda la grabación: en la pantalla en blanco y negro, él se fue después de acabar, ella se recompuso y se limpió con los pañuelos del escritorio. Los tiró a la papelera de la esquina y el despacho quedó vacío hasta que llegó el personal de limpieza por la mañana para sacar la basura. El asesino podría haberse llevado los pañuelos de papel en cualquier momento desde que salieron los dos del despacho. Pero la pregunta era: ¿cómo sabía el asesino dónde buscar? ¿Había sido un golpe de suerte o había algo más siniestro en juego?

Alfa no lo sabía. Ignoró el modo en que el suave y dócil cuerpo de Zephyr se acurrucaba contra él y volvió a ver el vídeo.

18

Zephyr

Decir que Zephyr estaba confundida sería quedarse muy corto.
No tenía ni la menor idea de qué coño había pasado. Durante
las últimas dos semanas, su marido había deshecho aquella po-
lítica de «nada de sexo». Su relación había pasado de compañeros
de piso a compañeros de cama en apenas un parpadeo, y en ella
se aplicaban unas condiciones de las que Zephyr no tenía ni idea.

Después del modo emocionante y algo escandaloso en que
Alfa la había poseído en su despacho mientras charlaba tan tranquilo con sus hombres, como si Zephyr no hubiese estado a
punto de tener un orgasmo enorme, la había llevado a casa. Había saludado a los perros, los dos habían cenado y luego, mientras ella retiraba los platos, Alfa la había reclinado sobre la encimera de la cocina, le había agarrado el pelo y había gruñido:

—¿Sí o no?

Ella había dicho que sí, y él se la había follado. Lenta, deliberadamente, de un modo tan controlado que le dieron ganas de
romper aquel control que tenía sobre el ritmo, desencadenar a
la bestia para que saliera a jugar. Intentó hablar, pero él le tiró
del pelo y le echó el cuello hacia atrás, al tiempo que su polla
llegaba a un punto tan profundo de su interior que Zephyr perdió toda capacidad de razonar. Después de quedarse relajada,
Alfa la levantó en brazos y la llevó a la cama, donde la dejó sola.

Desde entonces se la había follado por toda la casa: en la cama,
en el sofá, en el balcón, en la hamaca, contra la pared de la ducha.
Por todas partes. Y no es que le pareciera mal, pero cada polvo

la dejaba confundida y levemente insatisfecha. Porque, aunque Alfa la poseía donde le daba la gana, cada vez que le daba la gana, se mantenía distante. Siempre eran polvos controlados, siempre lentos, y siempre la dejaban fría al terminar. Además jamás se corría dentro de ella. Al principio Zephyr pensó que era por protección, y que se olvidaba de ponerse condones en el ardor de la pasión, así que le dijo que no pasaba nada, que ella tomaba la píldora. No cambió nada; él seguía sin correrse dentro, no se acurrucaba con ella al terminar y, aunque tenían más intimidad física que nunca, Zephyr se sentía igual de lejos de él.

Habían dejado de hablar como antes. Cada vez que ella empezaba una conversación y decidía que iba a ceder y a contárselo todo, Alfa le daba la vuelta y la inclinaba para follar. Siempre desde atrás, siempre a ritmo lento y constante. Siempre lejano.

Tenía ganas de llorar.

Odiaba estar así con él. Odiaba que se la follase viva, pero tan lentamente que la dejase insatisfecha, deseando más. Y a lo largo de esas dos semanas, Alfa se lo había hecho muchas veces así. Cada vez que le preguntaba, Zephyr era incapaz de decir que no, porque disfrutaba de la sensación de tener su cuerpo pegado al de ella y porque albergaba la esperanza de que la siguiente vez fuese mejor, de que la siguiente vez la abrazase. Pero Alfa nunca lo hacía.

Durante la última semana estaba más deprimida, más retraída. No soportaba sentirse así. Cuanto más intentaba llegar hasta él, más se alejaba Alfa. Cuanto más quería hablar con él, comunicarse, más alzaba él sus muros. Ni siquiera sabía qué podía hacer al respecto.

Estaba apoyada en un lado de la piscina, contemplando aquel paisaje que ya no le parecía tan hermoso. Era fin de semana, su día libre, y estaba pasando la mañana allí, bajo el sol. Luego iba a ir a SLF. Los perros holgazaneaban por la terraza y, aunque a Zephyr no le gustaba mucho nadar, disfrutaba de la piscina y de meterse en el agua. Flotaba bocarriba, miraba el cielo azul y escuchaba los sonidos de la naturaleza. Así casi podía olvidarse de sí misma unos minutos y escapar al interior de su cabeza.

Un chapoteo resonó en el otro extremo de la piscina, destrozando sus fantasías. Abrió los ojos. Su marido atravesaba con gracilidad el agua, se zambullía y volvía a salir, desplazaba el agua con sus grandes manos. El ojo dorado resplandecía al sol.

Zephyr odiaba que se le alterase tanto el pulso cada vez que lo tenía cerca.

«Cabrón».

Se apoyó con los codos en el borde. Alfa llegó hasta ella con poderosas brazadas. Se detuvo ante ella; los rostros de ambos estaban al mismo nivel. Zephyr lo miró abiertamente, intentando comprender dónde tenía la cabeza. Era probable que él estuviera haciendo lo mismo.

Despacio, Zephyr alzó la mano y le tocó la cicatriz de la cara con los dedos. La recorrió hasta la comisura de la boca. Lo intentó una vez más:

—¿Dónde te la hiciste? —preguntó en tono suave, notando la piel dañada.

—No lo sé —dijo él con voz brusca. La rodeó con los brazos a los costados, aprisionándola.

Justo lo que ella pensaba. La posibilidad de que sus recuerdos hubiesen desaparecido del todo, o bien que se hubiesen distorsionado, era cada vez más real. Y si no recordaba el origen de aquellas cicatrices que había sufrido en la última década, ni tampoco la recordaba a ella después de los últimos meses que habían pasado juntos, Zephyr dudaba que fuese a desbloquear el recuerdo. Tendría que aceptarlo.

Era uno de los motivos por los que prefería no decirle la verdad sobre su pasado, por más que quisiera soltárselo todo. Había una razón por la que su cerebro la había olvidado. ¿Y si desencadenaba en su memoria algo de lo que su cerebro estaba claramente intentando protegerlo? ¿Y si desencadenaba algún tipo de trauma serio que su mente había reprimido?

No podía arriesgarse, y menos viendo lo lejos que habían llegado, lo mucho que Alfa había entrenado para superar la desventaja de tener un solo ojo hasta hacer las paces con la idea de ser tuerto. Poco a poco, Zephyr subió los dedos hasta el parche y sintió la textura del cuero. Él se quedó inmóvil, dejándola explorar.

Ella vaciló y lo miró, pidiendo permiso.

—¿Puedo?

Él se agarró con más fuerza a los bordes de la piscina. Zephyr se dio cuenta de que se le aceleraba la respiración. No apartó el dedo del parche. Algo estaba sucediendo ahí mismo, en el agua, a plena luz del día. Él la miró con fijeza con su único ojo e hizo un asentimiento perceptible. Algo sucedía, cambiaba, se reajustaba. Con el corazón tronando, Zephyr alzó el parche, despacio, hasta dejárselo sobre la cabeza. Y se le rompió el corazón.

El párpado había quedado cerrado al curarse. Probablemente le habían cosido la piel cuando sufrió la herida. La cicatriz que empezaba en el cuero cabelludo era una línea vertical y fea que descendía sobre la piel del párpado. En su día, ahí había habido un poderoso globo ocular precioso que la había mirado con amor. Ella había visto en ese ojo diversión, excitación, afecto.

Algo le había arrebatado todo eso, lo había arrancado de su ser y no le había dejado más que la cicatriz.

Le ardieron los ojos. Con suavidad, tocó el tajo que tenía Alfa sobre el párpado, sintió el tacto de la piel magullada con el dedo. Él se tensó ante el roce y la miró con total alerta con el ojo bueno. Zephyr estudió la cicatriz que él escondía bajo el parche de cuero. Se inclinó y depositó un suave beso sobre ella.

Alfa inspiró hondo. Ella notó su aliento caliente en el cuello.

Fuera lo que fuese lo que estaba pasando entre ellos, fuera lo que fuese lo que Alfa pensaba de los dos, había compartido algo íntimo con ella, algo importante, algo profundamente privado. Y eso contaba más que nada, ¿no? Eso le dio más esperanza que otra cosa.

Había permitido que se adentrase bajo su piel. Ahora Zephyr tenía que hacerse un hogar ahí dentro. Le dio besos suaves y tiernos en la cicatriz y siguió la línea escarpada, acunándole la mandíbula con ambas manos, sintiendo su vello facial en las palmas. Le dio un beso en la mejilla, en la comisura de la boca, consciente de que él se contenía, tenso y rígido, aunque aceptaba su afecto. Y ella se lo daba con libertad, lo amaba tal y como deseaba su corazón: abierta, desvergonzada y abundante. Se detuvo en el borde del labio, retrocedió un centímetro para mirarlo, con la respiración alterada.

Desde aquella primera noche en la pelea, cuando se le había tirado encima, Alfa no había vuelto a besarla. No la había besado ni una sola vez en todos los polvos por la casa, aunque ella se moría por su boca, ansiaba su sabor, hambrienta de un modo que nunca había sentido, porque Alfa estaba muy cerca y, al mismo tiempo, muy lejos.

Le sostuvo la mirada. El momento quedó suspendido entre ambos. Una invitación, una súplica, una llamada clara. Zephyr cerró los ojos, esperando, rezando, anhelando que Alfa no volviese a dejarla plantada otra vez. Que cruzase la distancia que los separaba y volviese a encenderle el corazón allí donde estaba, sufriendo, en su pecho.

Él la apretó con suavidad contra el lado de la piscina. Su aliento mentolado le acarició la cara y sus brazos musculosos se contrajeron en torno a ella. El muro de su torso se le apretó contra los pechos. Le clavó los pezones, duros y sensibles. Y se quedó inmóvil, como un río que espera que la tierra cambie su curso, fluyendo adonde vaya, girando en cada recodo.

—No deberías haber hecho eso, Zephyr.

Sus palabras tenían un filo suave pero letal. Ella cerró los ojos con más fuerza. Zephyr. Hacía tanto tiempo que no la llamaba «arcoíris» que la palabra se había convertido en un recuerdo, al igual que «rayo de sol» en el pasado, un nombre que ella guardaba a salvo en un cajón de su cabeza y al que recurría cada vez que necesitaba consuelo.

No dijo nada, se limitó a sostenerle la cara. El impulso de contarle quién había sido en su día para él colisionó con el impulso de proteger su mente de sí misma. Había aceptado de buena gana la carga de mantenerlo cuerdo y a salvo.

Era muy triste, pero lo echaba de menos. Estaba ahí mismo, pegado a ella, y Zephyr lo echaba de menos con cada célula de su cuerpo.

—Mírame —ordenó él. Ella obedeció: abrió los ojos y su mirada se cruzó con la de él.

Alfa le tocó la barbilla con el pulgar, le sujetó la cara. Y la besó.

Con el corazón tronando en el pecho, Zephyr le mantuvo la mirada mientras él pegaba su boca a la suya. Entreabrió los labios para soltar un grito ahogado cuando él se echó hacia atrás y la contempló como un halcón, para volver a hundirse en ella y plantarle otro suave beso que contradecía la sensación de agresión que manaba de su cuerpo. Zephyr cerró los ojos y se entregó a la sensación de la boca de Alfa, de su vello facial alrededor de la boca; de su lengua, que le recorría los labios; de su barbilla, que la clavaba en el sitio. Aceptó el beso y volvió a tocarle la cicatriz con los dedos.

Y entonces, la presa estalló.

En apenas un latido, Alfa se apretó a su cuerpo ruborizado contra la pared de la piscina. Ella abrió la boca para recibir su lengua, que irrumpió en ella como un bandido en la cueva del tesoro, tomándolo todo para sí, controlando todo lo que podía alcanzar. El agua salpicó por todas partes. Ella le rodeó la cintura musculosa con las piernas y ladeó la cabeza, se dejó guiar por él, siguió su voz cantante. Él se alimentó de su alma.

Fue fluido y hambriento y agresivo, todo labios y dientes y lengua. Zephyr jamás se había sentido tan preciada, tan deseada, tan querida como en aquel momento. Se enrollaron fuerte en la piscina durante largos minutos, se besaron, se besaron, se besaron. En cierto momento, él le apartó la parte de arriba del biquini y le apretó un pecho. Le tironeó del pezón hasta que ella se retorció contra él. En cierto momento, ella le arañó la espalda con las uñas y se restregó contra la dureza que se le apretaba contra la entrepierna. En cierto momento, él la dejó respirar y le mordió la barbilla para, a continuación, volver a hundirse en ella, para volver a probarla, como si no pudiera saciarse, como si necesitase aquel beso para sobrevivir. Como si Zephyr fuese la salvación de sus pecados.

No supo cuánto tiempo más se quedaron en la piscina besándose, ejecutando la danza más vieja del mundo con unos cuerpos que sabían los pasos sin siquiera pensarlos, con una sincronicidad que daba la impresión de que llevaban años haciéndolo.

Los ladridos que se oyeron los sacaron de su burbuja.

Alfa se apartó, con el pecho alterado y los labios levemente hinchados. Tenía dilatada la pupila de su ojo dorado. Ella jadeaba, intentando recuperar el aliento, con el corazón henchido y el cuerpo llameante, mirándolo. Alfa le apretó las caderas una única vez, inspiró y la soltó. Se volvió a poner el parche y se hundió en el agua para luego bucear hasta el otro extremo de la piscina. Se aupó, con el agua chorreando de aquel poderoso cuerpo, y se dirigió a la tumbona sobre la que descansaba una toalla. Se envolvió las caderas con ella y entonces Zephyr se giró hacia lo que había hecho ladrar a los perros. Hector estaba en la terraza, con expresión lúgubre, esperando a su marido. Los perros estaban junto a él. No traía buena cara. Zephyr se preguntó si todo iría bien.

De haber llevado su bañador de siempre, habría salido del agua. Pero había empezado a llevar biquinis minúsculos en la casa, más cómoda que nunca con su cuerpo y con su piel, sin que le importase tener barriga, celulitis en el culo, que sus muslos se tocasen o que sus brazos no estuviesen torneados. Delante de Alfa, todo eso le daba igual, porque veía el modo en que él la miraba, porque junto a él sentía que no importaba. Sin embargo, ni de coña pensaba dejar que Hector le echase un vistazo.

Alfa se anudó la toalla a la altura de la cadera y se acercó a la terraza. A cada paso que daba, el hombre que había estado en la piscina desaparecía y se convertía en el oscuro líder de los bajos fondos. Los perros lo olisquearon y se fueron. Bambú se acercó al lugar donde Zephyr flotaba junto al borde. El perro inclinó la cabeza en busca de cariño y Zephyr se la rascó.

—¿Crees que volverá a alejarse, señor Bambú? —le preguntó al perro en tono suave, restregándole la cabeza, con la vista clavada en su marido y en la mano derecha de este. Ambos hablaban con seriedad. El perro soltó un ladrido—. Espero que no.

19

Zephyr

No sabía si se había vuelto a alejar de ella, pero desde luego había desaparecido. Y no quería suponer automáticamente que era por ella. Alfa no vino a casa aquella noche ni la siguiente ni la otra. Zephyr esperó y esperó, y siguió esperando.

Tras marcharse con Hector después de aquel beso candente, Alfa ya no había vuelto. Zephyr regresó a casa después de sus horas de voluntariado, cenó y vio una película. Cuando quedó claro que no iba a venir, se tiró en el sofá, entre los perros, sobre todo porque jamás había dormido sola en ninguna casa y la idea de irse a la cama en medio de la jungla le daba escalofríos. Al menos, con los perros no era tan grave. Sobre todo con Bambú, que era un cielo y se acurrucaba a sus pies. La expansión y contracción de su esbelto cuerpo al respirar le calmaba en cierta medida los nervios.

Nala llegó por la mañana y la despertó. Leah entró poco después para ocuparse de los perros, así que Zephyr fue al trabajo con Victor. Luego regresó y esperó. Otra vez. La noche siguiente bajó al primer nivel para pasar el rato con otros miembros del personal, charló con Zen mientras cenaba y se dejó caer otra vez en el sofá en compañía de los perros. Bambú le apoyó la cabeza en el vientre, con compasión canina. Hacía días que Alfa no contactaba con ella. Y aunque su instinto le decía que era por algo que ella había hecho, intentó desechar la idea. Era posible que hubiese surgido algo urgente y que estuviese demasiado ocupado como para llamarla. Le había dicho a Victor que le comentase que iba a estar ausente unos días, y nada más. Bien podía ser por alguna mierda de los bajos fondos, por alguna mierda del asesino o por alguna otra mierda de la que Zephyr no tenía ni idea. Sea como fuere, Alfa no contactó con ella.

Así pues, intentó no tomárselo de manera personal, aunque sabía que Victor informaba a Alfa de cómo se encontraba ella. Y eso era una mierda, porque no era capaz de decidir si estaba dolida o cabreada.

—¡Ey, Zee! —llamó su hermana desde el otro extremo del salón común del edificio del SLF, donde las mujeres residentes veían la tele o jugaban a juegos de mesa. Zephyr alzó la cabeza, con expresión interrogativa—. Una señorita quiere verte.

Zephyr miró a la chiquilla que había junto a Zen, y una sensación feroz se apoderó de su estómago. La chica, de ojos medio ausentes, no debía de tener más de catorce años. Sin embargo, lo que hizo que ella apretase los dientes fue el moratón púrpura que tenía en el lado derecho de la cara.

«Maldito monstruo».

Mantuvo la sonrisa en la cara y le hizo una seña a la chica para que se acercase hasta la silla que tenía delante.

—Ven, cariño —llamó con tono ligero y suave.

La chica avanzó despacio, como si le doliese. Zephyr echó mano de las tijeras.

—¿Puedo tocarte el pelo, cariño? —preguntó con cautela una vez que la chica se hubo sentado. Sabía por experiencia previa que a las supervivientes no les gustaba que les tocasen el pelo ni ciertas partes de la cabeza. Por más que se le rompiese el corazón, sabía que tenía que pedirle permiso primero a la chica. Ella asintió. Zephyr le mostró una sonrisa suave y reconfortante.

—Tienes un pelo precioso. ¿Cómo te gustaría que te lo arreglase?

Ella se encogió de hombros. Zephyr le apartó los rizos rubios del lado de la cara, sin mirar en ningún momento el moratón. Alguien le había dado una paliza horrible a aquel ángel. Zephyr tuvo ganas de encontrar al muy cabrón, meterlo en una bañera llena y tirar dentro un secador de pelo. Miró a la chica a los ojos en el reflejo del espejo.

—¿Qué te parece esto? Voy a cortarlo para dejarlo más ligero, que caiga hasta aquí. ¿Lo ves bien?

A la chica le tembló la mandíbula, pero asintió. Zephyr se puso manos a la obra; ajustó la silla y le colocó el lavamanos móvil tras la cabeza para lavarle rápido el pelo. Masajeó los puntos de presión de su cuero cabelludo para darle algo de calma. Empezó a parlotear, le fue contando paso a paso a aquella chica desconocida qué era lo que estaba haciendo. Le habló de los diferentes nervios en la cabeza, y ella se relajó con el sonido de su voz. No le preguntó nada personal, pues ya había aprendido que las supervivientes no mencionaban el tema si no querían. Una vez que le dejó limpio el pelo, le lio la cabeza en una toalla y enderezó la silla.

Zen fue junto a ellas y apartó el lavamanos móvil.

—Te vas a quedar pasmada, cariño —le dijo a la chica, tomando asiento—. ¿Sabes la historia de Cenicienta?

La chica asintió. Zephyr le quitó la toalla y preparó las tijeras y el peine. Zen tomó la palabra en la conversación.

—Zee, aquí presente, es como un hada madrina. Cuando acabe, te sentirás como nueva. ¡Mira qué pelo rubio tan bonito tienes!

Dios, adoraba a su hermana. De verdad se preocupaba por la gente. Tenía el talento de convencer a todo el mundo para que creyese en sí mismo. Empezó a cortar y, tras casi veinte minutos, quedó muy satisfecha. El aspecto de la chica había cambiado por completo. Tenía el pelo más corto, a la altura de la barbilla, y un etéreo flequillo lateral que le daba un aire femenino a su estilo y le resaltaba los ojos.

—¿Te gusta? —preguntó, contenta de ver que su trabajo le había dado algo de vida a los ojos de la chica.

—Sí —susurró ella por primera vez, mirándose la cara.

Luego miró a Zephyr en el espejo. Bastó una mirada para transmitirle mucho más de lo que habrían conseguido las palabras. Ella le dio un apretoncito en el hombro.

—Estás preciosa.

La chica se enjugó una lágrima y se enderezó más en el asiento. Luego le dedicó un asentimiento a Zen y se marchó. Zephyr empezó a limpiar la silla y pensó en la mirada de aquella chica. Esa mirada era el motivo por el que pasaba varias horas del fin de semana en aquel lugar, aunque al final le dolían los dedos y aunque a veces se iba a casa a llorar cuando el día había sido duro. Cada segundo que pasaba allí valía la pena.

—Señora Villanova.

La voz femenina se oyó a su espalda. Zephyr se giró y vio a Jasmine, una de las chicas a las que le había dado un cambio de imagen hacía mucho tiempo. La recordaba porque por aquel entonces tenía una marca en la cara, una que se había tapado con un tatuaje floral. Ahora su mandíbula era una obra de arte.

—¿Jasmine?

Los ojos de ella se desorbitaron.

—¿Me recuerdas?

—Pues claro. —Zephyr sonrió y comprobó lo diferente que estaba desde la última vez que la había visto. —Tienes buen aspecto —le dijo—. Un momento, ¿cómo sabes que ahora soy la señora Villanova?

Jasmine se dejó caer en la silla vacía ante ella.

—Ahora trabajo de centinela para Alfa. Victor me contó que se ha mudado usted a su casa. Pensé que ya era hora de presentarme en condiciones.

Un momento, ¿era la misma Jasmine con la que Alfa había estado hablando el otro día? El mundo era un pañuelo. La joven miró a Zephyr.

—Victor también me ha contado que la ha dejado sola.

Zephyr hundió los hombros. Hacía días que no dormía bien. Le dolía el cuello de dormir en el sofá, estaba a punto de bajarle la regla y su bienestar emocional estaba para el arrastre. Lo último que quería era hablar de su marido, porque estaba demasiado cansada para desahogarse y quitarse el cabreo de encima. Toqueteó el cabello de Jasmine para tener algo que hacer.

—Hubo un incidente el año pasado —dijo Jasmine en tono

bajo, porque había otros cerca que la miraban por el espejo—. Alfa le rompió la cadera a una chica por accidente mientras..., bueno, mientras estaban juntos. Desde entonces no ha estado con nadie.

Zephyr se detuvo y escuchó con toda atención. Alfa había herido de gravedad a una mujer. Por eso jamás se entregaba del todo con ella. No quería volver a dejar salir a la bestia. Dios, aquella vena protectora debía de haberlo vuelto loco. Todo tenía sentido.

—¿Y por qué me cuentas esto? —le preguntó a Jasmine, curiosa.

—Porque te debo una —afirmó ella con ojos fieros—. No sé por qué te has casado con él, pero me ha parecido que lo correcto era avisarte. Alfa ha entrado en uno de los grandes torneos de lucha, y hace años que no pelea a ese nivel. Lleva varias noches seguidas en el cuadrilátero sin volver a casa. Eso debería dejarte claro cómo se encuentra.

—¿Crees que quiere evitarme?

—Sí. Alfa Villanova es muchas cosas, pero desde luego no es un cobarde. —Jasmine se bajó de la silla—. Te lo digo para que lo pienses.

Zephyr bajó la vista al anillo que llevaba en el dedo, el anillo que Alfa le había dado justo antes de retraerse. Decidió que tendría que ser ella otra vez quien hiciese todo el trabajo. Un último intento.

«Estúpido corazón».

Dio por concluida la jornada en SLF tras darle un abrazo a su hermana y salió del edificio. Victor estaba al teléfono, apoyado contra el coche.

—Llévame con él —ordenó Zephyr. El joven alzó la vista, sorprendido.

—Eh... —vaciló—. Es que esta noche tiene pelea.

—Ya lo sé. O me llevas o voy yo sola.

Subió al coche. Victor cortó la llamada y se puso al volante. Salió del aparcamiento y se internó en el ajetreado tráfico de la calle.

—¿Suele pelear a menudo? —le preguntó al único tío del grupo de Alfa con quien había trabado amistad, cosa que le parecía lógica, porque pasaba la mayor parte del tiempo con Victor como guardaespaldas. Además sabía por experiencia propia que no aguantaba los interrogatorios.

Victor giró con suavidad hacia el área industrial de la ciudad.

—No. Solo cuando tiene mucha energía que no sabe cómo gastar. Solía luchar todas las noches en las calles, cuando era un crío, pero hace algunos años que no sube al gran cuadrilátero.

—Pero lleva peleando desde la semana pasada —quiso confirmar ella.

—Sí, señora.

—Por el amor de Dios, deja de llamarme señora.

—Sí, señora.

«Uf».

Victor estacionó el coche en el aparcamiento de un almacén y lo señaló con la barbilla.

—Ahí es.

Perfecto. Zephyr le dijo que saliese unos segundos del coche y se quitó el sujetador. Normalmente no le gustaba llevar las tetas sueltas, porque le venía bien sujetarlas, pero tenía que llevarlo más allá de sus límites. Se soltó el pelo, se lo peinó un poco con los dedos para darle aspecto de que acababa de darse un revolcón en una cama, se recolocó el flequillo y se aseguró de que se le viese bien el escote con el top azul que llevaba. Bajó del coche y se metió el sujetador en los vaqueros cortos, contenta de haberse puesto medias de rejilla, y se echó al hombro aquella mochila blanca tan mona que tenía.

—Vamos.

Victor la llevó al almacén más grande de todo el bloque. Cuanto más se acercaba, más crecía el bullicio del interior. Resonaba mucho más que en la primera pelea en la que Zephyr había estado. Estaba algo emocionada de verlo en su elemento. Alfa jamás la había dejado venir a ninguna. Le había dicho que no era sitio para una chica como ella. Se encontraban en oscuros aparcamientos como aquel donde estaban ahora, y luego…

—Parece que el combate de esta noche es importante —murmuró Victor, interrumpiendo sus pensamientos.

Zephyr negó con la cabeza para aclarársela y se centró en el presente. Entraron y, al instante, comprendió que era una pelea mucho, muchísimo más grande. Para empezar, en el interior del almacén se había instalado algún tipo de cuadrilátero. El centro era una plataforma elevada con cuerdas cuyo nombre Zephyr no sabía. Además había una multitud mucho más numerosa y refinada. En su mayoría eran hombres, aunque también había alguna que otra mujer. Algunos se sentaban en un lateral del cuadrilátero, separados del resto de la multitud que vitoreaba. Había guardias de seguridad apostados en las esquinas, esta vez iban armados. Un tipo pululaba por ahí aceptando apuestas.

Victor la llevó hasta una silla vacía en primera fila y allí la sentó. Desde aquel lugar no estaba ni a tres metros del cuadrilátero. Un presentador subió a la plataforma y alzó ambos brazos para que la multitud guardase silencio.

—¡Damas y caballeros! —retumbó su voz por la amplia sala—. ¡Bienvenidos a la lucha preliminar de la temporada! Nuestra primera contienda trae a un hombre famoso por cortar en pedacitos a sus oponentes tajo a tajo, un hombre que entrena a los mejores luchadores de su continente. ¡Desde Rusia: el Saqueador!

Un hombre sorprendentemente bien parecido subió despacio. Alto, descamisado, con pelo rubio platino y músculos bien definidos. Llevaba un anillo de casado de platino en la mano derecha. Miró a los espectadores, callado, casi con pinta de aburrido, recorriéndolo todo con los ojos.

—Y de la Riviera, el hombre que destroza a sus oponentes: ¡Sabueso Infernal!

Por Dios, ¿a quién se le ocurrían esos nombres? Un chico vivaz y esbelto de veintipocos años saltó al cuadrilátero. Sonriente, saludó a la multitud.

El presentador tocó la campana y se retiró.

El tal Sabueso Infernal se puso una especie de aparatejo en los nudillos y se abalanzó sobre el Saqueador, que se agachó, agarró al chico del cuello y se lo rompió. Todo acabó en cinco segundos.

Zephyr se llevó las manos a la boca y ahogó un grito. El chico cayó muerto. La multitud enloqueció y el dinero empezó a cambiar de manos. Dos gorilas agarraron el cuerpo y se lo llevaron. Así, sin más. Muerto. El chico estaba muerto. Zephyr le dio un tirón de la manga a Victor.

—¿Qué acaba de pasar? ¿Qué tipo de lucha es esta? ¡Esto no pasó la última vez!

Victor negó con la cabeza.

—La última vez era una pelea local, que puede acabar de cualquier manera. Esto es internacional, aquí lo que da pasta es la muerte.

—Y Alfa ha estado... ¿participando en estas peleas a muerte? ¿Matando a sus oponentes?

Victor se rio.

—¿Por qué crees que sigue respirando? No es casualidad que lo llamen «el Vencedor».

Hostia puta.

Hostia puta.

Una cosa era saber que luchaba y otra bien distinta verlo. Dios, iba a vomitar. Puso la cabeza entre las rodillas e inspiró hondo. Le temblaban las manos. Las preguntas que llevaban semanas dando vueltas por su cabeza empezaron a restallar. ¿No sería Alfa demasiado para ella? ¿Había sido un error obligarlo a casarse con ella para que volviera a amarla? ¿Sería capaz de amar de nuevo después de tantos años recorriendo esas calles oscuras? Por primera vez desde que lo había vuelto a encontrar, Zephyr se sintió insegura sobre su decisión. Había visto la oscuridad, sabía que esta existía e intentaba ayudar a quienes habían sobrevivido a ella, pero no pertenecía a aquel mundo. En su corazón era toda luz. Las brutalidades que existían en el mundo no la habían mancillado, y daba gracias por ello. ¿Qué demonios estaba haciendo?

—¿Zee?

Oh, Dios, ahora no. Estaba a punto de sufrir un enorme ataque de ansiedad. Soltó todo el aire y se enderezó. Alec, el novio que le había puesto los cuernos, se sentó a su lado. Arrugó aquella cara tan bonita en una expresión de confusión al verla allí. Bajó la vista hacia sus tetas. Pero qué idiota era, por Dios.

—¿Conoces a este tío? —preguntó Victor, llevándose la mano a la pistola en la cadera, listo para quitárselo de en medio.

Zephyr suspiró.

—Sí. Lárgate, Alec —le dijo a su ex, manteniendo los ojos en el cuadrilátero.

Él le acarició con los dedos el pelo color burdeos.

—Bonito tinte. He oído que ahora eres la zorra de Villanova.

«Esposa», pero Zephyr no lo corrigió, consciente de cómo funcionaba Alec. La iba a provocar hasta que le prestase atención y lo tomaría como pie para seguir incordiándola, así que prefirió ignorarlo.

—¿Sabe lo bien que la chupas?

Estaba buscando provocarle una reacción, y ella apretó los dientes y mantuvo la cabeza al frente. Él le tironeó de un mechón.

—Te quiero, Zee. Echo de menos ese menudo cuerpo prieto que tienes. Vuelve conmigo.

Dios, no podía creer que hubiese estado con aquella rata durante dos años. ¿Siempre había sido tan baboso?

El presentador volvió a subir al cuadrilátero y dio unas palmadas para que se guardara silencio.

—Nuestro último combate preliminar, damas y caballeros —retumbó su voz—. Será entre el campeón del año pasado, el Kraken de Killroy, y la famosa bestia de un solo ojo, ¡nuestro Vencedor!

Zephyr miró concentrada al campeón del último año, un hombre de piel oscura que subió de un salto al cuadrilátero y se puso a dar saltos y a distender los músculos, con aire confiado, resuelto y concentrado. Y luego, su marido…, no, el Vencedor subió al cuadrilátero.

Zephyr jamás lo había visto así. Aguantó la respiración, apretó los puños sobre los muslos y lo vio caminar hasta el centro del cuadrilátero mientras se liaba las manos con cinta. Llevaba una bandana en la frente, probablemente para que no le cayese el pelo, algo largo, en la cara. Su enorme cuerpo y sus cicatrices estaban al aire, para que cualquiera de la sala pudiese verlo. Iba solo con unos negros pantalones cortos de gimnasio. Zephyr se preguntó cómo podía luchar con un solo ojo, cómo compensaba la desventaja al enfrentarse a un oponente de visión perfecta.

Alfa se crujió el cuello, flexionó los dedos y alzó la vista. Su único ojo chocó con ella. Zephyr vio la sorpresa en su cara al verla allí. Luego apareció en su expresión algo muy, muy oscuro cuando miró a Alec, a su lado. Zephyr se había olvidado por completo de él. Alfa apretó la mandíbula, flexionó los dedos de nuevo y recorrió todo el cuerpo de Zephyr con la vista para a continuación detenerse en la mano de Alec, en su pelo.

A Alfa le encantaba su pelo.

Se le subió el corazón a la garganta. Alfa se giró hacia su oponente. Ella sentía todo el cuerpo tenso, al límite, como si estuviese a punto de caer por un precipicio altísimo.

El presentador tocó la campana, y la lucha comenzó.

Los hombres caminaron en círculos, observándose pero sin hacer ningún movimiento aún. El Kraken sacó un cuchillo, fintó hacia la derecha y luego se abalanzó por la izquierda, por el punto ciego de Alfa. Arremetió contra él y le abrió un corte en el pecho. Zephyr se agarró a los reposabrazos de la silla, con los nudillos blancos. Todo el cuerpo le temblaba por la adrenalina que sentía que la inundaba al ver la herida.

Alfa ni siquiera reaccionó ante el corte. Se giró y rodó por el suelo con un movimiento ágil que concluyó levantándose. El Kraken también giró con él, lo que le impidió pillarlo por la espalda. Volvió a lanzar un tajo, pero falló. Alfa le dio una buena patada en el estómago con tanta fuerza que el tipo trastabilló hacia atrás. El Kraken se recuperó y se estabilizó. Volvió a atacar a Alfa, iracundo, pero el Vencedor le agarró la muñeca y le dobló el brazo a la espalda al tiempo que se situaba tras él. Con la mano libre agarró la muñeca de la mano que enarbolaba el cuchillo y la llevó hasta el cuello del Kraken.

Zephyr lo contempló, hipnotizada y horrorizada. Alfa se volteó hacia ella para que viera bien. Ella no habría podido apartar la mirada por más que lo hubiera intentado.

Y así, mirándola a los ojos, Alfa le rajó la garganta centímetro a centímetro a aquel tipo.

La multitud enloqueció en torno a ella, entonando el nombre del Vencedor, chillando palabras que se convirtieron en un zumbido de sangre que le pasó por los oídos. Siguió mirando, incapaz de moverse. Alfa se apartó del cuerpo y lo dejó caer. Tenía el pecho y los brazos cubiertos de sangre, y la miraba con su único ojo. Con el cuchillo en la mano, bajó de un salto del cuadrilátero mientras la abrasaba con la mirada hasta el punto de que le costó respirar, y echó a andar hacia ella.

Zephyr echó la cabeza hacia atrás. Alfa se situó entre sus piernas, tan cerca que ella podría haberle tocado el muslo con el mentón. Alzó el cuchillo y los ojos de Zephyr se desorbitaron, sin comprender lo que estaba pasando.

Al fin él apartó la vista de ella y miró a su lado.

Zephyr se giró hacia Alec, que estaba petrificado en el asiento. El cuchillo estaba justo bajo la muñeca de la mano que le había tocado el pelo. El filo de la navaja presionó hasta que Zephyr vio una línea de sangre que brotaba de la piel.

—La próxima vez que te vea cerca de mi mujer, lo que te cortaré será el cuello —gruñó Alfa con suavidad—. ¿Entendido?

Alec tragó saliva y asintió.

—Pues ya te puedes largar.

Luego la hoja fue hasta la garganta de Zephyr, casi como hacía Alfa con los dedos, y le giró la cara hacia él.

—¿Quién soy? —preguntó en tono bajo. La cara de ella estaba al mismo nivel que su cintura, los ojos atrapados en los de él.

—¿Qué?

—Que. Quién. Soy.

Ella tragó saliva.

—Mi marido.

La mitad sin cicatriz de su boca se curvó, con un gesto divertido que no se transmitió a su ojo. Antes de que Zephyr pudiese inspirar una sola vez más, Alfa le agarró el pelo con la mano libre y dio uno de esos tirones que siempre le provocaba una sensación abrasadora en el cuero cabelludo. La hoja descendió por su barbilla y a ella se le cortó la respiración. Todo su cuerpo era un flujo de sensaciones y señales confusas. El cuchillo le bajó por el cuello y la curva del pecho agitado hasta detenerse en su escote.

—¿Y quién eres tú?

Ella entreabrió los labios.

—Tu mujer.

Él le recorrió el pecho derecho con el cuchillo, hasta llegar al pezón enhiesto, y le dio un golpecito con la parte plana de la hoja. A ella se le escapó un grito ahogado. Una oleada de calor le recorrió el cuerpo. Se le humedeció la entrepierna.

—Eres mía.

Y con esas palabras, Zephyr quedó destruida, diezmada, acabada. Todas las células de su cuerpo crepitaron ante aquella declaración pública y dominante de posesión sobre ella.

Para dejarlo más claro aún, Alfa arrojó el cuchillo a un lado, se inclinó y se la echó al hombro. El mundo volvió a quedar bocabajo.

20

Zephyr

Colgaba de su hombro mientras él se la llevaba a algún lugar en la parte trasera del almacén. Su cuerpo se bamboleaba sobre el ancho hombro de Alfa y tenía los muslos pegajosos de la sangre que él tenía en el pecho. Sus senos, sin sujetador, colgaban casi a punto de salírsele del escote solo por la fuerza de la gravedad. A su paso, la gente lanzaba vítores, aullaba y soltaba sugerencias obscenas. Él le mantenía la mano sobre el culo con un gesto que gritaba: «mío».

Se abrió una puerta y volvió a cerrarse. De pronto, Zephyr se encontró de nuevo en vertical, sentada frente a una mesa en algún tipo de vestuario. Antes de que pudiera procesar nada más, él la agarró otra vez del pelo y le echó la cabeza hacia atrás. Pegó el cuerpo a ella; la sangre de su oponente muerto le cubría el pecho y la manchaba. El gran bulto en sus pantalones cortos se apretó contra su entrepierna.

—Querías a la bestia —le gruñó sobre los labios—. Pues aquí está la puta bestia.

La boca de Alfa se estrelló contra la de ella en un beso furioso; profundo, oscuro, lánguido. Fue un beso carnal, agotador, posesivo que la abrasó desde las raíces del pelo, del que él volvió a darle un tirón, a los dedos de los pies, encogidos. Así imaginaba Zephyr que un neandertal habría besado a su mujer tras cazar un oso, así habría besado un pirata a una damisela después de raptarla de su barco, así habría besado un señor de la guerra a su amante después de matar dragones.

Fue un beso de posesión, de poder, de hambre, capaz de hacer que le hirviera la sangre y le diera vueltas la cabeza. Alfa no despegó la boca de la suya; le agarró el pecho con la mano libre y lo apretó dolorosamente. Zephyr abrió la boca para ahogar un grito y él se retiró. La contempló con ese ojo dorado, el rostro más oscuro, más duro, más atractivo que nunca. Le soltó el pecho, mirándola a los ojos, y le dio un manotazo en el pezón. A Zephyr se le escapó un gemido.

—Más alto —ordenó él, y le dio en el otro pecho con esa mano enorme, justo sobre el pezón.

Una increíble descarga eléctrica salió de los pechos de Zephyr para acumularse en su bajo vientre. Le abrazó la cintura con los muslos y apretó. Era la primera vez que hacía algo así, pero, Dios, lo deseaba mucho más. Se inclinó hacia él, buscando de nuevo su boca, pero él la evitó. Le dio un tirón brusco a uno de sus ya sensibles pezones, y luego otro manotazo.

—Más alto.

Ella gimió y cerró los ojos, sintiendo los pechos pesados, turgentes, cargados de sensaciones nuevas. Él se enrolló otro mechón de pelo en su puño y volvió a echarle la cabeza hacia atrás de un tirón. Inspiró la línea de su cuello y detuvo los labios a la altura de su oreja.

—¿Te ha gustado el numerito de ahí fuera?

—Sí —jadeó ella. Alfa le pellizcó el pezón derecho una y otra vez. Ella movió las caderas rítmicamente contra su erección, en busca del placer que él le había prometido.

—¿Quieres a la bestia, zorra mía?

Esa voz grave en la oreja la hizo jadear. Sus palabras le sacaban de dentro algo muy oscuro. Dios, sí, quería perder por completo la vergüenza con él, quería que Alfa hiciese con ella lo que le diese la gana.

—Sí.

Intentó moverse, sin éxito. Alfa la había inmovilizado, cosa que la excitó sin medida al saber que estaba por completo a su merced, que podía hacerle todo lo que quisiera allí dentro.

Él le apretó el paquete justo contra el clítoris, por encima de la ropa. Le tiró del pelo y del pezón al mismo tiempo, le mordió el lóbulo de la oreja. La sangre y el sudor de su cuerpo cubrían el de Zephyr. A ella le tembló la mandíbula de puro placer. Si Alfa no paraba, se iba a correr. No sabía si eran sus instintos, que reaccionaban a la sangre y las feromonas, o sencillamente el hecho de que llevaba una semana sin experimentar ningún placer después de que Alfa hubiese conseguido que se corriese a diario. Quizá solo era aquella naturaleza posesiva. En cualquier caso, Alfa no dejaba de tirarle, golpearle y retorcerle los pezones; no dejaba de presionar su dura entrepierna contra ella una y otra vez, justo sobre el clítoris. Zephyr sentía el inicio de un orgasmo. El placer empezaba a ascender por su sangre. Echó la cabeza hacia atrás y lo sintió todo: la mano de Alfa en su cabello, los dedos de Alfa en sus pechos, la boca de Alfa en la suya, la polla de Alfa contra su entrepierna. Su cuerpo estaba hipersensibilizado hasta el punto de que ya no podía controlar más sus sensaciones. Soltó un sonido a medio camino entre un gemido y un grito y se hizo pedazos entre sus brazos.

—Mírate: me estás empapando. —Él señaló a la más que evidente humedad entre las piernas de Zephyr, cuyo cuerpo se lubricaba con la esperanza de que Alfa lo asaltase—. Te has sentado ahí fuera, desnuda del todo menos por este puto vestido, y has dejado que otro hombre te respire cerca del pelo —susurró con suavidad, peligrosamente cerca de su cuello—. La próxima vez será su sangre lo que te manche el cuerpo, y yo te follaré tan fuerte que tardarás semanas en poder moverte. Ponte de rodillas.

Ella tragó saliva. El corazón le retumbaba entre las costillas. Con la mente dando vueltas, se arrodilló mientras Alfa la mantenía inmóvil con la mano en el pelo. Él se bajó los pantalones cortos y quedó desnudo delante de ella por primera vez. Zephyr se quedó sin aliento. Siempre lo había sentido por detrás o con la ropa puesta. Sabía que estaba bien dotado, pero al verle por fin la polla comprendió hasta qué punto. Sí que podía follarla tan fuerte que tardase semanas en poder moverse.

Zephyr se inclinó para metérsela en la boca. Quería saborearlo por primera vez. Pero él la mantuvo en el sitio con una mano y empezó a masturbarse con la otra, mirándola. Aquella mano enorme se movió arriba y abajo; le apuntaba con la polla entre las tetas. Ella las apretó para que estuvieran más juntas y se pronunciase aún más el escote. Se bajó la prenda para que él pudiera vérselas bien. Tenía los pezones duros y escocidos del trato de sus dedos rudos. Alfa jadeó al verle las tetas y echó la cabeza hacia atrás. Se le marcaron las venas del antebrazo, junto a la cicatriz y en el cuello, y entonces se corrió: chorros de semen caliente le cayeron a Zephyr sobre el pecho.

A ella se le alteró la respiración al verlo. No pudo hacer que acabase como ella quería, pero al verlo correrse así le dio igual. Él le soltó el pelo y se acercó a una de las taquillas del cuarto. Le arrojó una toalla para que se limpiase. Zephyr se levantó con las piernas temblorosas y las rodillas doloridas y se limpió lo mejor que pudo. Se reajustó el top y lo miró, a un metro de distancia. Alfa volvía a tener esa compostura fría y controlada.

—No deberías haber venido.

Volvía a poner distancia entre los dos. Otra vez.

Zephyr apretó los labios. La rabia, el dolor y el anhelo regresaban a ella.

—Es que no volvías.

Hacía días que no regresaba. Semanas. Años. Y lo estaba esperando. La había dejado sola, a un lado de la carretera, y no había vuelto. Dios, parte de ella lo odiaba muchísimo por ello. Zephyr cruzó la distancia entre los dos y se apretó contra su pecho.

—Me dejaste. —No soportaba que le temblase tanto la mandíbula. Los recuerdos que había estado manteniendo a raya brotaron de ella al sentirse tan vulnerable—. Te has olvidado de mí —susurró.

Ya no podía mantenerlo más en secreto. Se estaba convirtiendo en veneno en sus venas, la corroía por dentro, solo por intentar protegerlo. La parte libre de cicatrices de su cara se frunció. Le lanzó una mirada afilada.

—No me he olvidado de ti.

—Sí que lo has hecho. —Los ojos de Zephyr volaron hasta su garganta, mientras en la de ella se hacía un nudo—. Y ni siquiera lo sabes.

Él le llevó la mano a la barbilla y le alzó la cara. Tenía una expresión fiera, intentaba descifrar a qué se refería. No lo iba a comprender. Jamás lo comprendería. De pronto, Zephyr se sintió agotada. Alfa no dejaba de atraerla y repudiarla, atraerla y repudiarla, y ya no le quedaba nada dentro. No le quedaba nada más que darle. Hundió los hombros, apoyó la cabeza contra su pecho. Probablemente debería de haberle importado estar cubierta de la sangre de otra persona, pero es que no podía ni obligarse a que le importase. Lo único que sentía era pesadumbre en el corazón. Sus emociones descendían en una fea espiral. Solo quería irse a casa y dormir hasta que se sintiese mejor. Pero no sabía dónde podría conseguirlo. Su cuarto en la mansión era tan solitario que la inquietaba, el sofá le daba dolor de espalda y él no la quería en su cama. Toda la situación cayó sobre ella con un baño de realidad.

¿En qué había estado pensando?

Pero era justo eso: no había estado pensando. Había estado sintiendo, había tomado decisiones con el corazón, no con la cabeza. Alfa no la recordaba por la herida que también le había arrebatado el ojo. Y parecía que jamás la iba a recordar. Ella había albergado la esperanza de que, en algún lugar dentro de sí, hubiese una respuesta emocional que se disparase si pasaban tiempo juntos. No había pensado que Alfa llevaba diez años intentando no sentir. Podría contarle lo que habían tenido en el pasado, pero ¿para qué? Alfa sentía atracción sexual hacia ella, era posesivo con ella, pero nada de eso equivalía a apego emocional. A él no le resultaba difícil poner distancia entre los dos. No tenía el menor problema en alejarse de ella porque no sentía ningún apego. La había llevado a una ciudad distinta y la había dejado sola. La había llevado a su casa y la había abandonado allí durante días. Si ella no hubiese venido aquí a buscarlo, probablemente habría pasado el resto del matrimonio lejos, y ella no habría dejado de ir tras él.

Dios, qué idiota era. Era una idiota demasiado emotiva que se apegaba con demasiada facilidad y esperanza. Le cayó una lágrima que aterrizó en el pectoral de Alfa.

Su madre tenía razón. Aquel matrimonio era una farsa.

Zephyr inspiró hondo, aspirando su aroma, atesorándolo en

el recuerdo. Luego se apartó, física y mentalmente. Tenía que dejar de perseguirlo. Tenía que marcharse, recomponerse, deshacer el lío que había ocasionado en las vidas de ambos.

Aquello había sido un error. Un error bienintencionado nacido del mal de amores, pero error de igual manera. Retrocedió un paso y sintió que él la miraba con su único ojo durante un largo minuto. Le recogió una lágrima de la mejilla con el pulgar.

—¿Qué acaba de pasar? —preguntó él con voz suave. Ella no quiso ni mirarlo. Se reajustó la ropa.

—Tengo que irme —le dijo. Se apartó de él y se dirigió a la puerta. Tenía que poner algo de espacio entre los dos.

Él le puso la mano en el brazo y la detuvo.

—Que qué acaba de pasar —insistió.

Ella volvió a inspirar hondo. No sabía cómo responderle, así que no le respondió. De todos modos, su comunicación era una mierda. Se zafó de su mano y abrió la puerta.

Victor montaba guardia al otro lado para que nadie los interrumpiera.

—¿Me prestas tu chaqueta, por favor? —le pidió ella. Se sentía sucia y triste, de verdad agraviada por primera vez en su vida.

Sin pronunciar palabra alguna, Victor se quitó la chaqueta y se la tendió. Desvió la vista hacia el hombre tras Zephyr. Ella sintió esa mirada de un único ojo, penetrante, pero la ignoró. Se cubrió con la chaqueta y Victor le tendió el bolso que había dejado en la silla. Luego se alejó. Agarró el bolso y, con la cabeza gacha, salió del almacén hacia el oscuro aparcamiento. Le temblaba el aliento. Subió al coche y Victor arrancó.

—¿A casa? —preguntó tras encender el motor.

No, no quería irse a casa, porque aquel lugar no era su casa. Sentía que no pertenecía allí, un lugar donde no había dejado de lanzar su corazón al aire una y otra vez, para que lo despreciasen.

—Me gustaría ir al apartamento de mi hermana, por favor.

Victor la miró por el retrovisor, pero guardó silencio y se internó en la noche. Zephyr miró por la ventana, con la cabeza apoyada en el cristal, intentando tamizar sus sentimientos y comprender qué era de verdad lo que sentía. La maraña agitada de emociones que había en su interior la confundía. Parte de ella aún quería regresar y luchar por ambos, pero era la parte que se había sentido fascinada a los diez años, la que se había enamorado de él a los dieciocho, la que lo había vuelto a encontrar. Esa parte quería lanzarse a sus brazos igual que la primera noche en aquella pelea. Esa parte quería seguir albergando la esperanza de conseguir que la amase.

Sin embargo, había otra parte mucho más oscura que se burlaba de esa chica enamorada, que despreciaba su esperanza. Esa parte le decía que era una idiota por pensar que sería posible, por intentarlo siquiera. Que no había hecho más que tenderse a sí misma una trampa en las últimas semanas, buscarse más dolor. Quizá Alfa no quisiera hacerle daño de manera intencionada, pero tenía el poder de romperla del todo. Zephyr recordaba lo que había sentido cuando la dejó sola en Tenebrae, cuando le dijo a su hermano que aquello no era «un matrimonio de verdad», cuando la había llevado a su casa y la había dejado sola por completo en un sitio que no conocía.

Un paso adelante, diez atrás. Y Zephyr… ya no podía más.

El coche se detuvo delante de su antiguo edificio de apartamentos. Bajó y se obligó a caminar hasta la puerta. Introdujo el código y se giró hacia Victor, que la había acompañado hasta allí mismo.

—Me voy a quedar con mi hermana —le dijo, aún agarrada a su chaqueta—. Mañana no tengo que ir a trabajar, así que no hace falta que te quedes aquí. Te devuelvo la chaqueta cuando la lave, ¿vale?

Victor le lanzó una mirada preocupada.

—Avísame si me necesitas.

Ella esbozó una pequeña sonrisa y entró en el edificio. Cerró la puerta tras de sí. Se sabía el camino de memoria, fue hasta la puerta de su antiguo apartamento y llamó al timbre. Era bastante tarde y fin de semana, pero Zen solía quedarse en casa, haciéndose una maratón de alguna serie de asesinatos.

La puerta se abrió. Al otro lado estaba su hermana. Le bastó un vistazo para agarrarla y meterla dentro de un tirón.

—Ay, Zee.

Ella rompió a llorar.

21

Zephyr

Hace 10 años

El aparcamiento del viejo colegio donde se encontraban sería siniestro de no ser por el picadero en un extremo, donde todos los adolescentes se citaban para enrollarse. Zephyr esperaba cerca de la valla, en el espacio en sombras detrás del edificio. Desde algún lugar llegaban los sonidos de una fiesta escolar. No era su instituto ni su barrio. Ella vivía a unos tres kilómetros de aquel sitio. Pero era el lugar privado más cercano que tenían los dos. Estaba lejos del mundo de Zephyr y del de Alfa, que no quería que ella se acercase a su zona. Zephyr tampoco podía traerlo a él a la suya porque sus padres se enterarían y jamás aceptarían algo así. Miró su reloj de muñeca, un regalo que le habían hecho al cumplir los dieciocho, hacía pocos meses. Se sonrojó al recordar lo que Alfa le había dado aquella noche. La había aplastado contra aquella misma verja en la que ahora estaba apoyada y le había comido el coño. Y quería más. Lo quería a él.

Oyó un ruido a su derecha y alzó la mirada. Esbozó una sonrisa de oreja a oreja al verlo acercarse al trote. Iba vestido con camiseta negra y vaqueros, y traía el desordenado pelo húmedo de haberse duchado. Se detuvo justo en su espacio personal y le agarró la cara con sus enormes manos. Le plantó un beso profundo en los labios.

—Me gustaría comerme esa sonrisa, rayo de sol —le dijo, con

la boca pegada a la de ella—. Tragármela entera e iluminarme con ella por dentro.

Ella ensanchó aún más la sonrisa y dejó que Alfa la besase tanto como le diese la gana. Le metió los dedos por entre los cabellos húmedos. Estaban destinados a encontrarse. Aunque lo había vigilado durante años gracias a una de sus amigas, que vivía en el barrio de Alfa, Zephyr jamás había hablado con él hasta hacía dos meses. Su amiga la había llevado a una de las peleas de Alfa, pero luego le había dado plantón porque había quedado con un novio que tenía. Zephyr, sola y asustada, iba de camino a casa cuando lo vio. Alfa la acompañó andando, porque no tenía coche. Charlaron y charlaron durante ocho kilómetros. Ella le confesó que lo había visto hacía unos cuantos años, que había conocido a su madre y que lo había observado desde lejos durante mucho tiempo. Tras dejarla en su casa, él había dicho que quería volver a verla.

Desde entonces, la relación se había vuelto más profunda, más intensa. Zephyr sabía que iban a estar juntos para siempre, que su amor estaba destinado a suceder, como el de sus padres y sus abuelos. Siempre había sentido una conexión con ella. Era cosa del destino.

De pronto, Alfa se encogió, sin apartar los labios. Ella se retiró a ver qué le pasaba. Tenía un leve moratón en la comisura del labio.

—¿Acabas de estar en una pelea?

Le rozó con suavidad el moratón. Aquellos ojos de un intenso color ambarino, casi tan brillantes como el oro líquido, la contemplaron. Zephyr sabía que Alfa disfrutaba de su preocupación por él, por más que no le gustasen sus peleas.

—Deberías ver cómo ha quedado el otro tío.

Soltó una risa siniestra entre dientes. Aunque apenas era unos años mayor que ella, lo que había vivido lo había endurecido. Era más maduro de lo que correspondía para su edad, pero intentaba que eso no afectase al poco tiempo que pasaban juntos. La apretó contra la verja y le dio besos en el cuello, justo en la base del hombro.

—Un día, pronto —le dijo entre mordiscos—, me buscaré un coche y te recogeré en casa para que no tengas que venir andando. Un jeep. —Inspiró su aroma. Zephyr se alegró de haberse puesto el perfume favorito de Alfa—. Nos iremos de paseo fuera de la ciudad. ¿Te parece?

Ella sonrió y miró hacia las estrellas.

—Ajá.

—Y algún día saldré de este estercolero. Seré rico. Construiré una casa para ti. Tendremos perros. Te gustan los perros, ¿verdad?

En teoría, sí.

—Creo que sí.

Él soltó una risa en forma de resoplido sobre su cuello.

—Y algún día, cuando tenga dinero, te compraré el anillo más bonito del mundo, rayo de sol. ¿Te parece bien?

Ella se echó hacia atrás y rodeó sus mejillas afeitadas con las manos.

—Nada me gustaría más.

Él la besó en los labios.

—Eres mi rayo de sol. Me iluminas por dentro.

Zephyr sintió que se derretía, pegada a él. Le picaron los ojos mientras él seguía hablando:

—Me haces querer ser mejor persona. —Dios, la iba a hacer llorar.

Entonces le sonó el teléfono y retrocedió un paso. Respondió y escuchó lo que decían al otro lado de la línea, mientras jugueteaba con el pelo de Zephyr.

—Vale, dame dos minutos.

Ella lo miró con una pregunta silenciosa. Alfa esbozó una sonrisa traviesa. De pronto parecía un chiquillo de nuevo. Un chiquillo guapísimo.

—Tengo una sorpresa para ti.

El corazón de Zephyr le aleteó en el pecho.

—¿Qué sorpresa?

Él negó con la cabeza, caminó hacia atrás y la señaló, con una sonrisa.

—Quédate ahí, no te muevas. Ahora mismo vuelvo.

Zephyr se echó a reír.

—Vale. ¿Y si viene algún chico a ligar conmigo cuando tú no estés?

Sus ojos se oscurecieron.

—Dile que eres mía. Si sabe lo que le conviene, te dejará en paz.

Zephyr soltó una risa entre dientes. Él se recompuso el pelo, dobló a toda prisa la esquina y desapareció de la vista.

Ella mantuvo la vista fija en ese punto, a la espera, con una sonrisa en la cara.

Diez minutos.

La sonrisa menguó.

Quince minutos.

Empezó a notar un peso en el estómago.

Treinta.

Lo llamó. «El teléfono al que llama está apagado o fuera de cobertura».

Cuarenta y cinco.

Empezó a caminar en círculos, mirando de reojo la esquina.

Una hora.

Sintió que le pesaban los pulmones. Giró la esquina y se asomó. No había nada.

Dos horas.

Volvió a llamarlo. «El teléfono al que llama está apagado o fuera de cobertura». Otra vez. «El teléfono al que llama está apagado o fuera de cobertura». Y otra vez. «El número al que llama no existe. Por favor, compruébalo y vuelve a intentarlo».

Esperó a un lado de la carretera, presa del pánico, pero convencida de que algo lo había retenido, de que regresaría y se disculparía por haberla asustado.

No regresó.

Salió el sol, pero él no volvió.

22

Alfa

En la actualidad

Algo iba mal. Alfa se encontraba en la terraza, contemplando el paisaje, y sentía un vacío en el pecho. Acababa de volver de echarse una carrera con los perros. No conseguía identificar qué era lo que iba mal, pero desde luego algo iba mal.

No sabía si se debía a que Dante había llamado hacía dos días para contarle lo que había descubierto Vin, el topo que había introducido en el Sindicato. O si se debía a que sus propios confidentes también habían traído información sobre las tres chicas que aún no habían localizado y querían reunirse con él para contárselo todo. O si se debía a que hacía semanas que no habían asesinado a ninguna mujer más en la ciudad y él presentía que era la calma antes de la tormenta.

Quizá no se debía a nada de lo anterior. Quizá era que su casa, por primera vez desde que se mudó allí, le parecía un sitio vacío.

Todo parecía vacío. Y silencioso. Demasiado silencioso. No había risas, ni cháchara femenina, ni esa música pop en los altavoces que no le gustaba nada. Solo estaban su soledad y él mismo, tal y como siempre había querido. Tal y como ya no quería.

«Ha ido a ver a su hermana, nada más», se dijo a sí mismo. Sabía que tenían una relación muy estrecha y que Zee la echaba de menos. No pasaba nada. Y sin embargo, algo en su interior no lo veía así. Sabía que la había cagado. Y sabía que la había cagado a lo grande. Recordó al momento en que Zephyr se había retraído después de que él empezase a poner distancia. Dios, se sentía como el mayor cabrón del planeta. Quizá lo era. Zephyr había evitado hasta mirarlo en el vestuario, cosa que jamás hacía. Lo miraba todo el tiempo, siempre se buscaba algún motivo para recorrerlo con la vista. A él le encantaba. Adoraba el modo en que los ojos de ella apreciaban su cuerpo malogrado, abierta y sinceramente. Le encantaba que se iluminase por completo cuando él la miraba. Adoraba que lo siguiera con la vista por la habitación y que pensase que no se daba cuenta.

Y ahora la echaba de menos. La había echado de menos todo el tiempo que no había estado con ella.

«Te has olvidado de mí».

Ahí había querido decir algo que no estaba claro. Alfa no sabía qué era, pero no dejaba de darle vueltas. Había comprendido desde el principio que Zephyr sabía algo sobre él, que estaba ocultando algo. De pronto se preguntó si no tendría que ver con esa parte de su vida que no recordaba. Tenía que hablar con ella.

—Ah, espero que Zee esté durmiendo por fin arriba —comentó Leah al traerle el café.

Alfa lo aceptó y frunció el ceño.

—Gracias. ¿A qué te refieres?

—Cuando te marchaste, estuvo durmiendo todas las noches en el sofá. —Leah negó con la cabeza—. Creo que se sentía mejor al estar con los perros. Para una chica de ciudad como ella, estar sola en esta casa debe de ser aterrador.

Joder, pero qué gilipollas era. Ni siquiera se había parado a pensar en cómo se sentiría Zephyr en su ausencia. Siempre que él se marchaba de la ciudad, ella pasaba la noche en casa de sus padres y volvía cuando él regresaba. ¿Cómo no había sido capaz de pensarlo? Bambú soltó un gimoteo desde un rincón de la terraza, con tristeza en esos ojos tiernos. Era quién más apego tenía por Zephyr, y sin ella se lo veía hundido. Hasta Bandido se había ido a la habitación de su esposa, probablemente para captar su aroma o robarle alguna prenda más. A Barón, por su parte, todo le importaba una mierda.

Alfa les dio unas palmadas a los perros, bebió un poco de café y miró por la ventana.

Se lo compensaría cuando regresase. Todo iría bien.

Nada iba bien. Su esposa había desaparecido.

Alfa esperó durante tres días a que regresase a casa. No volvió. Su habitación, sus cosas, los sitios donde Alfa se la había follado, aquel sujetador amarillo con el que Bandido estaba obsesionado..., todo ello se burlaba de él. Le había dado algo de espacio, consciente de que había jodido la situación de alguna manera. Al cuarto día la llamó.

Ella no respondió. Alfa sintió un nudo en las tripas.

Pasó por su trabajo y le dijeron que se había tomado la semana libre. Incluso le pidió a Victor que le preguntase cuándo podía ir a por la chaqueta. No soportaba que Zephyr tuviese la chaqueta de Victor. Sin embargo, el mensaje del guardaespaldas quedó sin leer.

Y ahora, por primera vez, Alfa empezó a preocuparse de que estuviese pasando algo distinto. ¿Se debía aquel silencio al hecho de que Zephyr había visto su verdadera forma monstruosa, que le había visto rajarle el cuello a un hombre para luego cubrirla con su sangre? ¿La había asustado? ¿Se había dado cuenta de que ya no quería formar parte de su mundo? ¿O había sido algo distinto?

«Te has olvidado de mí».

Las palabras reverberaron como una acusación en su cabeza. Alfa no dejaba de pensar en el modo en que Zephyr había pronunciado aquellas palabras. La distancia le dio una perspectiva más clara de los últimos meses. Zephyr no le había pedido nada, ni siquiera que correspondiese su afecto. Y, sin embargo, Alfa sentía que había cometido un enorme enorme error al poner distancia entre los dos, al tratarla con cautela. Fue a su edificio de apartamentos y esperó, en la parte trasera del coche, reflexionando sobre todas las posibilidades. Se preguntó cuándo se había vuelto tan importante para él aquella farsa de matrimonio.

—¿Piensas entrar? —le preguntó Hector, al volante, pues sabía que estaba pasando algo entre él y su mujer, pero no quería meter las narices donde no le llamaban.

Alfa sintió el mismo dolor fantasma de siempre en la cuenca del ojo. Le picaba la piel bajo el parche. El recuerdo del suave beso de Zephyr en su fea cicatriz le provocó un nudo en el pecho, tan fuerte que empezó a esforzarse por respirar. Joder, ¿hasta qué punto la había cagado?

Apretó los dientes, bajó del coche y se acercó a la puerta. Llamó al interfono. El timbre se cortó y la voz de Zenith se oyó en el altavoz.

—¿Quién es?

—Alfa —dijo, y al otro lado se hizo el silencio.

Esperaba que no le colgasen. Teniendo en cuenta lo estrecha que era la relación entre las dos hermanas, estaba seguro de que Zenith no lo veía con buenos ojos en aquel momento. Era capaz de echar la puerta abajo si hacía falta, pero prefería evitarlo. No tenía sentido complicar más la situación.

Por suerte, la puerta emitió un zumbido y se abrió. Alfa entró; por primera vez en mucho tiempo sentía pánico en el estómago, pánico ante la posibilidad de que Zephyr no quisiera volver con él. Se detuvo en seco al comprender de pronto que no quería perderla, aún no. No había disfrutado lo suficiente de su luz. Había mucho que podían tener entre los dos. Alfa se lo había estado negando a ambos deliberadamente. Zephyr se había hecho un hueco en su vida, a pesar de que él no quería, y ahora lo que no quería era que se marchase. Comprendió que tenía algo que perder por primera vez desde la muerte de su madre.

Se restregó el pecho y se le escapó un grave gruñido ante la idea de que Zephyr le dijese que no iba a volver con él jamás.

No. Pensaba descubrir dónde la había cagado. Y pensaba arreglarlo.

Pero ¿y si no podía?

La puerta del apartamento se abrió antes de que pudiese acabar ese mismo pensamiento. Su joven cuñada lo miró con una seriedad que contradecía su edad. Salió del piso y cerró la puerta tras de sí. Se cruzó de brazos y le clavó la mirada. No había señal de la chica nerviosa que Alfa había conocido hacía semanas.

—No soy hermana de sangre de Zephyr —empezó con tono sombrío—. Nuestros padres me adoptaron cuando yo era una niña. No recuerdo mucho de mi infancia antes de ellos, pero recuerdo que cuando llegué a esta familia, estaba sola y asustada.

Alfa encajó sus palabras e intentó comprender adónde quería llegar, levemente molesto de que no le diese paso libre para ir a ver a su esposa.

—Zee me echó una mirada y decidió que me quería —recordó Zenith, con la voz temblorosa de emoción—. No me conocía, pero le dio igual. Desde ese día me ha amado toda mi vida. Se metía por la noche en mi cama porque sabía que dormir sola me daba miedo. Hablaba conmigo durante horas, porque sabía que eso me hacía sentir bien. Me dio todo su amor, aunque yo no podía devolvérselo. Y me salvó a ciertos niveles que ni ella misma sabe. Amo a nuestros padres, pero la única razón de que yo sea quien soy hoy en día es mi hermana y su amor incondicional e infinito hacia mí. Así es ella. Así quiere a la gente. Y cualquiera que reciba ese amor es la persona con más suerte del planeta.

Alfa sintió que el nudo que tenía en el estómago se estrechaba más y más a cada palabra que pronunciaba. La gravedad de cada una de ella lo removía por dentro. Su respeto hacia Zenith aumentó un punto. Cualquiera que protegiese a alguien con tanta fiereza resultaba admirable. Más aún si ese alguien era su hermana.

—Ella te quiere —dijo Zenith en tono bajo, en aquel reducido espacio entre los dos, lo cual sacudió el mundo entero de Alfa—. Y si se entera de que te he dicho esto, me mata, pero te quiere desde hace mucho tiempo.

«Te has olvidado de mí».

Joder.

Había sido parte de su vida. ¿La habría amado Alfa también? ¿Había sentido su corazón muerto algo por ella en una época que no recordaba?

Zenith prosiguió. O bien no se percató de lo alterado que estaba Alfa o no le importó.

—Es ella quien tiene que contarte cómo y cuándo sucedió. Pero el único motivo por el que planeó todo esto fue para poder amarte libremente, tal y como quiere su corazón. Y quizá, solo quizá, para que tú también la ames.

«Lo que estoy haciendo es intentar que te enamores de mí». Se lo había dicho a las claras y él no la había creído. Algo se retorció en su interior. Se volvió a tocar el pecho, intentando deshacer el nudo que le estaban provocando las palabras de Zenith. El hecho de que hubiese llegado al extremo de casarse con él para poder amarlo resultaba inconcebible. Nadie hacía nada sin motivos ocultos. Pero, si le podía dar crédito a Zenith, su mujer sí.

—Se está marchitando. —A Zenith le tembló la voz. Lo miró, con lágrimas de rabia en los ojos—. Lleva marchitándose a diario desde que te has alejado de ella. No sé lo que has hecho, pero has conseguido tumbarla del todo.

¿Qué había hecho? Alfa recordó por centésima vez el momento en el vestuario e intentó localizar el punto en que todo se había ido al garete, pero no lo conseguía. ¿Había sido cuando la embadurnó de sangre, cuando se corrió sobre ella, cuando le dijo que no debería haber venido? Lo había repasado todo un centenar de veces en su mente y aún no comprendía qué era lo que lo había iniciado todo.

Zenith no había terminado:

—Está deprimida en la cama y, aunque no es la primera vez que está de bajón, esta vez… me duele verla así. Si quieres pasar por esa puerta, que sea solo para que se sienta mejor. Tienes una única oportunidad. —Se le acercó un paso y le señaló a la cara con el dedo—. Porque te voy a dejar una cosa clara, cuñado. No me importa quién seas. Si la vuelves a romper así, acabaré contigo o moriré intentándolo.

Joder, la verdad era que adoraba a su puta cuñada. En ese momento se alegró de que Zephyr tuviese a alguien así a su lado. Estaba seguro de que Zenith no podía acabar con él, pero apreciaba ese arranque de violencia. Sin embargo, ya había pasado demasiado tiempo holgazaneando ahí fuera. Era hora de ir a por ella.

—¿Dónde está? —le preguntó, mirando con toda intención a la puerta.

—No permitas que se te escape lo mejor que te ha pasado en la vida. —Zenith retrocedió un paso, abrió la puerta y le clavó la mirada una última vez—. Está en el dormitorio. La puerta de la derecha.

Alfa se preparó y entró. Fue derecho a la puerta que Zenith le había indicado, sin saber lo que encontraría al otro lado, pero listo para luchar con ello.

23

Zephyr

No había nada mejor que resguardarse bajo una manta, sobre almohadas mullidas y sábanas limpias, y dejar pasar el tiempo escondida del mundo. Zephyr no sabía cuánto tiempo había pasado desde que llegó al apartamento, y le daba igual. Había llorado, se había duchado, había dejado que el agua se llevase todas sus penas. Se había tintado el pelo de azul oscuro, como oscuro tenía el corazón. Un nuevo color de pelo era la mejor forma de representar un cambio. Había llorado más, se había tomado una semana de vacaciones y había dormido. Y al despertar, se había quedado en la cama, sin querer salir. Sabía que sufría uno de esos episodios depresivos que llevaba teniendo desde aquel desequilibrio hormonal hacía años, pero le daba igual. Sentía lo que sentía, y era válido sentirse así. Si lo que sentía era un vacío depresivo, pues bien, pensaba ahogarse en él. Quizá saldría o quizá no. Daba igual. Todo daba igual. Al menos, al quedarse en la cama, había tomado la decisión de mandarlo todo a la mierda, de mandar a la mierda todos los recuerdos que tenía de él. Cuando se sintiese mejor, contactaría con algún abogado para que arreglase los papeles del divorcio. Le mandaría un mensaje a Victor y le pediría que metiese todas sus pertenencias en cajas y se las enviase. Y le mandaría a Alfa un mensaje de audio en el que le diría que no estaba funcionando, le desearía lo mejor y lo dejaría libre para vivir su vida sin ningún equipaje.

La mera idea de hacer todo eso le provocaba lágrimas en los

ojos, pero lo iba a hacer. Lo dejaría marchar. Quizá, algún día, encontraría la felicidad con otro hombre.

«Jamás serás suficiente».

«Amarás, amarás, amarás y lo perderás todo de nuevo».

«Nadie te quiere».

Eran las cosas que le susurraba esa fea voz. Zephyr se metió aún más en su capullo para esconderse de ella. No era más que un episodio. Pasaría y ella volvería a ser la persona jovial de siempre, al menos por fuera. Esperaba que sucediese pronto, porque su hermana estaba preocupada por ella y no le gustaba preocuparla. Si tardaba mucho en recuperarse, su familia tomaría cartas en el asunto, lo cual haría más mal que bien. Acabaría tomando esa medicación que la dejaba levemente atontada, aunque acabaría por ponerse bien.

«No vales nada, idiota. Confías demasiado en la gente. Jamás serás importante para nadie».

Quizá no era mala idea tomarse alguna medicina que la atontase. Algo que pudiese contener aquel fango que se extendía en su interior y que eclipsaba la luz que adoraba, que se apoderaba poco a poco de su mente a base de pensamientos feos.

Oyó que se abría la puerta pero se quedó inmóvil bajo las sábanas de la habitación a oscuras. Sabía que solo era Zen, que venía a ver cómo se encontraba. Estaría bien.

«Estarás bien, pero no te querrá nadie. Nunca te querrá nadie».

Inspiró por la boca, con los ojos cerrados, esperando a que se le pasase. Se le pasaría. Daba igual lo mal que se pusiese, todo pasaba. La puerta se cerró y Zee se quedó tal y como estaba. Esperaba quedarse dormida, sumirse en un dulce olvido que la alejase de aquel eclipse.

La cama se hundió cerca de su cadera. De veras esperó que Zen le comprobase el pulso y la dejase en paz un rato. A su hermana, gracias a todo el trabajo que hacía con supervivientes, se le daba bien reconocer las situaciones en las que alguien necesitaba un poco de tiempo. Siempre había sido así, empática y silenciosa. Y Zephyr necesitaba espacio para que toda aquella fealdad se adueñase de ella pero no tocase a nadie más.

La manta se alzó y un cuerpo se acomodó a su espalda. Brazos fuertes, musculosos, le envolvieron la cintura y la atrajeron hacia un cuerpo grande y duro, con aroma a naturaleza salvaje y almizcle. Lo reconoció al instante. Se quedó inmóvil, petrificada por completo, intentando procesar lo que sucedía.

En todos los futuros que se había planteado, y se había planteado muchos gracias a aquella imaginación hiperactiva, jamás había existido la posibilidad de que Alfa viniese a por ella. Siempre había supuesto que se alegraría de librarse de ella, que la dejaría en paz y que seguiría viviendo como siempre. Aquello era inesperado, y Zephyr no sabía cómo sentirse. ¿Estaba contenta de que hubiera venido? ¿O triste? ¿Resentida? ¿Amargada? ¿Enamorada? ¿Cómo se sentía?

Ojalá las emociones fueran como las flores, hermosas y con colores, para poder elegir cuáles quería sentir en cada momento. Quizá era así para algunas personas, pero para ella, no. Sus flores tenían espinas que se le clavaban y la hacían sangrar.

No se le escapó que era la primera vez que Alfa la abrazaba de esa manera. Un calor sólido y fuerte la envolvió; tuvo que admitir que era mucho mejor que las mantas. Aun así, con él no pudo relajarse. Su corazón, magullado como estaba, lo reconoció como la causa de su tormento y, al mismo tiempo, como quien podía curárselo. Dejó que luchase esa batalla interna, estaba demasiado cansada como para que le importase. ¿Precisamente ahora era cuando Alfa quería abrazarla? Se lo permitió, pero no se olvidó de todas las veces que no la había abrazado, de todas las veces que la había despreciado o que se había marchado cuando ella necesitaba afecto.

El brazo de Alfa se contrajo alrededor de la cintura de Zephyr y la apretó un poco. Le dio un beso en la nuca. Pasó el otro brazo por debajo de su cabeza y pegó su cuerpo al de ella. Inspiró con la nariz pegada a su cuello, justo donde empezaba el hombro. Le acarició suavemente el vientre con la enorme mano, dándole pequeños apretones.

El corazón traicionero de Zephyr aleteó ante aquellas caricias. A su pesar.

—Te echo de menos, arcoíris.

Ella cerró los ojos al oír esas palabras ásperas con su voz grave. No. No, no, no. No pensaba permitir que hiciera eso. *No*. Ese no era el plan. Alfa estaba echando a perder el plan. El plan era regodearse en su dolor, mandarle un audio explicándole por qué se iba a divorciar de él, nada más. No se suponía que Alfa fuera a venir a decirle que la echaba de menos, ahora no. No se suponía que fuera a llamarla arcoíris, ahora no. Y, desde luego, no se suponía que fuera a abrazarla como si le importase, ahora no. Zephyr siguió rígida, con los labios apretados.

—Háblame, por favor.

No. No tenía nada que decirle.

La mano de Alfa le bajó por el brazo y agarró su propia mano. Giró el anillo que tenía en el dedo, el anillo que había aceptado con tantas esperanzas. Entrelazó los dedos de ambos; su mano era ruda y grande, pero también tierna, tiernísima.

Empezó a picarle la nariz.

Así no se suponía que iban a salir las cosas.

—Lo siento —le susurró sobre el cuello.

Tenía que parar. Además, ¿por qué se disculpaba? ¿Por abandonarla a los dieciocho años? ¿Por no recordarla? ¿Por no intentar que funcionase? ¿Por no aceptar su amor y no confiar en ella y mantener la distancia? ¿Por llevar una vida que lo había endurecido hasta el punto de que Zephyr había acabado sangrando por culpa del alambre de púas que se había puesto en el corazón? Nada de todo eso era culpa de Alfa. No lo había hecho a propósito. Él era así, y ella era así. Quizá, solo quizá, no debían estar juntos.

—Habla conmigo, arcoíris —murmuró él sobre su oreja—. Por favor.

No. Tenía que irse. Zephyr no quería que fuese más difícil para los dos. Tragó saliva, con los ojos cerrados, memorizándolo de nuevo con todos sus sentidos.

—No sé cómo perdí el ojo —empezó a decir él en voz baja—. No tengo… ningún recuerdo de aquella época. No recuerdo si fue un accidente o si alguien intentó matarme. Podría haber sido cualquiera de las dos opciones. No recuerdo casi nada de aquello.

Zephyr se quedó inmóvil, no muy segura de por qué se lo estaba contando ahora. Le había suplicado que le diese unas migajas de sí mismo y él la había rechazado una y otra vez. Y aunque la chica que tenía dentro lo quería igualmente, la mujer que era estaba enfadada.

Guardó silencio.

—Tú eres parte de mis recuerdos, ¿verdad? —preguntó en tono suave. Algo dentro de Zephyr tembló. Cabrón, ¿por qué la hacía sentirse así?

—Sí. —Se le quebró la voz y se odió por ello. Sintió que su respuesta lo aliviaba.

—¿Estábamos juntos? —Ella asintió—. ¿Rompimos?

No, no habían roto.

—Me abandonaste —le dijo, con los ojos cerrados—. Me dijiste que te esperase, que querías enseñarme algo, y jamás regresaste. Nunca he sabido por qué. La siguiente vez que te vi fue en la pelea. Ahora sé que debió de suceder algo, eso por lo que perdiste el ojo. Pero durante diez años no supe nada. Me pregunté si habrías muerto, si me habrías abandonado o si es que habías perdido el interés y nada más.

Alfa le acarició el vientre con la mano.

—No me acuerdo.

—Lo sé —graznó ella—. No pasa nada.

Dios, odiaba los conflictos, pero era mejor sacárselo todo de dentro.

—No... —Empezó a decir, tragó saliva y volvió a empezar—: No te lo dije porque quería empezar de cero, a ver si podías volver a enamorarte de mí. Y porque no quería recordarte algo que tu cerebro está bloqueando. No quería arriesgarme a causarte un trauma de nuevo. —Dios, qué difícil era aquello—. Pero los dos hemos cambiado. Tú eres diferente, yo soy diferente, y aunque mi corazón aún es tuyo...

—Zephyr...

—Creo que este era el cierre que necesitaba. Lo he intentado, no ha funcionado, lo acepto. De verdad, lo acepto. Pero ahora tengo que dejarte marchar. Seguir adelante con mi vida. Quizá buscarme a otra persona, tener la familia que siempre he querido. Dejarte en el recuerdo y...

De pronto se encontró bocarriba, con un Alfa muy grande y muy intenso cerniéndose sobre ella, atrapándola entre sus brazos.

—Dilo otra vez —la retó, con un filo tan peligroso como un puñal en la voz.

Zephyr parpadeó, confundida.

Él se acercó más y le acarició los rizos azules con los dedos.

—Le he hecho un corte en la mano al tipo que te tocó el pelo, Zephyr. ¿Qué crees que le haré al tipo con quien «sigas adelante con tu vida»?

Se le cortó la respiración. No había esperado algo así.

—Puede que no te recuerde —susurró, con los labios casi pegados a los de ella—. Pero ahora eres mi esposa. Eres mía. Y prefiero inundar esta ciudad de sangre antes que permitir que eso cambie.

Estaba siendo intenso, demasiado. Ella no sabía cómo lidiar con lo que decía.

—Iban a ser solo seis meses. —Le devolvió sus propias palabras a la cara. Como respuesta, él le plantó un beso silencioso en el cuello—. Firmamos un contrato —le recordó. El corazón le retumbaba en el pecho, una sensación que no soportaba.

—No he acabado contigo, arcoíris. Ven conmigo a casa.

—¿Y qué pasará cuando hayas acabado conmigo? —Ladeó la cabeza—. Vete, Alfa. —Lo llamó con ese nombre, a sabiendas de que a él no le gustaba que lo hiciera—. Estoy cansada. Será mejor que los dos sigamos adelante con nuestras vidas.

—No va a pasar —dijo él con firmeza.

Se colocó junto a ella y la estrechó entre sus brazos. Zephyr intentó zafarse. Él la apretó más contra sí. Era enloquecedor. Cuando se había aferrado a él, necesitada de cualquier cosa que él quisiera darle, sin sentir vergüenza por el amor que le daba, a él no le había importado una mierda. Ni siquiera se había dignado a tocarla cuando más vulnerable se sentía. Dentro de Zephyr se mezclaron la tristeza, el dolor y la rabia. Quería arañarle el pecho, hacer que le doliese aunque fuese una fracción de lo mucho que le había dolido a ella, una y otra y otra vez.

No. Le iba a contar la verdad y luego iba a dejar que se marchase.

Zephyr miró el tatuaje que asomaba bajo su camisa.

—Fue tu madre quien me contó lo de los alfajores.

Él se quedó inmóvil. Zephyr ignoró su reacción y, despacio, le contó que la había conocido, los dos días que había pasado con ella, cuando se habían hecho amigas, y que le había hablado de Alfa. No le dijo que había visto su ataque de ira en el hospital, no quería que supiera que había presenciado algo que era demasiado privado para él.

Alfa guardó silencio bastante tiempo, digiriéndolo todo.

—¿Cómo me encontraste? —preguntó tras un largo rato. Ella suspiró.

—Tenía una amiga del colegio que vivía por tu zona. Me habló de ti. De vez en cuando iba a visitarla y te veía de lejos. Así fue durante un tiempo.

—O sea, que me espiabas.

Técnicamente, sí, pero solo por curiosidad. Jamás había pensado que llegaría a hablar con él, y desde luego no había amenazado su paz mental, como sí hacían los sátiros que espiaban a las chicas. No dijo nada.

Él le plantó un suave beso en la frente, le acarició la espalda y la apretó contra su enorme cuerpo. Estaba siendo tierno con ella, y esa ternura surtía efecto. Zephyr sintió algo por dentro. Sin embargo, parte de ella, esa parte que no había hecho más que entregarse y caer en espiral, aún se retraía.

«Estás condenada. Admítelo».

Era posible que lo estuviera, sí.

—Deberíamos divorciarnos —murmuró contra su pecho, en un último intento de que se marchase—. Ya te he dicho lo que sé. Hemos cumplido el trato. Ya está saciada tu curiosidad. Esto… no va a funcionar jamás. He sido una idiota por pensarlo, por perseguirlo así. No perdamos más el tiempo, ¿vale?

—No pienso dejarte marchar, Zephyr.

Su mano le acarició la cadera. Sus palabras tiernas llenaban el espacio entre ambos. A ella se le aceleró el corazón.

—Pero...

—¿Sabes cómo se forma un arcoíris?

Zephyr frunció el ceño.

—Claro, cuando la luz atraviesa una gota de agua.

—Mi vida ha sido gris desde que tengo memoria —le dijo él con suavidad—. Lluvias y nubes de tormenta que jamás se iban. Tú has brillado a través de todo eso y lo has convertido en colores, en abundancia, en *vida*. Las nubes siguen ahí, pero ya no aparto los ojos del arcoíris y no las veo. Tú me has cambiado. Y no pienso perder eso, Zephyr. No pienso perderte a ti. Quítatelo ya de la cabeza.

A ella le ardían los ojos. Había sido muy bonito. Y aunque seguía enfadada con él, lo abrazó con fuerza, sollozó entre sus brazos sin saber siquiera por qué. Y, por primera vez desde que había recuperado la memoria, Alfa la abrazó.

PARTE III

EL NÚCLEO

No puedes salvar a las personas,
solo puedes amarlas.

ANAÏS NIN

24

Zephyr

No regresó con él a casa esa noche, sino que fue él quien se quedó. Se quedó con ella, abrazándola. Ella lloró y le pegó, pero no se apartó de él. Al cabo cayó en un sueño agotado. Cuando se despertó, Alfa le acariciaba la espalda, perdido en sus pensamientos. Ella tenía la cabeza apoyada contra su pecho.

Esa mañana, algo cambió en su dinámica. Zephyr no sabía si era por haber empezado a retraerse o porque él había empezado a acercarse más, pero desde luego la situación cambió.

La siguiente noche también se quedó en casa de su hermana, y él se quedó con ellas. No quería apartarse de Zephyr cuando esta estaba despierta, pues sabía que se encontraba vulnerable, pero la dejaba a su aire. Salió del cuarto, con Alfa detrás. Zen estaba viendo *Mentes criminales*, y Zephyr se dejó caer a su lado. Alfa tomó asiento en el lado opuesto del sofá. Una conversación silenciosa tuvo lugar entre la hermana de Zephyr y él. Los tres vieron un episodio tras otro. Cuando Zephyr se quedó dormida, Alfa cargó con ella hasta el dormitorio y luego se marchó.

A la mañana siguiente volvió, no solo con el desayuno, sino con los perros, todos atados con correa. Bambú, el amor de Zephyr, la vio y empezó a menear la cola sin cesar. En cuanto Alfa los soltó a los tres, el perro se abalanzó sobre ella en un ataque de amor. La tiró al suelo y empezó a lamerle las manos mientras ella lo abrazaba.

—No dejaba de gimotear en casa —dijo Alfa en tono divertido, y se sentó en un taburete junto a la mesa de la cocina.

Los otros dos perros pasearon por el apartamento, husmeando, captando nuevos aromas. Barón olisqueó a Zenith, que lo contemplaba divertida. Bandido le dio su lametón protocolario. Hector entró por la puerta, que nadie había cerrado, y le echó un vistazo a Zen para luego saludar a Zephyr con un asentimiento.

—Qué pasa, Zee, cómo te va.

Ella le sonrió y acarició a Bambú, que le había puesto la cabeza en el regazo y había empezado a emitir gruñidos de felicidad, como un motor encendido.

—Esto ha sido una jugarreta —le dijo a Alfa, abrazando al perro—. Los has traído para que ceda a la tentación y vuelva.

La comisura de la boca de Alfa que no tenía cicatriz se contrajo. El parche en el ojo reflejaba el sol de la mañana. Zen se echó a reír.

—Bueno, aunque esto sea de lo más romántico, me tengo que ir. —Se puso la bufanda de seda al cuello—. Por cierto, mamá y papá quieren hablar contigo. Más vale que los llames. —Miró a Alfa—. Hasta luego, cuñado.

Alfa asintió.

—Hasta luego, cuñada.

Qué monos. Zen se marchó y Hector fue tras ella, para dejarlos a los dos solos con los perros.

—Deberías invitar a cenar a tus padres —sugirió Alfa con un brillo travieso en el ojo dorado.

—Solo lo dices para que vuelva.

Él no respondió, pero era cierto. Sin embargo, Zephyr aún no se sentía preparada, así que mantuvo la distancia. Él insistió. Antes había sido ella quien iba a visitarlo al trabajo por las noches, pero ahora, él esperaba a la puerta del salón de belleza hasta que Zephyr terminaba de trabajar y la llevaba en coche al apartamento. Luego la dejaba en la puerta y le daba un beso intenso. Lo hacía todos los días; era su nueva rutina. Le traía el desayuno y a los perros, la llevaba al trabajo, la recogía, un día tras otro. Cada día le proponía volver a casa con él y, cada día, ella lo rechazaba, pero Alfa no se rendía. Aquel hombre que no pensaba dejarla marchar resultaba extraño. Poco a poco la estaba dejando entrar en ese corazón nuevo que tenía. Repetía lo mismo día tras día, hasta el punto de que incluso Zen le dijo que le diese otra oportunidad. Así que Zephyr volvió a casa. Todo era lo mismo, y todo era diferente. Quizá era ella quien se sentía diferente.

Leah se alegró de verla. Le dijo que ahora la casa estaba muy vacía sin ella. Nala también se alegró de verla y le dijo que nadie apreciaba su comida como ella. Y Alfa se alegró de verla allí, aunque no dijo nada; solo llevó su maleta al dormitorio principal.

Zephyr llamó a sus padres y los invitó a venir a cenar el fin de semana. También llamó a Amara y le contó cómo iba todo. Y luego se fue a su antigua habitación y se tumbó en la cama. Eso era lo malo de los episodios depresivos, que a veces se salía de ellos, y a veces, no. A veces conseguía notar el cambio, pero otras solo quería mirar la pared y dejar que pasase todo, sin importar lo bien que pareciera ir la situación.

Notó un peso que hundía la cama junto a sí. Bambú. El perro soltó un suave gañido y se tumbó a su lado. Zephyr sonrió y acarició su suave pelaje.

—¿Crees que saldrá bien? —le preguntó en voz baja. El perro le aplastó la cabeza contra el vientre—. No sé qué voy a hacer.

Unos brazos pasaron bajo sus rodillas y su cuello. Alfa la alzó con facilidad.

—De momento te vas a nuestro dormitorio —le dijo en tono gruñón. Atravesó con ella la puerta que conectaba ambos cuartos y la depositó en la cama. Zephyr dio un bote y luego se acomodó. Alfa cerró las puertas y se desprendió de la camiseta holgada que solía llevar en casa. Ella vio el movimiento de sus músculos al desnudarse y acercarse a la cama. Retrocedió por puro instinto. Nunca lo había visto de frente. Recorrió con los ojos sus cicatrices, sus tatuajes, sus músculos…, todo.

Él colocó las manos junto a la cabeza de Zephyr y la miró con su único ojo.

—A partir de ahora duermes aquí.

Ella tragó saliva.

—Solo haces esto para convencerme de que me quede.

—Pues claro, joder.

Zephyr le mantuvo la mirada y se hundió en la cama. Estaba cansada. Se giró hacia un lado y contempló las altas puertas de cristal que daban al balcón. Oyó el sonido de la catarata y de los animales. Sintió que él se colocaba a su lado con un movimiento suave.

No durmió bien en toda la noche, pero él la abrazó con fuerza, sin dejar que saliese ni una sola vez del círculo de sus brazos. Por una vez se dedicaba a dar, a dar y a dar más. Ella aceptó lo que le daba y dejó que la colmase por dentro.

La despertó el calor por la mañana. Zephyr se sentía como si estuviese en un horno, sudando, atrapada contra un cuerpo calentísimo. Soltó un gemido y giró la cabeza para ver por sus propios ojos que se encontraba en el dormitorio principal, donde su marido la había llevado en volandas (¡en volandas!) después de llegar a casa.

Alfa estaba dormido.

Ella se dio la vuelta tan suavemente como pudo para no despertarlo, y lo contempló bajo la luz de primera hora de la mañana. Dormía profundamente. El parche del ojo estaba en la mesita de noche. La parte de su rostro que tenía la cicatriz seguía contraída en un perpetuo ceño fruncido. La otra, sin embargo, estaba relajada, tranquila; la expresión no era tan severa como cuando estaba despierto. Zephyr atesoró a placer todos los detalles que quiso, le recorrió la cara y el cuello. Esa gran cicatriz descendía por su pectoral derecho y llegaba justo bajo sus costillas. Allí había un buen trozo de tejido cicatrizado. Casi parecía que alguien lo había cortado desde arriba con un cuchillo para luego metérselo entre las costillas. Varios tatuajes tribales rodeaban las cicatrices, casi como si Alfa las hubiese visto y hubiese decidido resaltarlas en su cuerpo. Esos tatuajes no tenían ninguna forma o escritura concreta; no eran más que dibujos.

Otras marcas pequeñas le salpicaban el torso. Zephyr las contó. Nueve. Demasiadas. Tocó la cicatriz junto a sus abdominales con gesto delicado, suave. Volvió a preguntarse lo difícil que debía haber sido no solo sobrevivir, sino sobrevivir solo, mientras lideraba su propia tribu. Resultaba digno de respeto, aunque Zephyr seguía enfadada con él.

—Tu tacto.

Su voz, grave y pastosa, de recién despertado, la sobresaltó. Apartó la mano, pero él se la agarró con unos reflejos rápidos como el rayo y se la volvió a colocar sobre la cicatriz. Abrió el ojo dorado, medio amodorrado. El otro estaba cerrado por una capa de tejido cicatrizado. Zephyr se maravilló de que Alfa le permitiese verlo.

—¿Mi tacto? —preguntó para que él completase la frase.

Alfa alzó una de sus grandes manos y le acarició la mejilla.

—No me había dado cuenta de lo mucho que echaba de menos tu tacto. Le diste a un hombre hambriento un festín diario hasta que se olvidó de lo que era el hambre, y luego se lo quitaste.

Dios, hablaba como el chico que Zephyr había conocido. De joven, Alfa le había dicho todo tipo de cosas preciosas. Se las susurraba en privado, aunque en público se comportaba como un cabronazo.

—Siento haberte olvidado —le dijo en voz baja.

Zephyr absorbió el momento, su sinceridad, su ternura, su tacto. Le dio unas palmaditas en la cicatriz.

—No es culpa tuya.

Él se inclinó y le dio un beso tierno.

—¿Podremos hacer que funcione?

Era la primera vez que no le ordenaba que volviese, sino que se lo pedía.

—¿Y si digo que quiero marcharme?

Él le acarició la nariz con la suya.

—Tendré que mantenerte en la cama.

Una risa se le escapó del pecho.

—¿Y qué piensas hacer para mantenerme en la cama?

Él no respondió, sino que le dio un tirón y se colocó encima de ella, atrapándola entre sus enormes brazos. Su gigantesco cuerpo al completo se cernió sobre ella. Inclinó la cabeza y le dio suaves besos en el cuello. Bajó hasta el inicio del hombro, donde sabía que era extremadamente sensible.

—Tentarte.

Zephyr soltó una risa entre dientes, lo agarró de los costados y echó la cabeza hacia atrás.

—¿Con tu polla mágica?

Él esbozó una media sonrisa con la parte izquierda de la boca. Entonces vibró el teléfono. Zephyr se asomó a ver quién era.

—Es mi madre —le dijo.

Cogió el móvil y fue a quitárselo de encima de un empujón, aunque él no se movió.

—Zephyr —se oyó claramente la voz de su madre por el altavoz.

Alfa hundió la cabeza y empezó a bajarle el pijama con los dientes. Le cubrió los pechos con sus enormes manos.

—Buenos días, mamá —saludó ella.

Alfa le estrujó un pecho y le lamió el otro pezón con la punta de la lengua. Ella aplastó la cabeza contra la almohada. La barba corta de Alfa contribuyó a intensificar la sensación al rozarle la piel tan sensible. Ella le metió los dedos por entre los cabellos, mientras que con la otra mano sujetaba el teléfono.

—¿Cómo es que me ha llamado la señora Billie, de tu edificio, para contarme que has pasado toda la semana con tu hermana? ¿Has dejado por fin a ese marido tuyo?

La esperanza en la voz de su madre era verdaderamente increíble. Zephyr se preguntó qué pensaría su madre si supiera que ese marido suyo se estaba dando un festín con sus tetas como si no tuviera ningún otro propósito en la vida. Alfa le tironeó de un pezón con los dientes. Ella se mordió los labios para no soltar el sonido que tenía atrapado en la garganta. Reunió aliento suficiente para responder.

—No, mamá —jadeó, intentando sonar tan normal como fuera posible—. Es que Zen me echaba de menos. No está acostumbrada a vivir sola y…, aaah…, decidí venir a verla unos días.

—¿Qué ha sido ese sonido?

Ese sonido se debía a su marido, que no dejaba de atormentarla, de morderle los pechos, meterse sus pezones en la boca y chupar con fuerza, que le hacía todo tipo de obscenidades con la lengua mientras ella seguía tumbada en la cama, a su merced. A los dos se les daba bastante bien el sexo, incluso cuando Alfa se contenía. Se preguntó cómo sería ahora.

—Nada —le respondió a su madre—. Es que estoy… paseando a los perros.

¿Por qué le estaba Alfa separando las piernas con las manos? Zephyr lo detuvo, pero vio el brillo en su ojo cuando le rasgó las bragas por el centro.

—Bueno —dijo su madre. Se oyó el microondas tras ella—. Al menos así haces algo de ejercicio.

Zephyr contempló el techo. Le estaba dando bajón.

—Mamá, te llamo luego —cortó, con la mandíbula tensa.

Alfa la miró, alzando una ceja con gesto de confusión. Ella bajó la vista hacia sus muslos, esos muslos que él le había separado, esos muslos con celulitis que su madre le había dicho con toda intención que debería tornear más. Normalmente, Zephyr no permitía que ese tipo de comentarios le hiciese daño, pero con el episodio de depresión e inseguridad del que estaba saliendo, resultaba fácil ver sus defectos y creerse lo que todo el mundo le decía. Intentó cerrar las piernas, pero él las mantuvo abiertas.

—¿Te parezco atractiva? —le preguntó, con curiosidad genuina por saber la respuesta.

No lo era según los estándares aceptados, pero a ella le gustaba su aspecto. Alfa le dio un beso en el pubis.

—¿Qué ha pasado?

—No has respondido a mi pregunta.

Él se apoyó con comodidad entre sus piernas y se las abrió algo más. La miró con aquel ojo dorado.

—Creo que eres mi arcoíris y el tesoro que hay al otro lado. Y no hay nada. —Le dio un mordisco—. Que se pueda. —Le dio un lametón—. Comparar a ti. —Le dio un beso.

Vale, él ganaba.

—Tú eres la bella retorcida, y yo, la bestia, ¿te acuerdas? —Notó su aliento cálido sobre la piel—. Y ahora esta bestia te va a comer el coño.

Alfa le separó del todo las piernas y la lamió de arriba abajo. Su lengua pecaminosa le azotó la piel. Zephyr, tumbada, le agarró la cabeza con las manos y dejó que la hiciera sentir como la mujer más hermosa del mundo.

25

Zephyr

Había habido otro asesinato. Esta vez se había encontrado un cabello de Alfa en la escena del crimen. Zephyr contemplaba a su marido en el coche, sorprendida y aturdida, mientras este le contaba todo lo que se había perdido desde que dejó de ir a su despacho. Iban de camino a uno de los clubs de Alfa en la ciudad. Por fin había cedido a la petición de Zephyr de conocer a alguna de sus chicas. No sabía si la distancia que había puesto entre ambos lo había afectado de verdad o si realmente la había echado de menos, o si quizá era solo que se había convertido en una compañera cómoda. Por el motivo que fuese, Alfa se estaba esforzando. Se esforzaba física y emocionalmente, y eso significaba mucho para ella.

Seguía sin ser de los que charlan, pero había pasado los últimos días intentando conectar de verdad con ella. Le había preguntado por el pasado de los dos, le había hablado de lo que pasó después de aquella herida y de su recuperación. Había permitido que lo viese como ella nunca lo había visto. Zephyr apreciaba todo aquello. Comer con ella, ver alguna serie antes de irse a la cama y comerle el coño se habían convertido en sus actividades favoritas. Zephyr sabía que se estaba tomando tiempo libre de su apretado calendario para poder darle esos momentos, y precisamente por eso se sentía tan querida. Algunas veces le daba tanto placer con los dedos o con su juguete que ella casi no podía soportarlo. Otras lo hacía con la lengua y los dientes. En cualquier caso, le daba placer y luego la abrazaba hasta que se quedaban dormidos, sin intentar buscar su propio placer con ella. Zephyr no sabía si era porque ella se había marchado la última vez que Alfa había hecho algo parecido o si se debía a alguna otra razón. En todo caso, él intentaba dejarla entrar en su corazón; Zephyr lo veía. Aun así sentía algo de cautela. Aún no se había curado del todo de tantos rechazos.

Echaba de menos tenerlo dentro de sí, pero su marido mantenía la distancia por completo en ese sentido. Zephyr no sabía por qué. Sin embargo, adoraba las otras caras que tenía aquel Alfa 3.0, como llamaba a aquella nueva fase suya. Antes, Zephyr hablaba y él escuchaba, y a veces hasta respondía. Ahora ella hablaba, él intervenía y le pedía que hablase más. Seguía en modo gruñón con otra gente, pero en privado había empezado a relajarse y permitía que ella viese una parte de él que hasta entonces había mantenido oculta.

—Primero semen y ahora un pelo —dijo Hector, al volante. Victor iba en el asiento del copiloto—. Esto está pasando de castaño a oscuro.

Alfa miraba por la ventana, perdido en sus pensamientos. Ella se mordió el labio. El miedo invadió la burbuja de felicidad que se había construido la semana pasada. Un asesino en serie en la ciudad intentaba culpar a su marido… y no tenían la menor pista para dar con él. ¿Era alguien que quería hacerse con el poder de Alfa? ¿Quizá alguien de su pasado? Y, si era alguien de su pasado, ¿lo recordaría Alfa? Oh, Dios. Los ojos de Zephyr volaron hacia la cicatriz de su cara.

—Tu cicatriz —dijo en voz alta. Alfa se volvió hacia ella, giró el cuello por completo porque estaba sentada del lado malo y, de otro modo, no la veía.

—¿Qué pasa con mi cicatriz? —preguntó, con el lado izquierdo de la cara serio.

—¿Podría ser que este asesino sea quien…?

Dejó morir la frase y cerró la boca al comprender que quizá los dos hermanos sentados delante no sabían que Alfa no recordaba nada. Tragó saliva.

—Luego —dijo él. La miró y asintió brevemente.

—Ya estamos aquí —anunció Victor. Zephyr se asomó, centrándose en el presente.

Estaban en el distrito industrial. Más concretamente, en el mismo aparcamiento del edificio donde estaba el gran cuadrilátero en el que Zephyr lo había visto luchar hacía semanas. Alfa salió del coche y se acercó a su lado. La agarró de las caderas y la bajó, aunque esta vez Zephyr no llevaba falda, sino vaqueros. Comprendió que le gustaba bajarla en volandas con su fuerza, que se sintiese más pequeña y segura junto a él.

—Gracias. —Le sonrió y se fijó en que su ojo le miraba el hoyuelo.

Alfa le apoyó esa mano enorme en la parte baja de la cintura y la guio hasta el almacén donde había tenido lugar la pelea. Aquella noche, entre los nervios y aquel torbellino de emociones, Zephyr no se había fijado en el edificio que había al lado. Todo indicaba que era un local corriente y moliente, excepto un letrero de neón junto a la puerta que decía club 69.

Qué original. Zephyr puso los ojos en blanco al ver el letrero y entró tras Hector, que abría la marcha. Victor los seguía desde atrás. En cuanto vio el interior, Zephyr ahogó un grito.

Aquel lugar no se parecía en absoluto a lo que había imaginado que sería un club de los bajos fondos. Todo el almacén se había remodelado para parecer un club con clase salido de una película ochentera de mafiosos. La zona principal tenía suelos de madera y una larga barra en un extremo, pulida y bien pertrechada. En los laterales de la pista de baile había mesas y sillas de aspecto cómodo. Unas escaleras ascendían hasta lo que Zephyr supuso que era la zona VIP, con vitrinas de cristal a ambos lados. Todo el espacio tenía clase, estaba decorado con tonos marrones y rojos. No debería haberse sorprendido. En vista del gusto para decorar interiores de su marido, estaba claro que le gustaba lo extravagante.

Durante el día, aquel lugar solía estar mayormente vacío. Apenas había unas cuantas mujeres sentadas a la barra, charlando. Zephyr reconoció enseguida a Jasmine. Ella se giró, los vio y esbozó una sonrisa, mirando a Zephyr.

—Anda, mira quiénes vienen. ¡El señor y la señora Villanova!

Para qué mentir: oír aquello la emocionó muchísimo. Las otras dos mujeres sentadas junto a Jasmine también la miraron con curiosidad. Había otra chica más sentada al otro lado. Hector se acercó a ella.

—¿Estáis haciendo un tour? —preguntó Jasmine, con aquel hermoso tatuaje facial de rosas que le cubría la mandíbula.

Zephyr asintió.

—Quería conocer… a las chicas.

Jasmine enarcó una ceja y negó con la cabeza.

—No están todas aquí. Estás son Irina y Katelin. Ven, que te presento.

Zephyr la siguió mientras Alfa hablaba con otro tío tras la barra. Quizá era el gerente. Las dos mujeres sentadas debían de ser un poco mayores que ella. La estudiaron con atención.

—No eres lo que esperábamos —dijo Katelin, recorriéndola de arriba abajo con la mirada, aunque sin animadversión—. Eres… pequeña.

Zephyr se rio.

—Pues sí. Soy Zee.

—Encantada de conocerte, Zee —dijo Irina con un fuerte acento—. He de decir que me parece raro que quieras conocernos.

Ella se encogió de hombros.

—Es que quería saber cómo era este sitio y cómo os va en AV. Como vengo de fuera, me viene bien entender el negocio, ¿sabes?

Si les pareció rara, fueron lo bastante educadas como para no mencionarlo. Zephyr pasó los siguientes minutos hablando con las mujeres, entendiendo los entresijos del imperio de su marido, oyendo la mayor parte de sus historias y comprendieron lo mucho que se alegraban de trabajar con la protección de AV.

Se enteró de que a Jasmine la había prostituido su padre desde que tenía doce años, durante casi una década, y que cuando intentó escapar le dio tal paliza que la dejó al borde de la muerte. Alfa la encontró y la envió a SLF. Luego empezó a trabajar para él y se convirtió en sus ojos y oídos en las calles. Irina había trabajado por libre, pero la habían violado dos hombres que la metieron a la fuerza en un coche. Se había arrojado del vehículo en marcha y había comprendido que necesitaba protección, aunque no quería tener ningún chulo. Acudió a AV. Katelin había estado con el Sindicato. La esclavizaron a los ocho años y estuvo con ellos hasta que un caballero muy adinerado la compró. Asesinó a aquel tipo, cambió de nombre y se escapó a AV.

Al hablar con ellas, Zephyr también comprendió que no todas las trabajadoras sexuales trabajaban igual. Katelin, por ejemplo, tenía a un hombre con quien pasaba tiempo a cambio de dinero, pero luego era libre para disfrutar de la vida como le viniera en gana. Irina, por su parte, venía al club dos veces en semana en busca de clientes. Jasmine no ejercía la prostitución.

—Las noches de pelea —le dijo Irina tras dar un sorbo a su agua— son especialmente buenas para el negocio. El cuadrilátero está aquí al lado. Después de las luchas, la gente quiere beber, charlar y gastar más dinero. Ahí hacemos el agosto.

Joder. Zephyr se preguntó si todas las trabajadoras de la industria tendrían historias tan horribles, si todas habían sobrevivido a inmensos traumas que enmascaraban tras el negocio del sexo. Comprendió la suerte que había tenido en la vida, lo privilegiada que era por haber nacido en una buena familia; con padres que habían cuidado de ella, una hermana que la amaba y un hombre al que le gustaba lo suficiente como para que la echase de menos cuando se iba.

Entonces comprendió el alcance de lo que había hecho Alfa por ellas. Les había dado a aquellas mujeres una alternativa, pero, lo que era más importante, le había dado seguridad y esperanza a gente que siempre estaba mirando por encima del hombro por si alguien la atacaba. Zephyr no podía ni imaginarse qué se sentía, si podría dormir por la noche sin preocuparse de su seguridad física sabiendo que había una salida si quería.

Tenía suerte, y estaba sentada en compañía de mujeres que no la habían tenido. Le dieron ganas de hacer algo por ellas, pero no sabía qué podía hacer. No tenía ninguna habilidad especial aparte de la peluquería y, hasta cierto punto, la pastelería. ¿Qué podría hacer para darles algo de alegría, algún recuerdo feliz? No lo sabía.

Una mano musculosa le rodeó la cintura. El taburete en el que se sentaba era tan alto que casi la ponía a la misma altura que su marido.

—¿Has acabado? —preguntó Alfa con voz grave y oscura.

Ella asintió y les sonrió a las chicas.

—Gracias por hablar conmigo.

Todas asintieron y se despidieron de ella. Alfa volvió a alzarla por las caderas para depositarla en el suelo, y luego fue con ella al exterior.

—¿Satisfecha?

Salieron al aparcamiento, en el que ahora había más gente. Zephyr contempló la escena con curiosidad.

—¿Qué pasa?

—Esta noche hay otra pelea —intervino Hector, que se les acercó—. Hoy son las últimas semifinales antes de la gran final.

Un momento, ¿era un torneo?

—¿Se da un título o algo así?

Zephyr no había visto nunca los deportes en la tele, así que no sabía cómo funcionaban esos campeonatos. Hector soltó una risa entre dientes.

—El premio es sobrevivir. La mayoría de los luchadores no participa voluntariamente.

Espera, ¿qué? Zephyr miró a Alfa, que tenía el ojo clavado en la entrada al cuadrilátero.

—¿A qué se refiere Hector?

Alfa suspiró.

—Los luchadores pertenecen… a otras personas. Los entrenan y apuestan en cada lucha. Como no hay reglas, las peleas suelen acabar cuando uno de los dos muere.

A Zephyr se le encogió el estómago. Contempló a los hombres que había a la entrada del almacén. Intentó captar algo que le indicase que lo que le acababan de contar era lo que estaba sucediendo. Reconoció al tipo al que llamaban el Saqueador, de la otra noche, el que le había roto el cuello a aquel chico en pocos segundos. Se encontraba en un lateral, con chaleco y calzones cortos. Su pelo rubio platino parecía fuera de lugar en aquella ciudad tropical; tenía los ojos fijos en la lejanía. Junto a dos hombres trajeados había otro luchador con calzones cortos y aire servil.

—Ese chico quiere que lo maten. —Hector señaló al luchador más callado—. El Saqueador es una de las máquinas de matar más brutales del circuito. Y me parece que el chico también lo sabe, no hay más que verle la cara.

Desde luego, allí había mierda para dar y regalar. Zephyr no lo sabía, no había pensado que hubiese toda una industria floreciente en el negocio de la muerte.

—¿Y por qué sigues luchando tú? —Miró a Alfa, intentando entender por qué se pondría en riesgo en cada pelea si no había nadie que lo obligase.

Él encogió los anchos hombros.

—Me gané mi reputación a base de luchas callejeras cuando era un chaval. De vez en cuando tengo que subirme al cuadrilátero para mandar un mensaje. —Le lanzó una mirada intensa con su único ojo—. No hay que joderme ni a mí ni a lo que es mío.

Si lo que pretendía era distraer su atención, lo había conseguido. Zephyr se obligó a no pensar en esa última frase ni en lo que significaba para mantenerse en la conversación.

—¿Por eso has subido las otras noches al cuadrilátero? ¿O es que luchabas para evitarme?

A juzgar por el modo en que Alfa tensó la espalda, Zephyr comprendió que la respuesta correcta era esa última. Suspiró.

—Al menos, ya no tendrás que volver a subir al cuadrilátero de la muerte. —Al ver que Alfa se detenía, le dio un vuelco el corazón, pero de mala manera—. ¿Qué?

—Tengo que pelear una vez más en el torneo.

Zephyr sintió que le corría plomo por las venas.

—¿Qué? ¿Por qué?

—Porque ya he ganado una pelea. —Alfa le acarició la barbilla con suavidad. Hablaba de participar en una pelea a muerte con la misma despreocupación con la que ella hablaba de su pelo—. Tirar la toalla ahora enviaría el mensaje equivocado.

—Pero...

Él le apretó más la barbilla.

—Así funciona mi mundo, Zephyr. El mensaje que envías equivale al tipo de hombre que eres. Puede que aquí sea tu marido, pero ahí fuera soy el Alfa. Así que voy a luchar en ese cuadrilátero, y tú, mi querida esposa, te vas a sentar en primera fila como la última vez y me vas a animar. Le vas a demostrar a todo el mundo que, aunque seas pequeña, no eres débil.

Zephyr alzó la mirada hacia él, con el corazón retumbando en el pecho. Luego apartó la vista y se encontró con que el Saqueador los miraba. Si Alfa estaba en lo cierto, pronto se enfrentaría a aquella máquina de matar. Y ella tendría que ver toda la pelea.

26

Alfa

Le sorprendió recibir una llamada de su cuñada durante el día. Alfa se limpió la cara con una toalla; el sudor le caía por el pecho. El teléfono lo interrumpió en mitad de sus entrenamientos. Con la lucha inminente, y sabiendo que su oponente era el Saqueador, Alfa se estaba preparando en serio por primera vez en mucho tiempo. Cogió el móvil y se lo llevó a la oreja. Sintió un picor fantasma en el ojo a causa del sudor.

—Hola, cuñada —saludó, con curiosidad por saber por qué lo llamaba a él y no a Zephyr. Debía de ser por SLF, no se le ocurría ningún otro motivo.

—Hola, cuñado. —Zenith le devolvió el saludo. Alfa se concentró al instante al oír su tono serio.

—¿Pasa algo? —preguntó. Sintió un nudo en el pecho al pensar que podía haberle pasado algo a su esposa. Era el único motivo por el que Zenith hablaría en un tono tan sombrío.

—Acabo de llegar a casa y he encontrado un sobre —le informó—. Dirigido a ti.

Mierda. ¿Por qué cojones iba el asesino a utilizar precisamente a Zenith para enviarle una nota a Alfa? Podría entender que utilizase a Jasmine. Incluso a Zephyr. Pero dejar una nota para Zenith, en su casa, no tenía sentido. Alfa paseó la vista en torno al centro de entrenamiento, el que tenía para luchadores del distrito industrial cerca del cuadrilátero. Estaba a unos quince minutos del apartamento de Zenith.

—¿Me lo puedes traer? —pidió—. Podría ser urgente.

Zenith accedió y él le dijo la dirección. Colgó y fue a los vestuarios a cambiarse, con muchas preguntas dando vueltas en la mente. El teléfono volvió a sonar. Esta vez quien llamaba era su mujer.

—Arcoíris. —Pasó a manos libres mientras se ponía los vaqueros—. Supongo que tu hermana ya te ha llamado, ¿no?

—Ay, Dios, ¿es el mismo sobre negro? —La voz, dulce y femenina, le salía a borbotones—. ¿Crees que sabe que tu ADN estaba en la última escena del crimen? ¿Vas a encontrarte con él? No quiero que los polis te arresten por algo que ni siquiera has hecho, así que...

—Respira —ordenó él, con cierta hilaridad a pesar de aquel oscuro giro de los acontecimientos.

Oyó que a Zephyr se le cortaba la respiración. Soltó el aire de los pulmones. Sonrió al comprobar que le hacía caso. Zephyr solía hacer eso a menudo, de manera natural le salían ciertas cosas que lo iluminaban por dentro, aunque no sabía si ella se daba cuenta. Desde que había regresado a casa había estado más reservada, se había retraído un poco, lo suficiente para que él lo notase. Y, joder, Alfa se sentía como una mierda por ello. Sin embargo, también notaba un fuego que ardía dentro de él, el ansia de conseguir que Zephyr lo amase de nuevo, tan abierta y completamente como antes, y que expulsase todas las dudas de su mente. Era él quien tenía problemas de confianza en la pareja, no ella.

—Pídele a Zen que te lea la nota cuando llegue —le sugirió su esposa tras calmarse un poco.

Él se puso tenso por puro instinto. No le gustaba que nadie supiese de su incapacidad para leer letra impresa en pequeño. No sabía por qué, pero conseguía entender letreros y grandes pósteres y, sin embargo, cuando se centraba en letras más pequeñas, sentía dolor de cabeza. Y no se trataba de la visión, porque veía tanto de cerca como de lejos con total claridad con su único ojo. Era otra peculiaridad vinculada a ese ojo que le faltaba. Una peculiaridad que ya no comprendía.

Alfa no sabía por qué le había dicho a Zephyr que no sabía

leer, si en realidad las únicas personas que lo sabían eran sus centinelas. Quizá sus instintos habían sabido en lo más profundo que era digna de su confianza, o quizá había sido demasiado cabezota como para escuchar a su sentido común. Joder, cómo odiaba confiar en la gente.

Pero había empezado a confiar en Zephyr e, implícitamente, en su hermana. Tampoco tenía alternativa. Hector no estaba en la ciudad, así que otro de sus chicos le había hecho de chófer, y desde luego no pensaba darle la nota para que se la leyese. No, era mejor probar con Zenith.

—Vale —le dijo, y colgó. Luego se dio cuenta de que quizá no debería haber sido tan brusco con ella. Es que era así con todo el mundo.

Soltó un suspiro, se guardó el teléfono y salió al aparcamiento. El sol se estaba poniendo ya; la oscuridad se acercaba por el horizonte y perseguía al día en retirada. Alguien salió del edificio de entrenamiento tras él y se detuvo a su lado. Era el Saqueador.

Alfa había coincidido con él una vez; había luchado a su lado cuando era más joven, en las calles. Aquel chico había canalizado todo el odio que lo llenaba y se había convertido en un arma que le había granjeado a la industria la hostia de dinero.

—Adrik. —Alfa lo saludó usando su nombre real. Se preguntó si era posible tener un pelo tan blanco de nacimiento.

—Alfa —dijo aquel tipo peligroso a su lado, y se crujió los nudillos—. Esta vez no deberías haber entrado en el torneo. Ahora estoy yo en el cuadrilátero.

Alfa evitó responder de forma deliberada. Probablemente, Adrik era el único hombre capaz de sacarle ventaja en el cuadrilátero, aunque era más delgado y varios centímetros más bajo. Era otro chico de las calles, mucho más duras, de su país natal. Había crecido hasta convertirse en una fuerza con la que había que tener cuidado cuando se subía al cuadrilátero. Alfa guardó silencio. Adrik giró el anillo de su mano izquierda y mantuvo la vista al frente.

—No quiero matarte, Villanova. Y no estoy listo para morir. Hay cosas que quiero hacer. Deudas que tengo que… saldar.

Alfa se concentró aún más en aquel tipo. Tendría que investigarlo más a fondo. El archivo que tenía sobre él era antiguo; tenía informes sobre todas las personas de los bajos fondos que consideraba lo bastante importantes. Estaba claro que algo había cambiado en la situación de Adrik desde la última vez que Alfa indagó sobre él. Habló con tono ligero adrede:

—A mi esposa no le va a hacer gracia que te permita tocarme. Es muy posesiva.

Adrik soltó una risa entre dientes y se llevó la botella de agua a la boca.

—Tienes suerte. La mía me rajaría como un cerdo en cuanto se le presentase la oportunidad. —Interesante. Muy interesante—. Así pues, ninguno de los dos va a morir —afirmó—. Piénsate cómo podemos hacerlo sin manchar el nombre de los dos. Piénsalo.

Dicho lo cual, regresó al edificio y dejó a Alfa reflexionando sobre sus palabras. Tenía razón. Debía haber un modo de quitarse de encima la pelea sin manchar sus reputaciones. Mientras Alfa pensaba, un taxi plateado entró en el aparcamiento. Su cuñada se bajó de la parte trasera. A Alfa le sorprendía que las dos hermanas hubiesen podido vivir en la ciudad sin ningún medio personal de transporte. Sabía que Zephyr no había aprendido a conducir, sobre todo porque, cierta noche en que Hector casi tuvo un choque lateral con otro coche, no dejó de comentar lo mucho que la asustaba ponerse al volante. En cuanto a Zenith, no lo sabía. La hermosa joven se le acercó con cara seria. Hurgó en su bolso y sacó el sobre.

—Léemelo, por favor —le pidió.

Los ojos oscuros de Zenith volaron hacia su parche, y luego comprendió. Chica lista. Abrió el sobre y sacó la nota, idéntica a las demás que había recibido Alfa.

—«Ha llegado la hora de conocernos en persona». —Zenith leyó en voz alta lo que ponía la nota—. «Considéralo un gesto de cortesía. Si quieres la verdad, ven a medianoche al Embarcadero Viejo. Y ven solo. No volveré a contactar contigo».

Alfa sabía exactamente dónde se encontraba aquel lugar. Era

un sitio viejo y abandonado junto al río. Hacía años lo había destruido una pequeña inundación, y ya nadie pasaba por allí.

Podría ser una trampa. Que él supiera, quien le estaba enviando esas notas era el propio asesino. Podría querer atraerlo a esa ubicación. Sin embargo, su instinto le decía algo bien distinto. Le decía que se trataba del único hombre de quien no había conseguido que le hicieran un informe, porque ese hombre era un mito y existía en las sombras que le daban nombre.

Cogió la nota que le tendía Zenith, sabiendo que no podía conducir él mismo pero tampoco podía llevarse a sus hombres. Miró a su cuñada.

—¿Sabes conducir?

Zenith parpadeó, sorprendida ante su pregunta.

—Eh…, sí.

Él asintió.

—Bien. Necesito que me lleves a esta ubicación.

Zenith comprobó la hora en su reloj de pulsera.

—Con el tráfico que hay ahora, tardaremos dos horas en llegar. Está en el otro extremo de la ciudad.

En ese caso, Alfa tendría tiempo de indagar sobre aquel sitio.

—Ven conmigo al complejo. Nos iremos después de la cena.

Su conductor sustituto los llevó al complejo. Alfa tenía demasiadas cosas dando vueltas en la cabeza, preguntas que había postergado. El día anterior habían venido a verle del departamento de homicidios a las Tridente. Le habían preguntado por su paradero cuando se habían producido los asesinatos. Querían saber por qué iba alguien a querer culparlo. Alfa tenía coartadas sólidas para la mayoría de los crímenes, y de todos modos tenía a sueldo a aquellos polis, pero desde luego lo irritaba que hubiese un gilipollas suelto en su ciudad. Un gilipollas que no solo atacaba y cazaba precisamente a la gente a la que él estaba protegiendo, sino que intentaba culparlo a él de manera sistemática.

Zephyr los recibió en la terraza y le hizo un tour a su hermana, que se había quedado con los ojos desorbitados al ver el sitio. Alfa se dio una ducha y puso la mesa para cenar. Los perros se sentaban por diferentes rincones de la cocina. Barón ignoraba a todo el mundo, como siempre. Bambú, enamorado hasta las trancas de Zephyr, la miraba como si fuese el ser más hermoso del mundo. Y Bandido mordisqueaba otro sujetador que le había robado del armario; este último era azul, a juego con su pelo.

A Alfa siempre le había gustado el pelo de Zephyr, ondulado y lo bastante largo como para que pudiese liárselo con dos vueltas en el puño. Tenía un poco de pelusa en la frente que le daba un aspecto adorable cuando sonreía, cosa que hacía casi todo el tiempo. Sin embargo, Alfa se había dado cuenta de que las sonrisas de Zephyr ya no eran como antes. A veces sonreía a la gente por educación, aunque no le apeteciera, porque era una persona muy dulce. Era bien distinta a él, que se había olvidado de lo que era una sonrisa hasta que su mujer había sacudido a la bestia en su interior. A veces Zephyr sonreía cuando lloraba, y lloraba mucho, joder, para consternación de Alfa. Cuando esbozaba esas sonrisas le temblaba la boca de un modo que a Alfa le daban ganas de besarla para que dejase de temblar. Otras veces su sonrisa era traviesa, pícara; el verde de sus ojos resaltaba sobre el marrón, y se le marcaba el hoyuelo en la mejilla. Al verla, Alfa siempre quería darle la vuelta y soltarle una palmada en el culo.

Pero Zephyr también esbozaba a veces una sonrisa suave, la favorita de Alfa, esa que le golpeaba en el pecho por su ternura. Hacía mucho que no estaba acostumbrado a la amabilidad. Su vida había sido brutal, fea y monstruosa; hecha de filos, heridas abiertas e intereses egoístas. Zephyr, en cambio, era suavidad, luz y generosidad. Su mera existencia demostraba que existía el bien en el mundo; que más allá del dolor, la agonía y la oscuridad, también existía la alegría bajo la forma de una mujer diminuta.

No le gustaba que se hubiese teñido el pelo de azul, que era un color más asociado con la tristeza, como ella misma decía. Esperaba que algún día volviese a cambiar de color, porque ver aquellos mechones le recordaba que casi la había perdido por terco.

Acabaron de cenar. Zephyr y Zenith se habían pasado casi todo el tiempo charlando, hablándole de su infancia, contándole anécdotas graciosas de cuando eran pequeñas. Por primera vez, sentado con aquellas dos mujeres que discutían en broma, rodeado de buena comida, con sus chicos, Alfa sintió que lo inundaba la sensación de tener familia. Hacía mucho tiempo que quería tener algo así, pero había llegado a creer que jamás lo conseguiría. Al principio había sido el hecho de no tener que comer solo, de poder compartir una comida con alguien. Luego había sido estar sentado en el sofá, con ella a su lado, apretada a él, viendo la tele. Había sido regresar a casa y que le diesen la bienvenida no solo sus chicos, sino la genuina alegría de Zephyr al verlo. Poco a poco, ella había ido cambiando aspectos de su vida, pedazo minúsculo a pedazo minúsculo, de un modo del que Alfa no se había percatado hasta que había dejado de pasar. Y ahora Zephyr era parte vital de su sangre, la necesitaba para funcionar.

No quería decírselo jamás, pero lo mejor que ella podría haber hecho por la relación de los dos había sido marcharse. Su ausencia lo había sacudido lo suficiente como para abrir el ojo y darse cuenta de que lo que quería era vivir con ella, que ansiaba un futuro con ella.

Era extraordinario; Zephyr no dejaba de añadir detalles a su vida.

Ahora el único problema, al menos por parte de Alfa, era físico. Zephyr era una amante asombrosa. Sabía lo que quería y lo sabía formular. Era completamente desenfrenada a la hora de aceptar a Alfa y de aceptar su propio placer. Y, joder, cómo le gustaba a él complacerla, oír esos ruidos, esas súplicas en voz alta; ver cómo le temblaba y se le retorcía el cuerpo al correrse; sentir sus voluptuosas tetas en las manos y saborearla una y otra y otra vez. Le encantaba.

Pero quería más y no sabía cómo conseguirlo. No podía regresar a la situación del principio. Se había reprimido de muchas maneras, y eso le había dado el control que necesitaba. Sin embargo, ahora lo que quería era tumbarla bocabajo sobre una mesa, tirarle del pelo y follársela hasta que las patas se rompiesen con la presión. Quería correrse dentro de ella y meterle dentro todo el semen que se le escapara, asegurarse de que se le quedaba dentro y le marcaba las entrañas. La fuerza de su deseo lo asustaba, pues sabía que podría perder el control y hacerle daño. Si eso sucedía, no podría vivir consigo mismo. Zephyr era mucho más menuda que él y tenía el coño tan prieto que, cuando Alfa le metía la polla, comprendía que podría romperla en dos si se pasaba. Ya no sentía ningún desapego.

—Creo que mamá lo está aceptando. —Zenith señaló a Alfa mientras fregaban los platos—. Me ha dicho que quería organizar una boda en condiciones para los dos. Se está olvidando de la rata.

Zephyr suspiró.

—¿Queremos de verdad una boda?

Eso cabreó a Alfa.

—No te vas a marchar.

Le salió la voz más bien como un gruñido. Zephyr le lanzó una mirada a la que Alfa se había acostumbrado recientemente, el tipo de mirada que decía que Zephyr no estaba segura de si no deberían «seguir adelante con sus vidas». Ni que fuese a permitírselo. Si lo intentaba, se iba a enterar de lo que era tener un acosador de verdad. Ya se había pensado un plan, por si acaso: aparecería allá donde fuera Zephyr y mataría a cualquiera con quien ella intentase «seguir adelante». Odiaba esa puta expresión. Zephyr se lo había dado todo; ni de coña pensaba permitir que hiciese lo mismo con nadie más. Todo lo de Zephyr era suyo. Zephyr era suya.

Alfa ignoró la mirada y se dirigió a Zenith:

—Deberíamos irnos ya.

Zenith se echó el bolso al hombro, lista para marcharse.

Alfa se inclinó y alzó aquella cara adorable de su mujer hacia él con los dedos, con el pulgar bajo la barbilla. Le encantaba que su dedo encajase a la perfección ahí; como si hubiese estado hecho para encajar. Le plantó en esos labios gruesos un fuerte beso que dejaba a las claras lo que pensaba de que Zephyr se plantease siquiera una alternativa a él, y luego se apartó. Ella lo miró, con las pupilas dilatadas y los ojos algo aturdidos.

—Ten cuidado.

Él le dio un golpecito bajo la barbilla y se marchó.

Zenith conducía con cuidado. Iba despacio pero firme hacia la ubicación. No hablaba mucho, se centraba en la carretera. Las dos horas pasaron volando. Alfa iba perdido en sus pensamientos y Zenith en los suyos, ambos en un silencio cómodo.

Atisbaron el muelle. La luz de la luna brillaba sobre las aguas oscuras del río. No era más que un cobertizo para barcas que seguía intacto. Hacía algunas décadas, aquel sitio había sido una ruta de comercio por la que pasaban embarcaciones y tal que iban y volvían de ciudades repartidas a lo largo del río. Tras la inundación se había construido al otro lado de la ciudad un muelle nuevo, mejor y más sostenible. Este había quedado abandonado. Alfa jamás había estado allí antes, pero al pasear la mirada por el lugar lo invadió una ominosa sensación de *déjà vu*, como si ya hubiese pasado por aquel sitio.

—Quédate en el coche. Cierra los pestillos. Si no regreso en quince minutos, vuélvete —le ordenó a la chica.

Se puso el cuchillo que siempre llevaba en la bota izquierda, así como una pistola de refuerzo en la cintura, aunque no le gustaban mucho las armas. Con su vista, casi nunca conseguía acertar a un objetivo en movimiento. Sin embargo, a quemarropa funcionaba bastante bien.

Zenith contempló aquella zona abandonada y asintió, reticente.

—Ten cuidado.

Alfa salió y se aseguró de que los pestillos del coche estaban echados. Lo tranquilizaba un poco que el vehículo fuese a prueba de balas. Una vez cerrado por dentro, sería imposible entrar. Había llegado la hora de conocer al tipo que le había enviado esos sobres negros.

No había nadie por la zona. Se acercó al embarcadero y se apoyó en la pared, mirando de reojo al coche, con las orejas bien abiertas por si se oía algún sonido desacostumbrado. Sin embargo, lo único que se captaba era el rumor del río, algún animal en el bosque y el motor del coche.

A Alfa no le parecía ideal reunirse en un embarcadero abandonado, a medianoche, en una de las peores zonas de la ciudad.

Pero aquel cabrón iba con cuidado, desde luego, sobre todo si era quien Alfa sospechaba. Siguió apoyado contra la pared de lo que en su día fue la caseta para las barcas y contempló el río iluminado por la luz de la luna, que discurría hasta perderse en el bosque. Ojalá le hubiese gustado fumar aunque fuese para tener algo que hacer mientras esperaba. Lo había intentado cuando era un adolescente malhumorado todo el tiempo, pero no se había enganchado. Sacó el cuchillo y empezó a girarlo entre los dedos, como haría un estudiante con un bolígrafo. Era un truco que había aprendido después de sufrir su gran herida, cuando la cicatriz de la mano derecha le tiraba del músculo. Ese juego le había ayudado a mantener el músculo móvil y diestro. También le había ayudado a sentirse más calmado al saber que seguía llevando aquel cuchillo que tenía desde los diecisiete años.

De pronto sintió un hormigueo en la nuca. Había alguien por allí. No miró alrededor, sino que se centró en sus otros sentidos, intentando ubicar la presencia. «¿Es un animal? No, es humano. Ojos... ¿A la derecha? No. A la izquierda. ¿Está cerca? No, a un par de metros».

—Señor Villanova.

Aquella voz calmada a poco más de dos metros de distancia confirmó sus sospechas. Alfa miró hacia el lateral, despreocupado, pero no vio más que una sombra en el extremo de la caseta.

—Hombre Sombra —saludó con voz firme.

El mito. La única persona de todos los bajos fondos a la que no se acercaba nadie. Decían que si el Hombre Sombra llamaba a tu puerta, nadie volvería jamás a saber de ti. Pero, joder, Alfa esperaba que en su caso no fuese así.

—La nota decía que tenía que venir usted solo.

Hablaba sin inflexiones, pero su voz tenía un leve acento que Alfa no conseguía ubicar. Se encogió de hombros.

—Con el ojo malo no puedo conducir. Querías reunirte conmigo, ¿no?

Hubo un silencio durante un largo minuto. Un largo minuto en el que Alfa contempló el río, con los oídos alerta. Se oyó un leve murmullo y luego la voz volvió a sonar:

—El asesino quiere que lo culpen a usted.

Alfa resopló.

—Eso es evidente.

—Ha hecho un trato con el Sindicato.

¿Qué? Alfa miró hacia un lado, lo suficiente como para ver una silueta alta.

—¿Qué tipo de trato?

—Les va a entregar algo a cambio de que lo ayuden a acabar con usted.

Interesante. Alfa no sabía que la organización hiciese tratos con asesinos independientes.

—¿Y por qué me lo cuentas? —preguntó. Cada vez le picaba más el ojo.

Se encendió la llama de un mechero, que iluminó una mano enguantada y luego se apagó.

—Que usted siga dirigiendo la ciudad encaja con mis planes.

¿El Hombre Sombra tenía planes? Alfa no preguntó eso en voz alta. No sabía nada de aquel tipo, y eso lo convertía en un elemento impredecible con el que no sabía cómo tratar.

—O sea que el asesino trabaja para el Sindicato —verificó Alfa.

—Mata porque disfruta matando —aclaró el hombre—. La organización, para él, no es más que un medio para alcanzar un fin…, que es acabar con su papel en esta historia.

—Hablas como si hubiese un plan mucho mayor en marcha.

Una risa entre dientes sin el menor humor.

—Siempre lo hay.

Aquella charla era, como mínimo, interesante.

—¿Sabes quién es el asesino?

—Sí.

Alfa esperó a que se lo dijese, pero el Hombre Sombra no dijo nada.

—¿No me lo vas a decir?

Él esperó un latido.

—Llame a su hermano en Tenebrae. El chivato que ha infiltrado tiene información que le será de utilidad.

Alfa se tensó, con el cuchillo aún en la mano. Casi nadie sabía de su relación con Dante, como tampoco se sabía que Dante hubiese infiltrado hacía unos meses en la organización a Vin, uno de sus tipos. ¿Quién coño era ese tío?

—¿Y ya está? —Alfa intentó contener la ira, cabreadísimo por aquellas respuestas crípticas. No había venido a jugar a los juegos de aquel tipo—. ¿Eso era lo que querías decirme?

Una breve pausa.

—Usted no se acuerda, pero el asesino es el mismo hombre que lo dejó sin ojo hace años.

Sintió que se le llenaban las venas de plomo. Se enderezó del todo y dio un paso hacia aquella silueta, que no se movió.

—¿Y tú cómo coño lo sabes? ¿Quién es el asesino?

El hombre no respondió.

¿Qué cojones…? Aquello era personal. El Hombre Sombra sabía que Alfa no se acordaba de nada, sabía quién era el asesino y sabía que era la misma persona que había destruido su vida. Y, aun así, no dijo nada.

Seriamente irritado, Alfa avanzó hacia él, listo para dejarlo hecho trizas si era lo que hacía falta para obtener respuestas.

—Yo no lo haría si fuese usted.

Lo que lo detuvo fue el tono: calmado, claro, letal. Había que tomarse en serio a un hombre que le soltase una amenaza con una calma tan siniestra a alguien como Alfa. Se mantuvo al borde de las sombras. Alcanzó a ver que la silueta se metía las manos en los bolsillos de la chaqueta.

—Voy a descubrir quién eres, Hombre Sombra.

Alfa hablaba en serio. Se iba a hacer una carpeta entera con información sobre aquel tío y se la iba a pasar a todos los jefes de los bajos fondos que conocía.

La voz volvió a sonar, esta vez divertida. Dijo una única y escalofriante palabra antes de desaparecer:

—Inténtelo.

27

Zephyr

El hecho de que el asesino fuese el mismo hombre que le había arrancado el ojo a su marido y le había dejado aquella horrible cicatriz le helaba la sangre a Zephyr, más de lo que quería que se le notase. Quienquiera que fuese, tenía un impulso vengativo hacia Alfa desde hacía tanto tiempo que seguramente querría matarlo. Y como no había podido, decidió matar a otras personas para culparlo a él.

Alfa no habló mucho sobre el tal Hombre Sombra. Zen ni siquiera se había dado cuenta de que hubiese nadie allí, aunque había estado mirando todo el tiempo. Sin embargo, según Alfa, se estaba liando bien gorda.

Desde aquel encuentro, Alfa estaba de los nervios. Se mostraba más sombrío, más callado, envuelto en un aura negra por la que Zephyr en realidad no podía echarle la culpa. Hasta aquel momento, Alfa había tenido la esperanza de que sus heridas se hubiesen debido a algún tipo de accidente muy grave. Pero ahora, al saber que no era así, que había sido deliberado, al saber que había alguien que lo sabía aunque él no lo recordaba…, todo aquello lo estaba destrozando por dentro. Zephyr lo sentía mucho por él.

Hasta su madre se había dado cuenta y se había preocupado por el humor de Alfa cuando ambos fueron a cenar. Y eso que Alfa no le gustaba en absoluto a su madre. Ahora, tumbados los dos en la cama, Zephyr lo miraba. Las sábanas lo cubrían parcialmente, tenía el teléfono con el manos libres activado al lado y contemplaba la nada.

—Sí, Vin ha encontrado algo —dijo la voz suave de Dante por el altavoz. De fondo se oían los gorjeos del bebé. Debía de estar al teléfono cerca de Tempest. Qué mono. Tras una pausa, añadió—: Pero escucha, estaba pensando ir a verte este fin de semana. Para comentarlo todo en persona, sobre todo si el Hombre Sombra se ha mezclado en el asunto. No sabemos cómo ha averiguado lo que sabe, y sería mejor andarse con cuidado, sobre todo porque no sabemos a qué está jugando. No es casualidad que también haya estado en contacto con Morana. Ahora ha acudido a ti para darte cierta información útil, pero selectiva. No confío en él.

Alfa asintió. Se puso la mano tras la nuca y su bíceps se abultó.

—Estoy de acuerdo. Tengo una pelea este viernes —le informó a Dante, pero su ojo voló hacia Zephyr para ver cómo reaccionaba. Ella mantuvo una expresión neutra, aunque tenía un nudo en el estómago por aquella pelea inminente.

—Genial —dijo Dante—. Me gustaría asistir.

—Por supuesto —dijo Alfa.

Zephyr se alegró de escuchar aquello. Se dio cuenta de que, aunque fueran con cautela, los dos hermanos intentaban encontrar algún punto en común sin que se les notase. «Hombres».

—Por cierto, Morana no deja de comerle la oreja a Tristan para que la lleve a ver tu casa. Últimamente está obsesionada con resorts de luna de miel. Tristan le ha dicho que tu complejo parece justo eso.

Alfa gruñó.

—Este sitio no es ningún puto resort de luna de miel.

Lo cierto es que lo parecía, más o menos, aunque no había ninguna luna de miel. Había bastantes actividades que se hacían bajo la luna, eso sí, pero nada de lunas de miel.

Tempest balbuceó algo y Dante le tiró varios besos, para luego volver a ponerse al teléfono. Se notaba que estaba sonriendo.

—Lo que te estaba intentando decir es que Morana no va a permitir que Tristan venga solo esta vez. Yo también voy a traer... —Dante puso tono de estar hablando con el bebé, y Zephyr se derritió— a mi adorable princesita. Estos días me da ansiedad cuando nos separamos. O sea que mamá —gritó esa última palabra a lo lejos, claramente dirigida a Amara—, también va a venir.

—Menudo calzonazos estás hecho. —Alfa soltó un resoplido divertido.

—Y contento de que así sea —concordó Dante, sin la menor vergüenza en la voz—. Así que seremos dos parejas y dos críos, además de cinco guardaespaldas. Aterrizamos el viernes por la tarde.

—Mandaré a alguien a que os recoja —confirmó Alfa.

—Vale. Mándale un beso a Zephyr. —Se puso a tirar pedorretas.

Alfa la miró.

—Le daré un saludo de tu parte.

—He dicho un beso.

—Que te follen.

Su marido colgó, aunque antes se oyó la risa de Dante. Zephyr sonrió, se recolocó en la cama y se tapó junto con su marido mientras este apagaba las luces con el mando. Seguía de los nervios, su cara era una nube oscura de aprensión y tenía la mente preocupada con demasiadas cosas que recordaba y que no recordaba.

Zephyr se le subió encima. Poco a poco se había ido abriendo de nuevo a él. Sus reservas habían bajado con todo lo que había estado pasando Alfa en los últimos días. A pesar de todo, él seguía diciéndole que no iba a permitir que se fuese a ninguna parte. Y ella no quería irse. Lo que quería era que Alfa no se preocupase más por ello. Desde que había vuelto, la relación entre los dos había evolucionado. Ahora Alfa sabía la verdad de su pasado, por limitada que estuviese, y Zephyr había aceptado que jamás lo recordaría. Desde entonces, había mejorado. Aunque su marido a veces intentaba preguntarle por su breve pero intensa relación de hacía una década, ella había conseguido que entendiese que quizá era mejor dejarlo estar, sobre todo porque su mente había olvidado a propósito ciertos momentos, seguramente debido al trauma. Le había dicho que tenía que confiar en ella y, aunque Alfa tenía problemas de confianza, Zephyr notaba que intentaba esforzarse.

Le apartó el pelo de la cara, sentada a horcajadas sobre él. Le quitó el parche y dejó al aire el tejido cicatrizado de debajo. Le encantaba que Alfa le permitiese verlo así, cuando se sentía feo. Valiente idiota. Su fealdad era belleza para Zephyr.

Como hacía cada noche, le dio pequeños besos en la cicatriz, empezando por la línea del pelo, pasando por el ojo, mejilla abajo, hasta la comisura de la boca. Normalmente, en ese punto Alfa se giraba y empezaba a besarla también, pero Zephyr estaba harta de que se contuviese cuando hacían el amor. Lo deseaba por completo, como era, brutal y crudo. Y lo conseguiría.

Dejó atrás su boca y descendió, siguiendo la cicatriz con los labios. Bajó por la línea de su cuello y siguió por el pecho musculoso hasta el punto donde alguien le había retorcido un cuchillo en el costado. Le besó la piel cicatrizada con todo el amor y la atención que se merecía. Le habría gustado estar con él mientras se curaba. Le pasó la lengua por el pezón y oyó que se le cortaba la respiración. Sus calzoncillos se abultaron levemente. Zephyr sonrió y descendió aún más. Siguió la línea de sus abdominales, de los músculos que había adquirido tras años de entrenamientos y luchas. Pasó la lengua por la línea que los separaba, asegurándose de que sus cabellos le acariciaban el torso al moverse para aumentar la sensación. Él se envolvió la mano con un mechón de su pelo, sin tirar ni detenerla, solo para que supiera que podía hacerlo. Sintió que su polla se le apretaba entre las tetas y las movió, para que él las sintiese.

—Joder —dijo Alfa entre dientes.

Le apretó un poco el pelo. Ella sonrió y volvió a mover las tetas. Le bajó los calzoncillos y recorrió toda la longitud de su polla con la lengua hasta la base, larga, gruesa, dura, con una vena en la parte inferior. Zephyr se la apretó entre los voluminosos pechos, sabiendo que a Alfa le encantaba verla así, y movió automáticamente las caderas para encajarse en el espacio que había creado. En uno de los movimientos ascendentes, dejó de apretarle la polla con las tetas y le dio un beso en el glande para luego pasarle la lengua por la vena inferior. Le empezó a salivar la boca de ganas de saborearlo. Él le agarró otro mechón de pelo con la mano libre y flexionó el cuerpo, dejando que fuera ella quien marcase el ritmo. Zephyr le agarró el miembro, se metió la punta en la boca y le lamió el agujero por el que ya asomaba una gota. Probó su esencia por primera vez. Y luego se la metió hasta la garganta.

Él gimió y ella alzó la vista a tiempo de ver que se le tensaba el cuello y hundía la cabeza en la almohada. Ver a aquella bestia desarmada por sus labios era una sensación embriagadora. Cerró los ojos y empezó a hacerle la mamada de su vida, al tiempo que se la acariciaba con las manos, arriba y abajo, alternando entre succionar y apretar, chupar y lamer, para que experimentase la sensación más intensa posible. A juzgar por los gruñidos que soltaba y cómo le agarraba el pelo, lo estaba consiguiendo.

Una de las manos de Alfa la soltó y ella abrió los ojos. Le había llevado la mano al culo y empezaba a tocarle los pliegues ya húmedos con los dedos. Se preguntó por qué la excitaba tanto chuparle la polla. ¿Sería la sensación de poder o quizá una sencilla respuesta biológica, mental o física? Zen le había dicho que había un nervio que conectaba el paladar de todas las mujeres con la vagina. Quizá el de Zee era especialmente sensible, porque hacerle una mamada a su marido le contrajo el cuerpo entero.

De pronto, Alfa tiró de ella con una fuerza de un solo brazo y la giró. Antes de que pudiera siquiera darse cuenta, se encontró con el coño apoyado en su boca, mientras que seguía chupándole la polla. Alfa le abrió los muslos con las manos. Y se excitó muchísimo. Jamás había hecho aquella postura.

Alfa empezó a devorarla con esa boca tan hábil. Su vello facial le acarició el interior del muslo con una fricción deliciosa. La acariciaba con la lengua, con un sonido alto y obsceno que le arrancó un gemido a Zephyr para el que ni siquiera se sacó la polla de la boca. Resultaba extraño, y al mismo tiempo increíble, sentir lo que le hacía Alfa, reaccionar y sentir cómo reaccionaba él a su vez. Era como un bucle infinito de sensaciones que acababa donde empezaba ella y empezaba donde acababa él. Un ying-yang sexual.

Alfa le separó los glúteos y empezó a acariciarle el clítoris con el pulgar mientras le comía el coño. Se contrajo entera sobre él.

—¿Lo has hecho antes? —le preguntó, pegado a su muslo, mientras le mordía la cara interior.

Ella aprovechó que se la sacaba de la boca para respirar y dijo entre jadeos:

—No.

Él siguió devorándola. Alternaba penetrarla con la lengua y acariciarle el clítoris. Ella empezó a gemir y a jadear con la polla de Alfa en la boca. Las vibraciones de su garganta lo excitaban más y más. No supo cuánto más duró, cuánto siguieron así, conectados en cuerpo y mente, reaccionando a las respuestas de cada uno, estimulando y siendo estimulados simultáneamente. Sin embargo, tras un rato, él le metió el pulgar en el ano mientras le succionaba el clítoris, y ella se corrió. Se sintió llena, invadida y poseída, con una sensación extraña y prohibida. Las terminaciones nerviosas le llameaban por todo el cuerpo. Se sacó la polla de la boca y gritó en pleno orgasmo al tiempo que le clavaba las uñas en los sólidos muslos. Sus propios músculos se estremecieron y contrajeron contra la cabeza de Alfa mientras el placer iba descendiendo poco a poco. Él se apartó y le dio una palmada en el culo que le provocó un chillido.

—Gírate —le ordenó.

Zephyr, que sentía como si no tuviera huesos en el cuerpo, consiguió de alguna manera darse la vuelta hacia él. Alfa se encajó entre sus piernas, que le rodearon las caderas, y le clavó una mirada intensa.

—Métetela entera.

El corazón de Zephyr empezó a galopar de nuevo al darse cuenta de que, por primera vez, Alfa iba a follar cara a cara con ella. Antes siempre había sido por la espalda, sin conectar de verdad tan íntimamente. Ahora estaba dejando que se acercase a ella.

En silencio, se alineó con él para que se la metiese. Sintió cómo su interior se tensaba y jadeó a medida que él entraba centímetro a centímetro. Se había olvidado de lo enorme que lo sentía por dentro, cómo la rompía en dos cuando llegaba hasta el fondo.

—Dios santo —dijo Alfa, con las manos agarradas a sus caderas.

Echó la cabeza hacia atrás mientras aquella fricción placentera envolvía de nuevo a Zephyr. Por fin llegó hasta el fondo, tan profundo que ella sintió que sus corazones se acompasaban.

—Arcoíris —dijo Alfa. Zephyr lo miró a los ojos, contempló la extensión de su cuerpo ante ella: cicatrices, músculos, tatuajes. Un hombre entero, suyo—. Móntame.

Ella le puso las manos en el pecho y obedeció. Giró las caderas para ver cómo se sentía y apretó el clítoris contra él. «Esto está muy bien». Se mordió los labios. Se sentía muy sexy, muy excitada, como una diosa. Lo cabalgó despacio, incrementando poco a poco el ritmo, intentando diferentes movimientos, averiguando qué les daba más placer. Él le agarró los pechos, le tiró de los pezones, jugó con ellos: les dio palmadas y tirones, los retorció. Cada nuevo movimiento le arrancaba un grito a Zephyr, que lo apretaba como un torno. En cierto momento, cuando ella se cansó, intercambiaron posiciones y Alfa se puso sus piernas sobre los hombros, sin separarse ni un momento, estirándole las corvas hasta que Zephyr no pudo más. El ángulo la hizo ver las estrellas.

Y volvió a correrse.

Él la puso a cuatro patas, le tiró del pelo y volvió a clavársela una y otra vez. Aumentó el ritmo con energía constante. Entonces Zephyr comprendió que Alfa no se lo estaba dando todo.

—Más fuerte —suplicó, igual que antes.

Esta vez, él respondió:

—Te voy a hacer daño.

—No me vas a hacer daño —replicó ella, y giró la cabeza para mirarlo—. No soy frágil. Fóllame como si de verdad tuvieses ganas.

Él le echó la cabeza hacia atrás de un tirón, muy fuerte, y le dio un beso. Sus caderas aumentaron el ritmo, pero apenas un poco. Con eso no bastaba.

—Piensa que a lo mejor «sigo adelante con mi vida» —empleó deliberadamente aquella expresión que Alfa odiaba—. Mírame, a cuatro patas para ti, justo como a ti te gusta, y tómame. Tómame como si fuera tuya.

—Eres mía —gruñó él. Le mordió un lado del cuello en un movimiento que la obligó a agarrarse a las sábanas.

—Pues demuéstramelo, porque no me estoy enterando.

Y, entonces, Alfa estalló. La inmovilizó por completo sobre la cama y se le acercó a la oreja.

—No me odies mañana si no puedes ni sentarte.

Y así, Zephyr comprendió hasta qué punto se había estado conteniendo. No pudo moverse, no pudo reaccionar, no pudo hacer nada excepto quedarse ahí tumbada, con las caderas en alto y recibirlo. La cama crujía con la fuerza de sus empellones, ella apretaba las sábanas ante el poder de cada embestida, el ángulo de cada nuevo golpe la estaba volviendo loca. La incomodidad se alineó con el placer hasta el punto de que ella tuvo que apretar los dientes, con el cuerpo tembloroso y la mente en blanco. No era más que un cúmulo de sensaciones que la envolvían mientras él la montaba con tanta fuerza que ella ni siquiera era consciente de los sonidos que estaba haciendo.

Volvió a correrse. Y otra vez. Y otra vez. Sin fin, su cuerpo se estremecía y veía estrellas tras los párpados. Tenía la mente completamente entumecida, ciega ante todo lo que no fueran las sensaciones de su cuerpo. El corazón le retumbaba en el pecho, su deseo era un frenesí, su amor era infinito, y su vida era de Alfa.

Debió de perder el sentido en algún momento, porque los siguientes minutos no fueron más que un vacío. Volvió en sí, tumbada bocabajo. Él estaba a su lado; el pecho le ascendía y descendía, la miraba con aquella mirada singular mientras le volvía a introducir con los dedos el semen que salía de su entrepierna. «Joder».

—No vuelvas a dejarme, arcoíris —dijo en voz baja en el reducido espacio entre los dos—. No sé si llegaré a recordarlo todo. No sé si lo que siento es amor. No sé lo que nos depara el futuro. Pero sé que quiero que estés conmigo. Sé que no quiero olvidarte esta vez.

Zephyr se derritió y su corazón se ablandó. Le plantó un suave beso en los labios.

—No voy a ninguna parte, guapo. Me enamoré de ti cuando eras un chico y me he enamorado de ti ahora que eres una bestia. Te quiero en todas tus facetas.

Compartieron el aliento durante un largo instante.

—¿Te acuerdas de cuando te dije que mi corazón era tejido cicatrizado y muerto?

—Ajá.

—Siento cómo palpita de nuevo contigo. Eres mi sangre. Mi arcoíris. Me perteneces.

Y él le pertenecía a ella. La calidez de sus palabras le llegó al hueso. Y así, Zephyr durmió al lado de su marido.

28

Zephyr

Pasaron tres días y seguía dolorida. Su marido estaba encantado. Zephyr solía verle la cara de satisfacción, y ahora que ya no le daba miedo romperla, tenía que mantenerlo a raya para que se le recuperase la entrepierna. Con tanta energía, la verdad es que se la había hecho trizas.

Salió a la terraza y se encogió levemente por el escozor. Sentía con exactitud dónde, cómo de duro y de profundo le había dado a cada paso. Los perros —excepto Barón, que Zephyr estaba convencida de que la odiaba— la siguieron, intentando olisquearla más desde aquella noche, probablemente porque captaban el aroma de Alfa en ella.

O quizá era porque estaba nerviosa.

Estaba nerviosa porque Dante y el resto de su equipo venían ya de camino desde el aeropuerto. Quería darles una buena impresión, a diferencia de la última vez, cuando se había sentido perdida y sin rumbo. También estaba muy nerviosa porque su marido iba a subir a aquel cuadrilátero mortal esa misma noche. Alfa estaba tranquilo, compuesto y relajado por completo. Ella, todo lo contrario. La aterraba que pudiera morir o que se hiciese mucho daño. No quería que le sucediese nada de eso. A la mierda la reputación, su marido era más importante. Sin embargo, también era el líder de un pozo lleno de serpientes, así que era importante enviar el mensaje adecuado, no solo por su reputación, sino por la seguridad de todos los que se asociaban con él. A base de observar aquel mundo, Zephyr había aprendido que las debilidades se olisqueaban y se aprovechaban hasta agotarlas. Odiaba que fuese así, pero el mundo era el que era y tenía que aceptarlo.

También estaba nerviosa porque, desde el encuentro con el Hombre Sombra, no se había sabido más del asesino en serie que había estado intentando incriminar a Alfa. Su marido pensaba que era la calma antes de la tormenta. Zephyr tenía el presentimiento de que así era, lo cual la ponía nerviosa hasta el punto de estar pensándose si no debería llevar a su familia al complejo para que estuvieran seguros, por más que lo odiasen. Bueno, todos menos Zen. Su hermana se había enamorado de aquel sitio. Quizá Zee podría hablar con Alfa y pedirle que la dejase mudarse a la casa de invitados. «Ya lo haré luego».

Se obligó a esbozar una sonrisa, ignoró el escozor y miró hacia las escaleras, por las que subían los invitados del fin de semana. Tras vivir en el complejo durante meses, el paisaje de la jungla se había convertido en su hogar. Ver la cara de sus huéspedes, el asombro con el que lo miraban todo, le recordó al primer día en que había subido esos mismos escalones.

Hector abría la marcha. Ya había vuelto de la misión que Alfa le había encomendado. Zephyr se alegraba de verlo. Había echado de menos su sentido del humor, y sobre todo la facilidad con la que le tomaba el pelo a Alfa.

Hablando de Alfa: su marido se le acercó, le apoyó las manos en las caderas con un movimiento puramente posesivo y esperó a que los demás subieran para darles la bienvenida. Dante, tan agradable y cortés como Zephyr recordaba, subió a la terraza con una sonrisa. Llevaba a la pequeña Tempest, que ya no era tan pequeña, en brazos, vestida con un mono amarillo brillante que era absolutamente adorable. También tenía un pequeño lazo amarillo en el pelo.

—Gracias por invitarnos, hermano. —Dante le dedicó un asentimiento a Alfa. A Zephyr le plantó un beso platónico pero afectuoso en la mejilla—. Estás tan hermosa como siempre, Zephyr.

Valiente zalamero estaba hecho. Sabía cómo hacer que una

mujer se sintiese bien. Su esposa, Amara, aquella diosa que Zephyr aún dudaba de que pudiera existir, la saludó tanto a ella como a Alfa con un abrazo cálido en el que captaron su dulce aroma.

—Muchísimas gracias por la invitación. Nos hacía falta un poco de descanso. Vuestra casa es asombrosa —dijo con voz áspera.

Zephyr se sintió muy orgullosa, en agudo contraste con la última vez que se habían visto. Entonces se había sentido insegura con su matrimonio con Alfa, consigo misma y con su relación. Allí de pronto se dio cuenta de que eso había cambiado, tenía más certeza sobre sí misma y sobre su relación. Sus inseguridades seguían presentes, pero se retraían un poco con la tranquilidad de su amor. Dios, cómo quería a aquella versión de Alfa. No solo por la persona que era ahora, sino por la persona que permitía que fuera Zephyr. Le gustaba aquella versión de sí misma, aquella mujer que podía ser fuerte y vulnerable, amar abiertamente y disfrutar sin vergüenza alguna de su lujuria, sabiendo que no hacía nada malo, que nadie la juzgaría por ello, que jamás le dirían que tenía que cambiar ciertos aspectos para adaptarse mejor a la vida de Alfa. Le encantaba.

—Por supuesto —le dijo a Amara—. Somos de la familia. Aquí siempre sois bienvenidos.

Amara le apretó las manos, y Zephyr vio la cicatriz que tenía en la muñeca. Pero no dijo nada, sino que se volvió hacia la otra pareja que venía por detrás. Los había visto en la boda, pero no se los habían presentado. El tipo de aspecto intenso y la mujer de las gafas. Con ellos venía el chaval que había hablado con Zephyr en la boda y que ahora mismo estaba agachado y acariciaba a los perros.

—¡Ah, hola! —Lo saludó con la mano—. Te acuerdas de mí, ¿verdad?

El chico no la miró; siguió acariciando a Bambú.

—Lloras mucho. Sí.

—¡Xander! —lo reprendió la mujer de las gafas y le dedicó a ella una sonrisa levemente avergonzada—. Hola. Perdona. Este es Xander. Yo soy Morana. Y este grandullón es Tristan.

Tristan asintió, pero mantuvo la distancia, frío. Aquel tipo no tenía nada de calidez. Zephyr habría pensado que era un robot, de no ser por las miradas que le lanzaba a Morana y le echaba el ojo de vez en cuando a Xander, o cómo miraba de soslayo a Tempest y Amara. Interesante.

—Vamos a instalaros. —Zephyr dio una palmada al aire y los llevó a todos adentro.

Les enseñó la casa e indicó a sus guardaespaldas que colocasen todas las maletas en la casa de invitados. Nala y otros miembros del personal se afanaban en la cocina para prepararlo todo para ellos. Leah vino a distraer a los pequeños, aunque fue inútil, porque Tempest no consentía que nadie menos su padre la tuviese en brazos, y Xander ya se había buscado un sitio cómodo con los perros. No era el mismo ambiente que cuando los padres de Zephyr habían venido a cenar. Esta vez se sintió como la señora de la casa, como una anfitriona igual a sus invitados, no como una niña que intentase demostrar que todo estaba perfecto. Tomaron asiento y mantuvieron una charla ligera y despreocupada, sobre todo porque los niños estaban despiertos y había miembros del personal presentes. De las parejas, Zephyr vio que las más parlanchinas eran Morana y ella, aunque a diferencia de ella, Morana era un genio. Amara intervenía, pero sobre todo escuchaba, quizá debido a que era terapeuta, cosa que a Zephyr le parecía bastante impresionante. Se preguntó cómo podría contribuir ella al grupo. Era peluquera y adoraba su trabajo, aunque en aquella compañía se acordaba de lo que había pensado al conocer a las señoras del club, cuando se preguntó qué podría hacer por ellas.

Tristan y Alfa eran los más callados del grupo, mientras que Dante era el más relajado. Alfa hablaba cuando era necesario y Tristan no hablaba en absoluto. Estaba sentado junto a Morana y la rodeaba con el brazo. Le tocaba el cuello con los dedos, un gesto que enterneció a la romántica empedernida que era Zephyr.

Pronto, Alfa se fue junto con Hector para calentar para la pelea. Leah se encargó de los niños y el resto se metió en un Rover. Victor los llevó a la pelea del Vencedor.

Había mucha más gente que la última vez que había estado allí. Zephyr tomó asiento en el mismo lugar que la última vez, con Morana a un lado y Amara al otro, ambas flanqueadas por sus respectivos compañeros. Detrás de ellas estaban Victor y otro de los guardaespaldas de Dante, de modo que se encontraban cubiertas del todo.

Había más hombres trajeados y mujeres con vestidos en las partes superiores de la estancia, desde las que se veía el cuadrilátero a vista de pájaro. Una multitud más escandalosa se repartía por todo el almacén, tras una única hilera de sillas a cada lado, a poco más de un metro del cuadrilátero en sí. La gente apostaba, regateaba; lo más granado y lo más bajuno del mundo del hampa había venido a participar de un modo u otro en la pelea.

Zephyr, sentada, tenía el corazón en la garganta. El presentador subió al cuadrilátero y dio varias palmadas en el aire para que se hiciera el silencio.

—Ha sido un torneo fantástico, damas y caballeros —volvió a resonar su voz—. Estamos en la última pelea, y vaya pelea va a ser.

Zephyr necesitaba que Alfa saliese de aquella, pero no sabía cómo lograrlo.

—Damas y caballeros: en su tierra natal entrena a los mejores luchadores. Su nombre inspira miedo en el cuadrilátero. Denle la bienvenida a nuestra máquina de matar rusa: ¡El Saqueador!

La multitud empezó a lanzar vítores al tiempo que el hombre de pelo blanco y ojos como el hielo salió de lo que debía de ser un vestuario y se dirigió al cuadrilátero. No le dedicó ni una mirada a la gente, se limitó a subir a la tarima.

—Da miedo —susurró Morana junto a Zephyr. Ella asintió y recordó al chico al que el Saqueador había matado en cinco segundos.

—Y ahora —anunció el presentador—. Desde aquí mismo, la sede del torneo: la leyenda que no empieza ninguna pelea que no pueda terminar, la bestia de un solo ojo. ¡El Vencedor!

Otro rugido recorrió a la multitud, un sonido tan alto que Zephyr sintió que reverberaba por todo su cuerpo. Miró a un lado y vio a su marido…, no, al Vencedor, salir del mismo vestuario. Llevaba los mismos pantalones cortos de color negro y se estaba liando las manos con cinta. Fue directo al cuadrilátero y subió de un salto junto al Saqueador.

Alfa giró la cabeza y la miró, solo para asegurarse de que estaba allí, y luego se volvió de nuevo hacia su oponente.

—¿Cómo demonios va a luchar con solo un ojo? —susurró Amara. Zephyr no lo sabía, aunque lo había visto entrenar, luchar y matar. No sabía cómo lo iba a hacer, pero rezaba para que lo consiguiese.

Los dos hombres intercambiaron una mirada y chocaron los puños. El presentador bajó del cuadrilátero y tocó la campana. La lucha empezó.

Zephyr se agarró a los reposabrazos de la silla, sin atreverse a parpadear ni a respirar. El Saqueador se situó detrás de Alfa, pero su marido se apresuró a girar sobre sí mismo y atacarlo desde el costado. El Saqueador se agachó y se retiró. Ambos hombres empezaron a caminar en círculos uno frente al otro. La multitud guardó silencio mientras ellos dos se estudiaban. La adrenalina le corrió a Zephyr por las venas. Esperaba que el hombre al que amaba saliese victorioso, sin importar lo que costase.

—Tiene que entrarle por la derecha —murmuró Dante en voz baja, inclinado hacia delante en el asiento, observando la pelea con tanta atención como podía.

—Por la derecha no ve —le comentó Tristan a Dante desde el otro lado—. Eso lo debilitaría.

Los dos siguieron comentando técnicas de lucha, mientras la pelea en sí seguía. Duró mucho más que las anteriores. Zephyr miró al presentador, que parecía alterado. Se dio cuenta de que la pelea llevaba ya más de diez minutos. Los dos hombres se limitaban a esquivarse y a regatearse el uno al otro.

—¿Qué está haciendo? —preguntó Zephyr en voz alta. Amara le apretó la pierna.

De pronto se oyó un sonido parecido a fuegos artificiales. Todos los presentes soltaron gritos ahogados. La gente empezó a chillar. Zephyr, confundida, miró alrededor. El corazón amenazaba con salírsele del pecho. Dante cubrió a Amara, y Tristan, a Morana; se tiraron con ambas al suelo. Alfa miró hacia una esquina del cuadrilátero para luego bajar de un salto, abandonar la lucha y acudir junto a ella. La levantó en brazos y se dirigió al vestuario.

—Encontrad a quien ha disparado —ordenó Victor, que ya corría hacia el otro lado del almacén.

Dante y Tristan fueron con todos ellos hacia la salida trasera. Sorprendentemente, el Saqueador les abrió la puerta que daba al aparcamiento, que ahora estaba lleno de gente en plena huida.

—Te debo una, Adrik. —Alfa asintió en dirección al Saqueador, quien le devolvió el gesto.

—¿Qué acaba de pasar? —preguntó Zephyr, aún alterada por la adrenalina que le corría por la sangre. ¿Había sido un tiroteo? ¿Un tiroteo de verdad? ¿Un tiroteo que sonaba como fuegos artificiales?

—Ha sido un tiroteo —confirmó Alfa en tono lúgubre.

Llegaron al vehículo. Alfa la bajó y miró hacia el almacén.

—¿Estáis heridos? —preguntó Amara, comprobando cómo se encontraba todo el mundo.

—Creo que alguien ha muerto ahí dentro —conjeturó Morana, apoyándose en el coche—. Justo detrás de mí. La bala pasó cerca. Pero ¿quién era el objetivo, nosotros?

Tristan la apretó contra sí.

Zephyr se apoyó en Alfa e intentó digerir todo lo que había pasado. Un tiroteo durante una pelea a muerte clandestina en la que alguien iba a acabar muerto. Él la rodeó con un brazo y la estrechó contra su cuerpo. Todos contemplaron la escena y esperaron.

Tras unos minutos, Victor salió junto con su hermano y el hombre de Dante. Traía una pistola en la mano.

—He encontrado esto en la parte de atrás, jefe.

Alfa cogió el arma con la mano derecha y le echó un vistazo.

—Este modelo no se hace aquí.

Morana abrió el teléfono y tecleó con energía sobre la pantalla.

—Ha sido fabricada en Svoski. No hay número de registro ni de licencia.

Vaya, qué rápido. Hector miró a Alfa. Entre los dos tuvo lugar una conversación silenciosa.

—Victor, lleva a las chicas a casa —dijo Alfa.

Dante le hizo un asentimiento a su soldado para que los acompañase. Le dio un beso a Amara. Tristan agarró a Morana de la nuca y ambos tuvieron su propia conversación silenciosa. Alfa, por su parte, le tocó la barbilla a Zephyr y le subió la cara para mirarla a los ojos. Luego le dio un beso intenso.

—Pórtate bien, arcoíris.

—Lo que tú digas, guapo —susurró ella, aunque se le quebró la voz.

Su mente estaba procesando la rapidez con la que la noche se había ido a la mierda.

Zephyr hizo lo que siempre hacía cada vez que le sucedía algo azaroso: llamó a su hermana. Después de volver con Morana y Amara, ambas se fueron a la casa de invitados a recomponerse un poco. Zephyr decidió tomarse un poco de tiempo a solas para llamar a su hermana y contarle lo del tiroteo. Su única compañía era Bambú; los otros dos perros debían de andar por algún rincón de la casa.

—¿Te encuentras bien? —exclamó Zen en el auricular—. Espera, tengo que verte. Cambio a vídeo.

Zephyr negó con la cabeza y cambió a vídeo para que su hermana la viese en cámara.

—Estoy perfecta, ¿lo ves?

—Ay, Dios, Zee —gimoteó Zen—. ¿Y mentalmente? ¿Te encuentras bien?

Zephyr se sinceró con su hermana y le dijo que no estaba segura. Aún estaba procesando todo lo sucedido, y probablemente tardaría un tiempo en aceptar lo que había ocurrido. Además, su reacción le había demostrado hasta qué punto estaba fuera de su elemento en aquel mundo. Ninguno de los demás había reaccionado con sorpresa ante el tiroteo, o sea que debían de tener experiencia previa tratando con ese tipo de violencia. Zephyr, por su parte, no tenía ninguna, y no sabía si eso era bueno o malo. Era como era, pero tendría que ponerse las pilas si quería seguir siendo parte del mundo de Alfa. Y vaya si quería.

—Por favor, dime que tienes vino. —Morana entró en la habitación desde la parte trasera de la terraza junto con Amara. Ambas iban en pijama; el de Morana era una camiseta y pantalones cortos, mientras que Amara llevaba un batín de seda. Zephyr le había robado una camiseta a Alfa y se la había puesto con unos leggins que ya se quitaría cuando se fueran a la cama.

Zephyr, que seguía al teléfono, señaló al armarito donde guardaban las botellas de vino y giró el teléfono para presentar a las chicas entre sí. Morana saludó a Zen con la mano y Amara sonrió. Charlaron unos minutos más y luego cortaron la llamada, aunque quedaron en volver a hablar pronto. Con copas de vino en la mano, las tres mujeres fueron al salón en el jardín interior y se sentaron en diferentes sofás. Bambú se dejó caer medio amodorrado a los pies de Zephyr.

—Es como mi gata Lulú. —Amara señaló con un dedo delicado al perro a sus pies.

—Lulú es adorable —intervino Morana—. He estado intentando convencer a Tristan para que compremos un gato.

—Y fracasado. —Se rio Amara.

Zephyr no pudo evitar una sonrisa.

—¿Y un perro? Yo no quería tener ninguno y ahora tengo tres. Ya no me imagino la vida sin ellos, ni siquiera con el que estoy segura de que me odia.

Morana suspiró.

—Un perro parece más factible, la verdad. Estoy segura de que Tristan se ha fijado en la reacción de Xander con los vuestros. No suele responder con facilidad a estímulos externos, así que hablaremos de ello con su terapeuta.

Zephyr no dijo nada, pero debió de vérsele la pregunta en la cara de todos modos.

—Tiene autismo de alto funcionamiento —aclaró Morana—.

Hace poco le hemos hecho pruebas y su tutor nos ha propuesto que le busquemos un animal de apoyo emocional. Xander no ha mostrado mucho interés con Lulú, aunque ha coincidido con ella muchas veces. Con vuestros perros, en cambio, es otra cosa.

Vaya.

—¿Es hijo vuestro? —preguntó Zephyr. Morana parecía demasiado joven para tener un niño de esa edad.

—No, pero quizá podamos adoptarlo pronto.

A lo largo de la siguiente hora, las chicas le contaron sus vidas y amores, y la interrogaron sobre Alfa. Le preguntaron cómo podía ser que alguien con una personalidad tan distinta se hubiese acabado casando con él. A Zephyr no le faltaban las amigas ni el compañerismo femenino, sobre todo porque su mejor amiga era su hermana, pero tuvo la sensación de que las otras dos mujeres no habían tenido tanta suerte como ella. Intentó conectar con ambas, para que vieran que podían recurrir a ella si necesitaban una amiga.

Los chicos volvieron poco después y se dejaron caer en los sofás junto a ellas. Los envolvía un aura oscura.

—¿Habéis averiguado algo? —preguntó Zephyr, curiosa.

Necesitaba saber si tenían respuestas. Se acurrucó junto a Alfa y dejó que su peso familiar se asentase a su alrededor, que su aroma la reconfortara. Dante negó con la cabeza.

—No, pero ahora que podemos hablar en privado. —Se volvió hacia Zephyr—. ¿Recuerdas algo de tu encuentro con el Hombre Sombra en mi boda?

Zephyr se mordió el labio, intentando recordar.

—Era alto, llevaba una sudadera negra, mantenía la cara fuera de mi línea de visión.

Morana asintió.

—Como el mío, el del aeropuerto.

—No es tuyo —la corrigió Tristan, junto a ella.

Morana puso los ojos en blanco tras las gafas.

—Tenemos que descubrir qué es lo que está haciendo. Primero me contacta a mí para hablarme de las niñas desaparecidas. Luego aparece en tu boda con mensajes crípticos. Y después se reúne con Alfa para hablar del asesino en serie. ¿Qué es lo que planea?

«Ojalá pudiera ayudar», pensó Zephyr. Aunque quizá en cierto modo podía. Quizá una perspectiva desde fuera pudiese contribuir a arrojar algo de luz en el asunto.

—¿Y si...? —Vaciló, pero Alfa le apretó la mano, así que volvió a empezar—. ¿Y si lo que pasa es que lo estáis viendo desde demasiado cerca? ¿Y si necesitaseis ver la imagen completa? ¿Qué es lo que os conecta a todos, dejando aparte las conexiones familiares? ¿Por qué trabaja una chica de Puerto Sombrío con un hombre de Tenebrae? ¿Por qué ha acudido el rey de la organización a ver al rey del sur? ¿Qué es lo que hay detrás de toda esta historia?

Dante ladeó la cabeza, miró a Tristan y, a continuación, a Alfa.

—¿El Sindicato?

Zephyr lo animó:

—Es un buen comienzo. Quizá el Hombre Sombra os esté ayudando porque está enfrentado a esa organización.

—Pero ¿cómo demonios sabe todo lo que sabe? —Dante negó con la cabeza con evidente frustración en la cara.

—¿Podría ser parte del Sindicato? —musitó Morana en voz alta, y se dio una palmada en el teléfono que llevaba en el bolsillo—. Es una organización enorme, lo cual significa que, obviamente, tienen recursos. Podría ser.

—¿Y por qué nos guía hacia ellos? —preguntó Amara con voz áspera y baja—. Si tanto secretismo los envuelve, y así es, ¿por qué nos dejan un rastro de miguitas de pan?

Se hizo el silencio durante un latido mientras todos reflexionaban sobre aquellas cuestiones.

—¿Habéis descubierto algo de mi hermana? —Tristan se dirigió a todos por primera vez, y Zephyr vio que tenía una voz bonita, aunque bastante intensa.

Su propio gruñón intenso respondió:

—Hemos localizado a todas las chicas del cargamento excepto a tres.

—¿Me localizasteis a mí? —preguntó Morana.

A Zephyr se le desorbitaron los ojos. ¿Morana había sido una chica desaparecida? Notó que Alfa se tensaba a su lado.

—No. O sea que en realidad las chicas desaparecidas son dos.

—¿Y qué les sucedió a las demás? —Amara entrelazó los dedos con los de Dante y centró sus ojos verdes en Alfa.

—La mayoría murió —respondió el marido de Zephyr, con remordimiento en su voz grave.

Morana le puso la mano en el muslo a Tristan y apartó la mirada, con los músculos del cuello tensos. Tras otro latido de silencio, fue Dante quien tomó la palabra:

—Uno de mis soldados lleva meses infiltrado en la organización. Dice que ha encontrado algo.

Alfa escuchó con atención y Zephyr dio un sorbito a su vino, absorta.

—La última vez que Vin contactó conmigo, hace unos meses, mencionó que los miembros del Sindicato les ponen números de identificación a los niños. También mantienen un registro de los críos que han pasado por la organización. Vin encontró el archivo de una de las chicas del cargamento de Tenebrae de hace veinte años. Señalaba a Los Fortis. —Dante hizo una pausa—. 5057. El archivo estaba sellado. Vin lo abrió y descubrió que alguien la había comprado, que la transacción iba a producirse la semana siguiente. Si descubrimos dónde y cuándo tuvo lugar en la ciudad…

—Podremos dar con una chica —completó Alfa y miró a Tristan.

No hacía falta ni decir que, si encontraban a una chica, había muchas posibilidades de que fuera la hermana de Tristan. Todos se quedaron sentados en silencio, con infinitas preguntas, respuestas elusivas y cierta esperanza diminuta de que el alba siguiera a la noche.

29

Zephyr

Iba a pasar algo malo. Zephyr se despertó a la mañana siguiente con esa sensación, un peso plomizo que se le asentó en el estómago. No sabía si eran las secuelas del tiroteo o toda aquella charla lúgubre sobre la muerte de la noche anterior, o quizá una reacción a las pesadas nubes oscuras que impregnaban los cielos. No lo sabía, y como no solía tener esas sensaciones tan feas normalmente, tampoco supo qué hacer.

—Si te encuentras mal, no vayas a SLF —le dijo Alfa mientras se perfilaba la barba envuelto en una toalla. Ella, a su lado, se lavaba los dientes aún con su camiseta puesta. Vida doméstica pura.

—Siempre voy —dijo Zephyr sin sacarse el cepillo de la boca. La pasta de dientes le emborronaba las palabras. El brillo divertido en el ojo de Alfa contrastaba con la pesadumbre en los ojos de ella.

Alfa dejó la maquinilla junto al lavabo y se situó detrás de ella. Le sacaba una cabeza. Le puso las manos en la cintura y se inclinó hacia el punto donde el cuello y el omoplato se unían.

—También podrías quedarte a pasar el día conmigo en la cama. ¿Qué tal suena eso, eh?

Zephyr escupió la pasta de dientes y se enjuagó la boca. Luego lo miró a los ojos en el reflejo.

—Estoy escocida. Este conejo necesita tiempo para adaptarse a la bestia. —Él curvó la comisura del labio—. Además, Zen quiere que nos veamos, le he contado lo del tiroteo. Lo cual me recuerda una cosa: ¿podrías convencerla para que se mude aquí? Quizá a la casa de invitados… si te parece bien.

Alfa se encogió de hombros.

—No me importaría. Es buena chica.

Vaya, había ido mejor de lo que esperaba. Zephyr estaba medio dispuesta a sobornarlo. Se ducharon juntos y bajaron a reunirse con los invitados. Nala y Leah estaban preparando el desayuno. Entre los invitados, los niños y los perros, aquello era una jaula de grillos con olores, aromas y sensaciones. Y aun así, en medio de toda aquella jovialidad, ella seguía sintiendo aquel peso plomizo en el estómago.

Morana quería ver la ciudad. Amara quería relajarse en la piscina. Al final decidieron que Morana acompañaría a Zephyr a SLF, donde esta última haría voluntariado y vería a su hermana, y que luego le enseñaría la ciudad.

Las dos les dieron sendos besos a sus hombres y se fueron el coche con Victor. Por el camino, Zephyr le fue indicando diferentes atracciones turísticas a Morana. Le gustaba enseñarle lo animado de su ciudad a gente de fuera. Los Fortis, situada en el borde de la selva tropical y rodeada de un río, era una amalgama de culturas, pueblos y comidas. Un centro de negocios en ebullición con más de cinco millones de habitantes, y subiendo. Una mezcla de paraíso tropical y rascacielos empresariales. También era el vientre de varias industrias siniestras que Zephyr no había conocido hasta entrar en el mundo de Alfa, que ahora era también el suyo.

Se bajaron del coche ante el edificio del SLF. Zephyr le explicó a Morana cómo funcionaba la organización y a qué se dedicaba. Le presentó a varias personas mientras se acercaban al rincón donde solía estar Zen. En fin de semana, aquello solía estar más ajetreado con voluntarios y miembros del equipo que iban y venían todo el rato. El edificio entero era muy bullicioso.

Zen se encontraba en su despacho, en una esquina del edificio, rodeada de todo el papeleo que gestionaba. Su hermana alzó la vista cuando ambas entraron.

—Ah, Zee. —Fue a darle un fuerte abrazo y la miró de arriba abajo—. ¿Te encuentras bien?

Seguía preocupada por el efecto que podría haber tenido en ella el tiroteo.

—Intento no pensar en ello —le dijo su hermana con toda sinceridad. Luego se giró para presentar a Morana en condiciones—. ¿Te acuerdas de Morana? Quería ver la ciudad, así que se ha venido conmigo.

Como Morana no decía nada, Zephyr se giró hacia ella. Tenía la cabeza ladeada y escrutaba a Zen. Su hermana frunció el ceño y cruzó una mirada con Zephyr.

—¿Todo bien?

Morana pareció despertar de una modorra.

—Sí, sí, claro. ¡Disculpa! A veces me quedo pillada.

Zen soltó una risa entre dientes.

—Es la costumbre favorita de Zee. Ven, te enseño el sitio. Zee, hay una chica de dieciséis años en la sala común que quiere un cambio de imagen.

Las chicas se marcharon y Zephyr fue en busca de la muchacha. Se puso a charlar con ella mientras le hacía el corte de pelo. Buscó a Morana y a Zen con la mirada y las vio a las dos mirando un portátil, charlando, riéndose, hablando un poco más. Sintió un mal presentimiento que le pesó como una piedra en el estómago. Rara vez tenía esas sensaciones, pero en aquel momento, aquel mal rollo la recorrió como escorpiones que la picasen mientras le pasaban por todo el cuerpo. Las nubes flotaban en el cielo al otro lado de la ventana, a juego con lo que ella sentía por dentro: pesadas, llenas, listas para explotar.

De alguna manera, el día pasó y su ansiedad fue en aumento a cada hora que transcurría. Decidió que no iba a enseñarle la ciudad a Morana, sino que volvería a casa y esperaría a que se le pasase.

—Hoy estás un poco distraída —mencionó Zen cuando las tres salían del edificio—. ¿Es por el tiroteo?

Zephyr negó con la cabeza y miró alrededor en busca del lugar donde Victor había aparcado el coche.

—No sé, es que me parece que hay algo que… va mal.

Morana se subió las gafas por la nariz.

—Hay que confiar en lo que te dicen las tripas, ¿sabes? Si algo he aprendido en los últimos meses, es precisamente eso.

Sí, todo eso sonaba muy bien, pero ¿dónde coño estaba Victor? Se hacía tarde, ya oscurecía y Zephyr estaba convencida de que tenía que volver a casa. Paseó la vista alrededor, intentando comprender cómo era que su guardaespaldas, que jamás se apartaba de ella, no estaba donde siempre.

De pronto, una furgoneta oscura con ventanas tintadas se detuvo con un chirrido en el aparcamiento. Zephyr se quedó petrificada. Las puertas se abrieron y cuatro hombres con pasamontañas salieron y se dirigieron hacia ellas.

—¡Corre, Zee!

El grito la puso en movimiento. Vio que Morana y Zen regresaban a la carrera al edificio y echó a correr tras ellas, con el corazón al galope en el pecho. Los hombres las persiguieron. No tenía ni idea de quiénes eran, pero aquella situación…, joder, aquel día entero no pintaba nada bien. Se oyeron disparos y vio que Morana caía al suelo con un grito, agarrándose el hombro. La sangre le manchó el top blanco.

Zephyr se detuvo y se arrodilló para ayudarla a levantarse. Morana chilló de dolor.

—Vete. Vete, ¡busca ayuda!

Antes de que Zephyr pudiese levantarse, dos brazos musculosos la agarraron. Una tela oscura le cubrió la cara, la inmovilizaron y la arrastraron hacia la furgoneta. Lo último que vio fue que uno de los hombres dejaba a Morana en el suelo del aparcamiento y echaba a correr tras su hermana.

La consumió un miedo genuino, sin adulterar. No sabía quiénes eran aquellos tipos que la metieron a la fuerza en la furgoneta. Otro cuerpo chocó contra el suyo, y reconoció que era Zen por su olor a lavanda.

—¿Zen? —preguntó para asegurarse de que estaba bien.

La respuesta de Zen llegó desde su costado, amortiguada por algún tipo de tela. La habían amordazado. Zephyr intentó forcejear contra las ataduras, liberarse, pero fue en vano. Las bridas se le clavaban en las muñecas y le cortaban la circulación.

Las puertas de la furgoneta se cerraron, se pusieron en movimiento. ¿Adónde las llevaban a ella y a Zen? ¿Habían dejado a Morana en el aparcamiento? ¡Le habían disparado! Necesitaba ayuda antes de que se desangrase. Dios, esperaba que viniese alguien a ayudarla y que pudieran avisar a los chicos para que las rescatasen.

—¿Dónde nos lleváis? ¿Quiénes sois?

El hecho de no ver nada la asustaba aún más. No hubo respuesta. No supo cuánto tiempo siguieron conduciendo, pero oyó que Zen dejaba de forcejear para liberarse. Guardó silencio, consciente de que sus secuestradores estaban escuchando. Tenía que encontrar un modo de salir de aquel embrollo. Pronto, el vehículo se detuvo y alguien la levantó en vilo. Notó que alguien levantaba también a su hermana. Quien la llevaba la dejó en una silla y volvió a atarle los brazos con bridas nuevas a los reposabrazos de madera.

Le quitaron el embozo de la cara. Zephyr parpadeó e intentó centrarse en la repentina escena que tenía ante sí. Zen, al igual que ella, estaba atada a una silla, justo enfrente, callada pero despierta. Miraba alrededor y, por suerte, ni la habían herido ni le habían hecho daño, solo parecía espantada. Zephyr no podía quitarse la imagen de Morana de la cabeza, la sangre que le caía por el brazo desde el hombro y el top blanco completamente manchado de rojo. Dios, había perdido mucha sangre. Si no se detenía la hemorragia antes de que alguien la encontrase…

No.

«Céntrate aquí, Zee».

Miró a todos lados, intentando adivinar dónde estaban. Parecía un pequeño cobertizo de madera, viejo y en desuso. Se oía agua cerca, debían de estar cerca del río o de una catarata. Los hombres que se las habían llevado salieron del cobertizo y dejaron a las dos hermanas solas. ¿Por qué cojones las habían secuestrado? ¿Estaban con el Sindicato? ¿Trabajaban con el asesino? ¿Con alguien más? ¿La querían a ella o a Alfa? ¿Había sido un accidente el tiro que le habían dado a Morana o era ella el objetivo?

Zephyr no lo sabía. Lo único que sabía era que tenían que escapar de algún modo.

—No —el susurro quebrado de Zen le llamó la atención. Su hermana miraba por encima de su hombro, con una expresión de horror en la cara.

Zephyr intentó girarse para ver qué era, pero la silla se lo impedía. Oyó pasos a su espalda, pasos de hombre, y empezó a tronarle el corazón mientras esperaba a ver quién era.

Su cabeza calva resplandeció bajo la luz de la bombilla. Apareció ante su vista y le sonrió, con un cuchillo en la mano.

—Qué pasa, Zee.

Hector. El hombre de confianza de Alfa. Era él.

Al ver la siniestra sonrisa en su cara, ya sin caretas, Zephyr comprendió que él era el asesino a quien habían estado buscando. El hombre que había torturado y dejado tuerto a su marido. Hector.

30

Zephyr

Hector tenía que haber perdido la chaveta de rabia. No había otra explicación posible para lo que estaba viendo, ni que explicase que el hombre de quien se había hecho amiga era también el monstruo que había ante ella. Zen seguía sentada, inmóvil, en la silla de enfrente. Lo único que expresaba su ansiedad era la respiración desbocada. Zephyr intentó mantener su propia ansiedad a raya, sabiendo que solo conseguiría que su hermana perdiese más los nervios si cedía al pánico.

—¿Qué cojones haces, Hector? —preguntó con tanta calma como pudo.

Tenían que salir de allí, buscar ayuda. No sabía dónde estaba Victor, ni si él también estaba involucrado en lo que había pasado, ni si alguien venía ya en su ayuda. Dios, ¿podía confiar en alguien?

—No es personal, Zephyr. —Hector esbozó una pequeña sonrisa, la misma que siempre le dedicaba. Su cabeza calva relucía bajo la dura luz de la bombilla—. Es solo que he hecho un trato.

—¿Qué trato? —preguntó ella. ¿Qué cojones estaba pasando?

Hector las rodeó de nuevo y se detuvo junto a Zen. Se pasó la hoja del cuchillo por el pulgar.

—Nadie se escapa del Sindicato. Pero tú sí, ¿verdad, 5057? ¿5057? ¿Qué cojones?

A Zen se le desbocó la respiración y sus ojos volaron hacia Hector con genuino miedo. Recordó cuando tenía ataques de pánico siendo niña.

—Zen —llamó a su hermana—. Respira, Zenny. Estoy justo aquí.

Ojalá pudiese quitarse las ataduras e ir con ella para agarrarle la mano y decirle que todo iría bien. Hector siguió rodeándolas.

—Debes de tener mucha suerte. Te escapaste, fuiste derecha a los polis y conseguiste que te adoptase una familia normal. Te buscaste un nombre nuevo. Todo rastro de 5057 quedó borrado. ¿Sabías cuál era tu nombre real?

Zen tragó saliva visiblemente.

—Morana Vitalio.

¿Morana? Un momento, Morana había sido una de las chicas desaparecidas. ¿Significaba eso que su hermana había sido una de esas chicas del cargamento? ¿Pero qué cojones? Zephyr contempló la escena, conmocionada, mientras encajaban todas las piezas del rompecabezas. Jamás había pensado mucho en el pasado de su hermana, ni se había preguntado de dónde venía. De niña pensaba sencillamente que sus padres la habían encontrado, y nada más. Incluso al crecer algo más, sabiendo que el pasado afectaba a veces a Zen, siempre había pensado que había quedado huérfana por algún accidente. Esto era mucho mucho más escabroso que nada que pudiera haber imaginado. Y al oírlo todo, supo que para Zen debía de haber sido durísimo.

—¿Cómo lo sabes? —susurró Zen con voz temblorosa y los oscuros ojos desorbitados, aterrorizados.

—¿Te acuerdas, Zenny? —dijo Hector en tono burlón—. ¿Te acuerdas de que dejaste a tu amiga atrás? ¿Llegaste a pensar por un segundo qué había sido de ella, mientras tú estabas tumbada calentita en tu cama? Que sepas que ahora está muy solicitada.

Zen se echó a temblar. El instinto de protección de Zephyr se avivó. Recordó cuando Zen era niña, tan asustada como estaba ahora, y era ella quien luchaba contra sus demonios.

—Apártate de ella —le dijo a Hector, y atrajo su atención hacia sí—. No soy ninguna asesina, Hector, pero más te vale que no me quite estas bridas, porque te mataré.

Él se echó a reír, como si fuese lo más gracioso que había oído en su vida.

—Zephyr, siempre has sido muy fiera. Ya te lo he dicho, no es personal. —Se giró hacia Zen—. Bueno, ¿dónde estábamos? Ah, sí. Te escapaste, pero no hubo problema. Al Sindicato le daba igual que se escapase una niña.

—¿Y por qué haces esto ahora? —preguntó Zen, a pesar del visible temor que le recorría el cuerpo.

—Porque apareciste en el radar, corazón. —Hector le acarició la mejilla a su hermana. Ella se encogió—. Deberías haber mantenido un perfil bajo, pero al ver cómo te esforzabas en SLF, lo guapa que estás ahora, el Sindicato quería que volvieses. Uno de sus miembros en particular se muere de ganas de disfrutarte antes de ponerte a trabajar.

Y una mierda. Zephyr forcejeó con las bridas intentando inútilmente escapar.

—El trato era sencillo —prosiguió Hector—. Yo te entrego al Sindicato y ellos me ayudan a acabar con Alfa.

Zephyr se quedó inmóvil, con la mente aturdida.

—¿Acabar con Alfa? Pero ¡si eres su amigo!

—Y su segundo al mando —señaló Hector—. Nacimos en las mismas calles, en la misma vida. Pero él lo consiguió todo y a mí me tocó el segundo puesto. No. —Su voz cambió, por fin le salió la fealdad que tenía dentro—. Quiero esta ciudad. Quiero el poder. El único modo de hacerme con todo es cargarme a Alfa. Y el único modo de cargarme a Alfa es mediante gente más poderosa que él. He trabajado tantas veces con el Sindicato que ha sido fácil cerrar un trato con ellos.

—¿Y los asesinatos? —preguntó Zenith, con los ojos en el cuchillo que Hector sostenía en la mano. Él soltó una risa entre dientes.

—No eran más que por diversión. No hay nada mejor que ver cómo se apaga la esperanza en los ojos de las víctimas. Putas rameras que creían estar por encima del mundo en el que habían nacido. Pues no lo estaban, no. —Dio otra vuelta—. Yo acudía a ellas en nombre de Alfa, les decía que las ayudaría a salir si eso era lo que querían y, como fieles idiotas, me seguían. Confiaban en el nombre de Alfa, en su palabra. —Otra vuelta más alrededor de las dos—. Me las llevaba a un callejón, las inmovilizaba, las violaba. Les decía que era el precio de la libertad y, vaya por Dios, me dejaban. A cambio de su libertad, me dejaban.

Se echó a reír y Zephyr sintió que la fealdad de su alma le supuraba por los poros. Las náuseas le atenazaron el estómago mientras Hector contaba todos aquellos detalles horribles con alegría.

—Luego les clavaba el cuchillo justo aquí —susurró, y le puso la mano en el costado. A ella se le subió el vómito a la garganta—. No hay nada como follárselas mientras se atragantan con su último aliento. Se quedan muy prietas.

—Estás enfermo —dijo Zephyr entre arcadas, intentando respirar por la nariz.

—Lo estoy. —Sonrió y acercó su cara a la de ella—. Pero, cuando mueren, soy su Dios. Estoy dentro de ellas, fuera de ellas, las guio de esta vida a la siguiente.

Iba a vomitar. Él se apartó.

—Sin embargo, ninguna de esas muertes era comparable a la sensación de dejar fuera de combate al Vencedor y abrirlo en canal ahí mismo, en el suelo, indefenso y drogado, incapaz de recordar nada de lo que le había sucedido.

Zephyr vomitó a un lado, temblando con la rabia que le invadía el cuerpo. Aquel monstruo había destruido a Alfa, la había destruido a ella, había destruido a incontables mujeres. Zephyr había conocido a esas a las que él llamaba rameras, había pasado tiempo con ellas, se había hecho su amiga. La madre de Alfa había sido una de ellas. Eran personas, y él las masacraba como si no valiesen nada. Tragó saliva y se centró en su hermana. Vale, tenían que encontrar el modo de salir de allí. Sabía que nadie las buscaría enseguida, sobre todo si Morana estaba herida, a no ser que consiguiese encontrar ayuda. Y aunque ya las estuviesen buscando, quizá no las encontrasen a tiempo. Dependían de sí mismas.

—Pero antes de entregarte, Zenny, tengo que probarte. —Hector lamió el filo de su navaja—. He esperado demasiado tiempo.

Acercó el cuchillo al top de Zen y cortó una tira del hombro. Ella ahogó un grito. Zephyr forcejeó con sus bridas.

—Apártate de ella, cabrón, o te juro que te mato.

Él no hizo caso de sus amenazas. Desató a Zenith y la tiró al suelo. Su hermana estaba paralizada, como un ciervo ante las luces largas de un coche. Zephyr la miró a los ojos, sollozando, pero se mantuvo firme por ella.

—Lucha con él, Zen. Es débil. Es un puto cobarde. Tú eres más fuerte que él. Lucha, cariño.

Sus palabras rompieron el aturdimiento de su hermana, dispararon algo en ella. La mirada de Zenith cambió, su cara puso una expresión de determinación y empezó a resistirse. Pilló a Hector con la guardia baja; al parecer no estaba acostumbrado a que las mujeres se le resistiesen, sobre todo porque las chantajeaba con darles la libertad. Zen se las arregló para librarse del agarre de Hector y corrió hacia la silla a la que la había atado. La agarró con las dos manos, la levantó y se la estrelló contra la cabeza. Hector se desplomó.

Con la respiración agitada, Zen le quitó el cuchillo y fue hasta Zephyr. Cortó las bridas con manos temblorosas. Libre de ataduras, Zephyr dio un salto y la abrazó. Zen respondió al abrazo. Los cuerpos de ambas se estremecían.

—Salgamos de aquí antes de que despierte —dijo, y apartó a su hermana de la silla de un tirón.

Ambas salieron a toda prisa del cobertizo y se encontraron en el embarcadero abandonado. Intentaron decidir adónde podían ir. No había luces ni barcas en la zona, ningún rastro de vida.

—Por ahí. —Zen señaló a la carretera—. Este es el sitio donde Alfa se reunió con aquel tío. Por ahí hay una carretera. Quizá encontremos ayuda allí.

Ambas empezaron a correr hacia la carretera, jadeando. A Zephyr le dolían los músculos y dudaba de que su hermana estuviese en mejor forma. Con la respiración agitada, las dos siguieron corriendo. Al llegar casi al cruce, se oyó un disparo.

Zephyr se encogió y corrió aún más rápido, pero sintió que

la mano de su hermana escapaba de la suya. Dejó de correr para ver qué la retenía. Y se quedó petrificada.

Zen estaba plantada en el sitio, mirándose las manos ensangrentadas. Una mancha roja iba creciendo en su vientre. Alzó la vista hacia Zephyr, con los ojos desorbitados. Su hermoso rostro estaba pálido y contraído de dolor. Le cedieron las piernas y cayó.

—No.

Todo se quedó en silencio. Zephyr cayó de rodillas a su lado y la tomó en sus brazos.

—No. No. ¡No, no, no! Zen. Mírame, respira conmigo. Te vas a poner bien, no es nada. Chiiis.

Empezó a sollozar al notar los temblores de su hermana, que tenía las mismas lágrimas que ella en la cara.

—Hace mucho… frío, Zee.

A su hermana le castañetearon los dientes. Todo su cuerpo se estremecía con violencia. Zephyr la apretó aún más contra sí.

—Estoy aquí, cariño —dijo entre hipidos. Las lágrimas le corrían sin fin por la cara y caían sobre el cuerpo cada vez más laxo de su hermana—. Te vas a poner bien. Todo irá bien. Ya vienen a ayudarnos.

Zen esbozó una sonrisa temblorosa. Sus ojos se nublaron un poco.

—Mentirosa. Te quiero, Zee. Eres la… mejor… hermana… que podría… haber… tenido.

Zephyr negó con la cabeza. Sus manos encontraron la sangre que le salía del vientre a su hermana.

—¡No te despidas! Zen, por favor, quédate conmigo.

La mano de Zen se acercó a su rostro, ensangrentada y temblorosa. Cerró los ojos. Zephyr la sacudió, con la voz quebrada.

—Zen. Zenny. Aguanta. Quédate conmigo, por favor. Saldremos de aquí.

Pero no. No saldrían de allí. Aquel lugar estaba abandonado, no había coches por la calle y no tenían forma alguna de contactar con nadie. Indefensa, dolorida, Zephyr gritó, sujetando a su hermana contra el pecho, sin saber qué hacer.

Zen solo estaba inconsciente por la pérdida de sangre, nada más. De algún modo conseguirían llegar a un hospital y todo iría bien. Ella encontraría la manera de conseguirlo.

Vio algo moverse por el rabillo del ojo. Se giró y vio a un hombre salir de entre las sombras. Llevaba el rostro oculto bajo una capucha. Se inclinó junto a ellas dos.

—¿Dónde ha ido?

Zephyr reconoció la voz. Era el mismo hombre que le había dado el sobre en Tenebrae. La esperanza floreció en su corazón.

—Por favor, ayúdala —le suplicó con la voz turbia por las lágrimas—. Por favor te lo pido. Por favor. Por favor, ayuda a mi hermana.

Una mano enguantada se acercó al cuello de su hermana y le comprobó el pulso. Por supuesto que habría pulso. Lento, pero presente.

—Lo siento.

No.

No. No. *No*. Zephyr negó con la cabeza.

—No.

Sacudió a su hermana y le comprobó ella misma el pulso. Nada.

—Zen, nena, vamos, respóndeme. Zen. ¡Zen!

Un dolor como no había experimentado nunca le apuñaló el corazón, se lo hizo trizas, lo rasgó. Un trozo de ese mismo corazón se perdió para siempre con la hermana a la que había amado más que a la vida. Zephyr aulló de dolor, sollozando sin parar, hasta que todo se volvió negro.

31

Alfa

Hector había desaparecido. Y menos mal, porque Alfa quería cortarlo a pedazos y colgar sus entrañas por toda la ciudad. La rabia hervía en su interior, atemperada únicamente por la punzada de dolor que sintió al mirar el cadáver de Zenith en la morgue. Aunque no la había conocido durante mucho tiempo, su cuñada había sido un ser luminoso, y sentía la pérdida que dejaba su ausencia.

—Es ella. —La identificó oficialmente con voz áspera y salió de la estancia. Le ardía el ojo bueno y en el otro, bajo el parche, sentía un picor que se intensificaba. Apretó las manos e inspiró hondo.

Odiaba los putos hospitales. Volvían a traerle los recuerdos feos, feísimos, de su infancia, del tiempo que había pasado tratando de salvar a su madre. Pero de momento no podía irse. Zephyr estaba sedada y Morana se estaba recuperando de la pérdida de sangre. Y Zenith, la hermosa Zenith, estaba en una cámara frigorífica.

En apenas un día, toda su vida se había puesto patas arriba. Su amigo más íntimo había resultado ser su mayor enemigo. Su familia había desaparecido, y aquella pérdida…

De algún modo, herida y perdiendo sangre, Morana se las había arreglado para llamar a Tristan y contarle lo que había pasado cuando se dirigían al hospital. Aquel hombre normalmente frío se había convertido en una absoluta bestia feroz de camino al hospital, mientras que él mismo había peinado la ciudad en busca de su esposa y la hermana de esta. Y entonces había recibido una llamada de un número desconocido y una voz con acento le había dicho que ellas también estaban en el hospital.

Zephyr llevaba un día ingresada, y en ese día Alfa había matado a más hombres a su servicio que en los últimos años juntos. Cualquiera que hubiese tenido algo que ver con los crímenes de Hector fue erradicado. Habían encontrado a Victor inconsciente en su coche. No sabía nada de lo que había hecho su hermano. Quizá era la única persona más rabiosa que el propio Alfa.

Un coche frenó con un chirrido ante él. Alfa soltó el aire por la nariz. Sus suegros bajaron a toda prisa del vehículo que él había enviado a recogerlos, con caras confundidas y horrorizadas, sin creerse la tormenta que acababa de arrasar sus vidas.

—Lo que ha dicho la policía... —El padre de Zephyr tragó saliva—. ¿Es cierto?

Alfa asintió. Habría preferido no tener que hacer aquello. Una mano le cruzó la cara, el bofetón le dejó la mejilla caliente. La madre de Zen. Alfa aceptó el golpe en silencio.

—Todo esto es culpa tuya. —Volvió a abofetearlo, llorando—. Has destruido nuestras vidas. Jamás te perdonaré. ¡Todo es culpa tuya!

El padre de Zephyr sujetó a su madre, que se volvió hacia él entre sollozos incontrolables. Alfa no podía ni imaginar el dolor que debía de estar sintiendo. Había perdido a una hija a la que adoraba y tenía a la otra en el hospital. Fue una de las razones por las que guardó silencio y no les dijo que el Sindicato habría ido a por Zenith aunque él no se hubiese mezclado en sus vidas. Zenith había estado marcada desde el momento en que escapó de ellos. Todavía le costaba encajar el hecho de que hubiese sido una de las chicas desaparecidas, la verdadera hija de Gabriel Vitalio.

Joder, vaya lío.

Sus suegros fueron arriba, a la habitación de Zephyr. Él se apoyó contra la pared de fuera y alzó la mirada a las estrellas, intentando comprender dónde se había estropeado todo. ¿Tendría razón la madre? ¿Seguiría viva Zenith si no la hubiese descubierto Hector gracias a la proximidad de Alfa? ¿O la habría encontrado igualmente por el SLF? ¿Cuántas personas había escondidas en la organización sin su conocimiento? ¿Valía la pena estar al frente de SLF si el precio eran vidas inocentes?

—Hector ha desaparecido.

La voz a su espalda lo sobresaltó. El Hombre Sombra. El cabrón se movía como una puta sombra, desde luego. Pero ahora Alfa le debía una.

—Gracias por traer aquí a mi esposa.

Hubo una pausa.

—¿Sobrevivirá?

—Sí.

—Siento no haber podido ayudar a su hermana.

—Yo también lo siento.

Otra pausa.

—Deberías haber venido antes a verme. Te habría llevado hasta él.

Algo en su tono le provocó un espasmo en el ojo a Alfa.

—¿Por qué lo buscabas? ¿Qué tienes tú que ver en todo esto?

Se encendió la llama de un mechero que iluminó el contorno de la mano que lo sostenía. Alfa no pensaba que el tipo fuese a responder.

—Rompió un juguete mío. —Una respuesta nada concreta—. Ve con tu esposa, Vencedor. Y prepárate. Esto acaba de empezar.

Y con esa advertencia tan ominosa, antes de que Alfa pudiese decir nada más, la presencia a su lado desapareció. Él se restregó el pecho y entró por el pasillo de las habitaciones privadas.

Zephyr se encontraba en una de las habitaciones y, dado que sus padres habían venido a verla, Alfa prefirió quedarse fuera, en el pasillo. Dante también estaba allí, sentado en una de las sillas de hospital, inclinado hacia adelante, con los codos apoyados en las rodillas, sombrío. Amara estaba en el complejo con los niños. No había querido dejarlos solos demasiado tiempo ni traerlos al hospital. Tristan estaba apoyado en la puerta de otra habitación; sus ojos no se apartaban de la ventana de cristal por la que podía ver a Morana. Alfa había visto la cantidad de tubos que tenía conectados al cuerpo. No pintaba bien. Pero la doctora les había asegurado que se recuperaría.

Su esposa, por otro lado, jamás lo haría. Alfa había visto de primera mano lo íntima que era la relación de las dos hermanas. Solo de recordar la calidez de Zenith se le hacía un nudo de pura emoción en la garganta. Sin ella, el mundo era un lugar más oscuro.

—¿Estás bien? —le preguntó Dante.

Alfa no lo sabía. Aún estaba furioso, oscilaba entre la pérdida y aquella sensación de haber sido traicionado. Sabía que tendría que dejarlo todo de lado para estar presente para Zephyr cuando esta se despertase. Se encogió de hombros y cruzó los brazos. Miró a Tristan.

—Siento que hayan herido a Morana en mi ciudad.

Tristan apretó la mandíbula, pero no dijo nada. Se limitó a mirar al interior de la habitación, donde yacía la chica.

Los padres de Zephyr salieron de la otra estancia. Su madre lo miró con tanto odio que lo sintió en los huesos, pero no podía culparla. Su padre se detuvo junto a él.

—Deja que Zephyr se recupere en nuestra casa. Solo nos queda una hija y no queremos perderla también a ella.

Alfa reprimió el impulso de negarse de inmediato. No quería que Zephyr se marchase. Jamás. Solo de haber paladeado el miedo del último día, de haber saboreado lo que podría ser la vida sin ella… Zephyr le daba sentido a su vida. Era su sangre.

—Si Zephyr quiere irse con vosotros, yo mismo la llevaré. Tienes mi palabra.

Le costó decir eso, pues no sabía lo que necesitaría Zephyr. Quizá ella también lo culparía por la pérdida de su hermana. Su padre asintió y se le contrajo el rostro de la emoción. Se llevó a su madre consigo.

Dante le dio una palmada en el hombro, con ojos serios.

—Los hombres de nuestro mundo no encuentran el amor, hermano. No la dejes marchar. Para lo que necesites, aquí estoy.

El ofrecimiento de Dante lo conmovió. Iba a necesitar ayuda, ahora que ya no tenía a su mano derecha. Inspiró hondo y entró en la habitación de su esposa. Estaba dormida en la cama, sedada. Incluso así, inconsciente, tenía la expresión tensa.

Alfa se sentó junto a ella y agarró su suave mano pequeña con la suya. Sintió que le ardía el ojo y que algo húmedo le corría por la cara hasta la barba.

Entonces lo soltó todo. Todo lo que había estado construyendo durante el último día, el último mes, la última década... El hospital y los recuerdos que le provocaba... Perder a un amigo que lo había traicionado... Darse cuenta de que era él quien lo había dejado tuerto... Olvidarse de Zephyr y no poder recuperar la memoria... Perder a Zenith y casi perder a su esposa. Todo le cayó encima y allí, sujetándole la mano a Zephyr mientras esta dormía, Alfa lloró en un hospital por primera vez en veinte años.

EPÍLOGO

Zephyr

Despertó en el hospital. Lo primero que recordó fue a Zen arrojándole una almohada, riéndose con una sonrisa amplia que le iluminaba los ojos y que le decía que intentase que no la matasen. El siguiente recuerdo llegó en tromba: Zen, en el suelo, en sus brazos, con una sonrisa temblorosa en los labios, mientras la luz abandonaba sus ojos.

Zephyr contempló el techo, parpadeando. Le caían lágrimas por la cara, era incapaz de pensar en el agujero que tenía en el corazón. Así funcionaba el dolor a veces: carecía de pensamientos, de palabras, de sonidos. A veces era inexplicable, bombeaba por un corazón agrietado y se filtraba en la sangre que recorría todas las partes de su cuerpo, se mezclaba con las células hasta volver tan regular como su respiración.

Miró a un lado y vio a su marido, que la contemplaba inmóvil. La sensación de pérdida que tenía en los huesos se reflejaba en su único ojo. Zephyr le agarró la mano y se la apretó con fuerza. Él le dio la suya para que tomase toda la que le hiciera falta.

Tras unos momentos de dolor, Zephyr graznó:

—¿Está…?

La expresión de su cara fue respuesta suficiente. Empezaron a caerle lágrimas por la cara.

—¿Era… una de las que escaparon del Sindicato?

—Sí.

Dios, ¿qué había tenido que soportar su hermana pequeña?

—¿Y mis padres…?

Él asintió.

Zephyr sintió que le picaba la nariz y le temblaban los labios. Alfa se levantó y se acercó a ella. La tomó entre sus brazos y las lágrimas volvieron a derramarse. Ella sollozó contra su pecho y empezó a llorar. Los gemidos salían de su ser con el recuerdo doloroso de sujetar el cuerpo de su hermana en brazos, de ver su último aliento. Él la sostuvo durante todo el llanto. Su fuerza era una roca que la protegía de la tormenta en su interior.

Celebraron el funeral una semana después. Enterraron a su hermana pequeña. Asistió la familia de Zen, amigos y colegas, y todas las personas a las que había tocado con su luz. Morana estaba sentada junto a Zephyr, con el brazo en cabestrillo y Tristan a su lado. Ver a aquella mujer la provocó muchas preguntas sobre su hermana. Morana debía de saberlo: Zephyr sentía dolor en los ojos cada vez que las dos se miraban.

Sus padres se aferraban a ella, pero apenas miraban a su marido. Sabía que le echaban la culpa, pero por lo que sabía, en realidad no era culpa de Alfa. Zenith había escapado de algo malvado, se había construido una vida para sí misma, pero su pasado la había atrapado. Alfa no podría haberlo visto venir. Nadie podría haberlo visto venir excepto la propia Zenith. Su hermana ya no estaba, y sus secretos se habían ido con ella. Jamás sabrían de qué había huido y qué había dejado atrás.

El funeral la dejó más hecha polvo de lo que nunca había estado. Sintió que no le entraba aire en los pulmones por más que se esforzase por respirar. Notaba el pecho pesado, crispado, incapaz de inhalar. El único momento en que sentía que podía tomar aire era cuando se dejaba caer en los brazos de su marido y este la sostenía, le prestaba toda su fuerza.

Ahora se encontraba en la terraza, dando un sorbo de vino y contemplando la selva que se extendía ante sí. Los tres perros descansaban en torno a su silla. Cuando volvió a casa, los tres sintieron su dolor y todos, incluso Barón, estaban cerca de ella y la acompañaban con su compasión.

Oyó las voces de los demás en el interior. Hablaban del Sindicato, discutían cómo proceder a continuación, pero ella se encontraba dividida. Una parte de ella quería saberlo todo, quería saber de qué había escapado su hermana y vengarse de los hijos de perra que la habían cazado. Por primera vez, Zephyr se sintió capaz de arrebatar una vida. Le dijeron que Hector había escapado y sabía que, si volvía a verlo, lo mataría.

Pero una parte mayor de ella misma no quería saber nada. Quería recordar a Zen como había sido, con un gran corazón, un alma hermosa y un modo desprendido de amar. No quería saber si su hermana había hecho algo malo para escapar del infierno en el que había estado. No quería saber por qué le habían dado caza así. Su hermana pequeña había sido la primera persona a la que había amado incondicionalmente, y quería recordarla así siempre. Pero también quería saber la verdad. Por más que quisiese esconderse, aquel ya era su mundo, un mundo que se había llevado a su hermana. Zephyr quería conocer los hechos. Se obligó a ponerse en pie y entró. Los perros la siguieron.

Dante y Amara estaban sentados en un sofá. Tristan y Morana, en otro; su marido se sentaba solo en un sillón. Su poderosa mirada dorada cayó sobre ella al entrar. Alargó la mano hacia ella para que se acercase. Zephyr fue hasta él y se acomodó en su regazo.

—¿Dónde están los niños? —preguntó, mirando alrededor y percatándose de la ausencia de caos.

—Arriba, durmiendo —respondió Amara con aquella voz áspera y suave—. Leah está con ellos.

Zephyr asintió, aunque parte de ella empezó a dudar de si Leah era de fiar, de si cualquiera de ellos excepto su marido era de fiar. No sabía si podía confiar en nadie. Alfa le acarició la espalda para calmar aquellos pensamientos tumultuosos.

—Era la hija de Gabriel. —Morana tragó saliva. Sus ojos visiblemente húmedos se centraron en los de Zephyr—. Era la verdadera Morana. Siempre me pregunté qué había sido de ella, ¿sabes? Si estaría bien. Y aunque ya no esté, quiero que sepas que me alegro de que haya tenido una buena vida, de que te haya tenido a ti. La amaban mucho y lo sabía.

Zephyr sintió un nudo en la garganta. Agarró con más fuerza la copa de vino que tenía en la mano. Alfa la apretó con suavidad para recordarle que no estaba sola.

—Ese día, cuando te la quedaste mirando… —Zephyr dejó morir la voz. Lo recordaba con mucha intensidad.

—Me resultó familiar —completó Morana, y se apoyó contra el costado de Tristan, que no se había apartado de ella desde que le dieron el alta en el hospital.

—El Hombre Sombra —dijo Zephyr— estuvo allí esa noche. Vino después…, no lo recuerdo bien, pero creo que nos dejó en el hospital.

Su marido asintió.

—Tenía sus razones para seguir a Hector. Por eso sabía lo de los asesinatos, creo.

Desde el otro sofá, Dante intervino:

—He puesto a Vin a investigar sobre Hector. Pronto sabremos con quién hizo el trato.

—Su hermano ya lo está buscando —mencionó Alfa.

Le habían dicho a Zephyr que Victor estaba rabioso después de enterarse de lo que había hecho su hermano. Había ido a cazarlo de verdad. Hector podía darse por muerto.

—¿Se puede confiar en Vin? —preguntó.

—Por completo —respondió, sorprendentemente, Amara.

—El Hombre Sombra me advirtió de que esto no era más que el principio —les informó Alfa a todos.

Morana inspiró hondo y Amara encajó aquellas ominosas palabras. El silencio los envolvió. Todos ellos estaban ocupados con sus propios pensamientos. Zephyr, inquieta, se puso en pie y regresó a la terraza con los perros detrás, porque no querían dejarla sola. Contempló el paisaje. Todo parecía oscuro y lúgubre. Se preguntó qué les traería el futuro.

Una presencia se le acercó y unos brazos fuertes la envolvieron. Zephyr se dejó caer en el abrazo de su bestia tuerta, lo único sólido y real en aquel mundo patas arriba. A lo largo de los días, Alfa había sido su montaña: sólido, impenetrable, inamovible. Zephyr se había permitido desatar todas sus emociones con él, sabiendo que Alfa resistiría la avalancha.

—Vamos a estar bien, ¿verdad, guapo? —le susurró con suavidad, casi temerosa de tener esperanza.

Él la apretó entre sus brazos y le plantó un beso en la cabeza.

—Este color gris no durará para siempre, arcoíris.

No, no duraría para siempre. Hector había huido. El Sindicato solo estaba empezando con sus planes. El Hombre Sombra era un enigma. Y el futuro era incierto. Pero en brazos del hombre que había amado durante años, al que amaría durante años, Zephyr se sintió capaz de respirar.

El color gris no duraría para siempre.

AGRADECIMIENTOS

Este libro ha sido duro para mí. No tanto escribirlo como editarlo. Como penúltimo libro de la serie, me ha costado decidir qué dejar en este libro y qué guardar para el siguiente. Por eso, lo que en un principio era un primer borrador más extenso ha acabado siendo un libro más corto. Ha sido todo un viaje, en especial con Zephyr, porque lo experimenta todo de un modo muy vulnerable y no resulta fácil abrir tu corazón así y salir herida.

Quiero darles las gracias a ciertas personas por ayudarme en este libro y en mi viaje literario.

Gracias a mis lectores, los que habéis estado conmigo desde el principio en el tren del *dark verse* con Tristan y Morana. Sois los mejores. Me parece increíble que hayáis estado conmigo en esta serie durante más de dos años. Gracias a mis nuevos lectores, que acaban de subirse al carro. ¡Vuestro entusiasmo es contagioso! Gracias por darme tantas alegrías y fuerzas para continuar, sobre todo al tratarse de mi primera saga, que tendrá siempre un lugar especial en mi corazón.

Gracias a mis padres por apoyarme siempre y creer en mí incluso cuando vienen mal dadas. Doy gracias todos los días por ser vuestra hija. Gracias.

Gracias a la comunidad lectora que me ha colmado de amor y amabilidad. Gracias a los blogueros, *bookstagramers*, artistas, editores, fotógrafos y amigos que he hecho. Vuestro amor y vuestra generosidad son importantísimos para mí. Habláis de mis bebés, y presenciar vuestro boca a oreja ha sido una experiencia alucinante para mí. ¡Muchísimas gracias por todo!

Y gracias a Nelly. Eres mi heroína. No hay palabras suficientes en mi corazón para darte las gracias por prestarme tu talento y visión para mis historias. Gracias por darles a mis palabras la imagen perfecta, por tolerar mis peticiones más estrambóticas. Te quiero.

Gracias a Rachel por limpiar las telarañas cada vez que perdía la vista. ¡Te lo agradezco mucho! Gracias a Zainab por el concienzudo repaso al libro y por ayudarme en el ultimísimo momento. ¡Te lo agradezco mucho!

Gracias a Emily por ser la mejor asistente personal del mundo y por organizármelo todo.

Gracias a mis amigos. A veces me llevo días sin responder a los mensajes y me quedo en blanco la mayoría de las veces, pero aun así me queréis. Gracias por aguantarme. Todos hacéis de mi mundo un lugar mejor.

Y, sobre todo, te quiero dar las gracias a ti, que estás leyendo esto. Gracias por elegir mi libro, por decidir leerme. Si has llegado hasta aquí, tienes mi agradecimiento eterno. Espero que lo hayas disfrutado, pero aunque no haya sido así, te doy las gracias por elegirlo. Muchísimas gracias por dedicarle tu tiempo. Por favor, antes de saltar a tu siguiente mundo literario, piensa si quieres dejar una reseña.

¡Muchísimas gracias!